KB121517

로크미디어가
유혹하는
재미있는 세상

ROK
MEDIA
로크미디어

싱크

싱크 4

2015년 5월 1일 초판 1쇄 인쇄
2015년 5월 7일 초판 1쇄 발행

지은이 현민
발행인 이종주

기획 팀 이주현 이기헌
책임 편집 이세종

발행처 (주)로크미디어
출판등록 2003년 3월 24일
주소 서울시 용산구 원효로97길 46 5층
Tel (02)3273-5135 **Fax** (02)3273-5134
홈페이지 rokmedia.com **E-mail** rokmedia@empas.com

싱크

4

† 현민 게임 판타지 장편소설 †

ROK
MEDIA

로크미디어

CONTENTS

천무삼권   7

꺼져   45

현실 왜곡장   89

이곳이 현실이니까   129

내가 어그로를 끌게   167

침입   207

텔레파시   243

봄바람   287

천무삼권

삼태극이 그려진 빛바랜 녹색의 정문은 세 개의 문으로 이루어져 있었다. 평소에는 중앙의 문만 열리고 특별한 의식이나 행사 때 나머지 두 문이 열렸다. 낡았지만 여전히 단단해 보이는 박달나무 문을 덮은 기와지붕 끝은 무시무시한 처용 형상으로 장식되어 천무관 특유의 분위기를 풍기고 있었다.

김현은 정문을 지나 화강암 돌판이 촘촘하게 깔린 현무장으로 들어섰다.

"공기 좋다."

정문만 통과하면 공기의 질이 달라지는 듯했다.

현무장 오른쪽에 커다란 기와 건물이 서 있는데, 일반인도 출입이 가능한 도장인 천관이었다. 맞은편에 있는 건물은 잠사를 거쳐 범사에 올라야만 들어갈 수 있는 무관이었다. 무관은 처음 왔다가 오십 고개라는 무례한 테스트를 받은 곳이기도 했다.

천관과 무관 사이에 연못 딸린 정원 율원이 펼쳐졌고, 그 너머에 노관장의 거처인 무재가 울창한 숲을 배경으로 멋지게 자리 잡고 있었다. 무재 바로 뒤에 노관장이 몸과 마음을 수련하는 조그만 도장 계관이 들어서 있었다.

도복을 입은 사람들이 현무장을 뛰고 있었다. 다들 맨발이었다. 김현은 자연스럽게 눈이 갔다.

구령을 붙여 힘 있게 달리던 그들이 김현을 보자 갑자기 목소리가 잠긴 듯 조용해졌다. 김현은 힐끔거리는 시선을 느낄 수 있었다.

'그 일 때문인가?'

이근상을 통해 오십 고개를 입관 당일 날 통과한 사람이 무려 15년 만에 나타난 거라는 이야기를 들었다. 또한 운 좋게 겨우 이긴 강도진이 천무관을 이끄는 실세 강영준 관장의 아들이라는 사실도 뒤늦게 알았다.

어디든 소문은 퍼져 나간다. 조선 시대 궁궐에서도, 엄한 군대에서도, 모두가 착한 학생일 것 같은 학교에서도. 소문은 사람들을 둘로, 때로는 셋 이상으로 나눈다. 어쩌면 소문 덕분에 사람들의 진짜 얼굴이 드러나는지도 모르지만.

관원들이 조용히 김현 옆을 지나갔다.

김현은 그들 중 하나가 속삭이는 소리를 들었다. 청명 덕분에 청각이 기이할 만큼 발달되어 있었다.

"노관장님이 숨겨 놓은 아들일지도 몰라."

김현은 웃음을 터트릴 뻔했다. 그 할아버지의 손자도 아니고, 아들이라? 그렇다면 엄마가 그런 노인과 결혼을 했다는 건데. 어이가 없어서 화가 나지도 않았다.

정원으로 이어지는 계단으로 접어들었다. 꽤 높았다. 세어 보니 서른세 개였다. 중간에 난간이 두 개나 있어서 기다란 계단 역시 정문처럼 셋으로 나뉘는데, 평소에는 왼쪽과 오른쪽만 사용했다. 올라갈 때는 오른쪽, 내려올 때는 왼쪽. 중앙은 비워 두는 게 이곳의 법도라고 이근상이 설명했었다.

'법도는 무슨.'

김현은 일부러 중앙 계단을 딛고 올라갔다.

맨 위로 올라서면서 몸을 돌리자 현무장을 달리던 관원들이 멈춰 서서 김현을 쳐다보고 있었다. 그들에게서 분노가 느껴졌다. 노골적으로 이곳의 룰을 어기는 행위가 마음에 들지 않는 모양이었다.

김현은 일부러 그들을 향해 손을 흔들었다.

냉정하게 고개를 돌린 관원들은 다시 달리기 시작했다. 구령 소리가 크게 들렸다.

씩 웃은 김현은 우거진 나무 사이로 잔디밭이 펼쳐지고 연못에는 오리가 떠다니는 정원으로 들어섰다. 현무장 공기도 시원하지만 이곳만 못했다. 마치 깊은 산 오솔길을 걷는 기분이었다. 연못 근처에는 벤치 몇 개가 놓여 있지만, 수련하느라 바쁜 이곳 사람들이 거기 앉아 있는 모습을 본 적은 이제껏 없었다.

벨이 울렸다. 김현은 안진후라고 생각하며 핸드폰을 꺼냈다. 그리고 벤치에 앉으면서 말했다.

"나야."

– 어디?

"천무관. 들어 봤어?"

– 설마, 그 천무관은 아니겠지?

"그 천무관이라니?"

– 이종격투기 챔피언 장윤도 선수를 배출한 곳 말이야. 거긴 아니지?

"바로 거기야."

– 네가 어떻게 거기 있어?

김현은 자질구레한 이야기를 하고 싶지 않았다. 설명하려면 골치가 아플 것 같았다.

"어쩌다 보니. 넌 어디야?"

– 잠깐 밖에 나와 있어.

김현은 안진후에게서 머뭇거린다는 느낌을 받았다. 드문 일이었다. 항상 당당하고 할 말은 서슴없이 내뱉는 안진후였는데.

싱크

꼬치꼬치 묻지는 않았다. 해야 할 말이라면 머릿속이 정리되면 언제든 할 터였다.

"이따 들어올 거지?"

─당연하지. 그때 보자.

안진후가 먼저 전화를 끊었다.

김현은 고개를 갸웃거렸다. 안진후에게 일이 생긴 모양이다. 경호원이 따라붙었다면 위험이 있다는 뜻인데, 혹시 다쳤을까? 아니다. 그런 일이라면 안진후가 먼저 털어놓았을 것이다. 고민을 했지만 안진후의 판단을 믿기로 했다.

김현은 무재를 통과하지 않고 정원을 빙 둘러 뒤에 있는 계관에 이르렀다. 혹시라도 부담스러운 홍유정과 맞닥뜨리지 않을까 염려해서였다. 계관은 아담한 한옥 스타일 건물인데 내부는 깔끔했다.

현기명이 내준 열쇠로 문을 열고 들어서자 깊고 그윽한 나무 향기가 코로 스며들었다. 종류는 알 수 없지만 마음을 차분하게 하면서도 힘을 주는 향기였다.

입구 왼쪽 원목 테이블에 놓인 도복을 집어 들었다. 수련실에 딸린 조그만 탈의실로 가서 옷을 갈아입고 나오니 발바닥으로 마룻바닥의 단단함이 더 생생하게 느껴졌다.

방 전체가 단단한 무언가로 가득 차 있었다. 기둥, 바닥, 천장까지 모두 정성을 들인 느낌이었다.

"시작해 볼까."

몸을 가볍게 푼 김현은 눈을 감으며 마보 자세를 취했다. 지진으로 계관이 흔들려도 김현은 요동하지 않을 만큼 견고한 자세였다.

천천히 몸이 데워졌다. 숨을 내쉬고 들이마실 때마다 발 근처의 먼지가 몸을 타고 오르락내리락했다. 무게가 달라지기 때문인지, 마룻바닥이 희미하게 삐걱거렸다.

다음은 수라부월공이었다.

맹부단월부터 시작해서 불리위구까지 여섯 초식을 반복하여 펼쳤다. 처음엔 힘을 줄였다. 혹시라도 마룻바닥이 푹 꺼지지 않을까 걱정스러워서였다. 다행히 몸을 움직일수록 오래되면 썩어서 부서지기도 하는 학교 교실 마루와는 차원이 다른 반발력이 느껴져, 조금씩 힘을 늘렸다.

급기야 있는 힘을 다해서 수라부월공을 펼쳤다. 그래도 마룻바닥은 끄떡이 없었다. 김현은 신이 났다. 현실에서 수라부월공을 마음껏 펼칠 수 있는 장소는 이곳이 처음이었다. 산책하는 사람들이 많은 공원에서는 힘든 일이었다.

땀이 방울로 뿌려졌다.

몸에서 솟아나는 김이 위로 올라가다가 사라졌다.

수라부월공을 흡족할 만큼 펼친 김현은 오른쪽 발을 앞으로 내밀며 크게 굴렀다.

쾅.

김현은 깜짝 놀랐다. 이번에야말로 마루가 꺼지겠다 싶었는데, 마룻바닥 전체가 미묘하게 출렁거릴 뿐이었다. 그제야 김현은 마루 전체가 하나로 연결되어 있어서 한쪽에 충격을 가해도 전체가 그 타격을 흡수한다는 사실을 깨달았다.

여기서는 셀레스카르에게서 배운 타각, 좌각의 수련도 가능할 것 같았다. 김현은 이근상에게, 그리고 이곳을 사용하도록 허락한 노관장 현기명에게 고맙고 감사하다고 생각했다.

쾅!

현실이라는 자각을 버리고 온전히 무극심법에 취해서 발을 굴렀다. 마룻바닥은 물론 기둥과 천장까지 진동하며 기이한 소리를 냈다. 계관 전체가 묵직한 음을 내고 있었다.

그때, 갑자기 공기가 축축해진 느낌에 김현이 눈을 떴다. 갈색 계열의 수련실 실내는 신기루처럼 흐릿해졌고, 대신 쇠창살과 차가운 돌바닥이 있는 지하 감옥이 생생해지고 있었다. 자신도 모르게 페플로 접속하고 있었던 것이다.

'안 돼!'

김현은 마보 자세를 취하며 본능적으로 팔을 양쪽으로 뻗었다. 그가 의도치 않았지만 몸에서 기가 방사형으로 뿜어져 나가 마룻바닥과 기둥, 벽 그리고 천장에 기의 거미줄을 쳤다.

그 무형의 거미줄은 김현을 끌어당기는 페플의 힘을 버텨냈다. 김현 역시 안간힘을 다해서 접속을 막고 있었다.

"휴우."

다행이었다. 이번에도 의지를 발휘했다.

안심하며 주저앉는데, 눈앞에 메시지 창 수십 개가 겹치면서 나타났다.

―레벨이 1 올랐습니다……

무려 스물다섯 개의 레벨업 메시지 창이었다. 이곳은 분명히 천무관에 속하는 수련실 계관이었다. 페플이 아니었다. 그런데도 메시지 창은 공간에 박힌 것처럼 선명했다.

손을 뻗어 메시지 창을 없애는 것도 일이었다.

테이블에 올려놓은 핸드폰으로 시간을 확인했다. 대략 한 시간 남짓 지났다. 이렇게 짧은 시간 만에 수련만으로 레벨업이 되다니. 좀 신기했다.

페플로 끌려들어 갈 위험이 없다고 확신한 김현은 혹시나 하는 마음으로 속성 창을 열었다. 예상대로 생명력, 지혜, 힘 등 속성을 알려 주는 창이 열렸다.

"어?"

새로운 속성 하나가 눈에 띄었다. '내공'이었다. 이전엔 없던 항목이라서 호기심이 생겼다.

김현은 핸드폰으로 '페플 내공'을 검색했다. 곧 원하는 내용을 찾을 수 있었다.

내공은 무사, 전사, 성기사 등 주로 전투에 적합한 직업을 택했을 때에나 생기는 속성이었다. 1갑자 단위로 증가하는데, 영약을 얻거나 기연을 만나지 않는다면 60년을 부지런히

싱크

수련해야 쌓을 수 있는 내공이 바로 1갑자였다. 가끔 특정 무공을 익히면 예외적으로 생기는 경우도 있다고 하니 반드시 직업 때문만은 아닌 듯했다.

내공이 쌓이면 힘이라는 물리적 충격 외에 몬스터의 내부 깊숙이 침투하는 타격도 가능하다는 게 사람들의 의견이었다. 특히 내공 주입이 가능한 무술을 펼치면 그 위력이 배가 된다고 나와 있었다.

현재 김현의 내공은 0%였다.

김현은 나중에 기회가 생기면 윤태희에게 물어봐야겠다고 마음먹었다. 윤태희는 페플에 대해 모르는 게 없는 사람이었다.

"한 번 더 해 보자."

김현은 소매로 이마의 땀을 닦아 내며 수련실 중앙으로 향했다.

관원들은 처마 아래 창문에 바싹 붙어 안을 훔쳐보고 있었다. 모두가 궁금해하는 사람이 저 안에서 몸을 풀고 있었다.

믿기 어려운 소문이 돌고 있었다. 오십 고개를 첫날 돌파했다느니, 최연소 사범이 되기 직전인 강도진 고사가 저 고등학생에게 당했다느니 따위의 내용이었다. 천재로 태어나도 충분한 수련 없이는 위로 올라갈 수 없는 천무관의 체계상 있을 수 없는 일이 벌어진 셈이었다.

"체구가 작잖아."

"근육도 없고."

"혹시 노관장님이 천무도를 본격적으로 가르쳤을지도 몰라."

"동작이 너무 커. 다른 곳에서 허술한 무술을 배운 거야. 전혀 천무도 같지 않아."

"계관 전체가 울리는 소리는 뭐지? 어떻게 저럴 수 있지?"

관원들은 계관에서 수련하는 김현을 보느라 뒤에 누가 서 있는지 상상도 못 했다.

펑.

손바닥이 거의 동시에 관원들의 뒤통수를 때렸다.

놀란 관원들이 돌아섰다.

"아, 오정목 고사님."

관원들은 등과 배에 힘을 주고 똑바로 섰다. 엄하기로는 강도진 고사가 유명하지만 악동 같은 장난기는 오정목을 당할 수 없었다. 평소에 오정목은 실실 웃으며 천무삼권 천 번이라는 말도 안 되는 수련량을 강요하기도 했다.

"뭐 하는 거지? 여긴 관원들 출입 금지일 텐데."

"그, 그게, 궁금해서요."

"나도 궁금해."

오정목은 고개를 끄덕였다.

"그렇죠?"

반색하는 관원들.

"천무삼권 2천 번을 한 뒤에 네놈들의 표정이 아주 궁금해."

"네?"

사색이 된 관원들.

"어쭈, 안 가? 3천 번으로 올려?"

"아닙니다!"

관원들은 서둘러 무관으로 달렸다. 뒤도 돌아보지 않았다. 그랬다가는 3천 번, 어쩌면 4천 번까지 올라갈지도 몰랐다.

오정목은 주위를 둘러봤다. 인기척 하나 없었다. 새 한 마리가 기와지붕 가까운 가지에 앉아 오정목을 내려다보고 있었다.

"못 본 척해 줘."

새를 보며 속삭인 오정목은 창으로 다가가 안쪽을 살폈다.

쿵쿵 소리가 들렸지만, 그보다 더 강렬한 느낌은 창의 떨림으로 다가왔다. 오정목은 손을 뻗어 창틀을 만졌다. 그리고 벽에 손을 댔다.

'계관 전체가 진동하고 있잖아.'

오정목은 깜짝 놀랐다.

소리만으로는 왜 수련실이 흔들리는지 알 수가 없었다. 무관에서 수련하는 사범들의 기세는 저 고딩보다 훨씬 강렬했고, 소리도 컸다. 그러나 그 강한 사범들도 수련실 전체를 이처럼 흔들 수는 없다. 그런 일을 본 적이 없었다.

오정목은 노관장 현기명의 파격적인 조치가 무엇을 뜻하는지 알고 있었다. 현재 노관장에게는 세 명의 제자가 있었다. 수제자는 천무관을 이끄는 관장 강영준이었고, 둘째 제자는 바로 오정목의 사부이자 부관장인 황철호였다. 마지막 제자는 현재 미국 지부의 책임을 맡고 있었다.

노관장이 제자를 거두지 않은 지 벌써 15년이 넘었다. 천무관에 속하거나, 혹은 천무관에 관심이 있는 사람들은 수제자 강영준 관장이 계승자가 되리라 예상했다. 그도 그럴 것이 둘째 황철호 부관장의 행보가 야망과는 거리가 멀었기 때문이다.

황철호는 한마디로 노관장 뺨치는 기인이었다. 부관장임에도 천무관에 붙어 있는 날보다 전국을, 때로는 중국이나 일본, 가끔은 남미까지 넘어가서 새로운 무술을 살피거나 인재를 발굴하는 일에 몰두하는 날이 훨씬 많았다.

계획은 없었다. 중국 북경에서 단 하루 머문 황철호는 돈황에서 무려 반년이나 지냈다.

하도 답답해서 직접 찾아간 일이 있었다. 오정목을 본 황철호는 씩 웃으며 다짜고짜 공격했다. 처음 몇 합은 막아 냈지만 곧 기세에 짓눌려 눈두덩이 밤탱이가 되도록 얻어맞은 오정목을 향해 황철호는 이렇게 말했다.

"좀 늘었는데."

몸도 제대로 움직이지 못할 만큼 터진 오정목에게 새로운 무술이라며 그 자리에서 시범을 보이며 가르친 황철호는 다음 날 오정목을 거기 두고 이탈리아로 가 버렸다.

그 일 이후, 오정목은 사부가 어디서 뭘 하든 걱정하지도, 신경 쓰지도 않으리라 마음먹었다.

문제는 현기명 노관장의 태도였다. 나이를 고려한다면 계승자라는 지위를 물려줄 만도 한데, 누구도 일언반구 내비치지 못하게 분위기를 만들었다. 어떤 사람들은 노관장이 수제자의 그릇이 계승자에 적합하지 않다고 생각하는 게 아니냐면서 떠들어 댔다.

그런 노관장이 밖으로 나갔다가 직접 한 녀석을 데려왔다.

그 왜소한 고등학생은 오십 고개를 돌파했을 뿐 아니라, 자존심으로 똘똘 뭉친 강도진을 박살 냈다. 그것만으로도 충분히 놀랄 만한 소식인데, 이제 노관장은 계관의 열쇠까지 그 녀석에게 내준 것이다.

전통적으로 계관은 계승자만의 공간이었다. 수제자 강영준은 물론 황철호도 계관에 들어간 적은 있어도 거기서 자유롭게 수련해도 좋다는 허락을 받은 적은 한 번도 없었다.

그 결정은 파격 그 자체였다.

노관장이 어쩌면 어리지만 잠재력만으로는 최고인 고등학생에게 계승자 지위를 물려줄지도 모른다는 이야기가 곳곳에서 들렸다.

수제자이자 천무관의 관장인 강영준과 그 라인에 속하는 사범들은 소문만으로도 기분이 나쁠 것이다. 정성들인 밥을 갑자기 나타난 녀석에게 빼앗기게 생겼으니까.

"확인해 봐야겠다. 도진이 그 새끼가 진짜로 졌는지. 노관장님이 제자로 받아들이면 내겐 사숙이니까."

두 번 다시 없을 기회를 꽉 잡은 오정목은 계관 안으로 들어섰다. 이 행동만으로도 징계 확정이지만 오정목은 일부러 활짝 웃었다. 황철호 부관장의 징계 기록을 자신이 깰지도 모른다는 생각 때문이었다.

김현은 점점 빨라졌다.

그와 발맞추어 계관도 점점 더 리드미컬하게 삐걱거렸다.

오정목은 앞으로 뛰어들며 천무삼권 중 공격 초식인 중위경근을 펼쳤다. 일부러 김현의 배후, 즉 등을 노렸다.

김현은 즉시 반응하며 옆으로 몸을 날렸다.

낙법으로 몸을 일으키기 전, 오정목이 다시 공격을 퍼부었다. 이번에도 중위경근이었다.

사부 황철호는 다양한 무술을 익혀 비빔밥을 만드느니 하나를 깊이 파고들어야 진정한 실력을 갖춘다고 믿는 사람이었다. 그 때문에 오정목은 잠사를 통과하면 누구나 익히는 기초 무술이자 입문 무술인 천무삼권을 무려 10년이나 익혀야 했다.

처음엔 싫었다. 다른 사람들은 천무삼권을 통과하여 투라, 표슬, 용보, 막천무 등 위력적인 무술을 익히는데 자신은 천무삼권만 수련했기 때문에 부끄럽기도 했다. 지겹고 힘들어서 몇 번이나 도망쳤다가 사부 황철호에게 붙잡혀 천무관으로 돌아오기도 했다.

　딱 3년이 지나자 그 효과가 나타나기 시작했다. 간단한 천무삼권을 펼쳤는데 자신보다 1년이나 먼저 천무관에 들어온 선배가 손도 써 보지 못하고 패배했다. 5년이 넘자 동기 중에 그와 맞설 수 있는 사람은 강도진뿐이었다.

　7년이 지날 즈음, 오정목은 처음으로 강도진과 맞붙어 그를 이겼다. 완승이라기보다는 근소한 승리였다. 그래 봐야 25전 24패 1승이었지만, 얼마나 기뻤던지 오정목은 새해가 되면 늘 5월 22일에 빨간색으로 동그라미를 치고 그날을 생일처럼 기뻐했다.

　자존심 센 강도진은 그날만큼은 천무관을 떠났다. 오정목의 지랄 발광을 참지 못해서였다.

　오정목의 중위경근은 하나의 형식에 매여 있지 않았다. 황철호가 강조하는 변식이 중위경근에 녹아 있었다. 그 때문에 하나의 초식에서 수십 개의 변식이 갈라져 나와, 당하는 사람은 어, 당황하다가 패하고 말았다.

　지금 오정목은 단 하나의 초식 중위경근으로 공격했지만 워낙 다양한 변식이 포함되어 저마다 다른 초식을 펼친 것처럼 보였다.

　그렇지만 김현은 몸이 빨랐다. 뒤로 물러서면서도 눈은 중위경근을 살피고 있었다.

　오정목은 천무삼권의 두 초식을 함께 썼다. 불욕이정과 시위현동이었다. 중위경근이 천무삼권의 유일한 공격 초식이라면 불욕이정은 방어, 시위현동은 회피 초식이었다.

　오정목이 갑자기 멈췄다.

　"넌 안 묻는구나, 왜 갑자기 공격하느냐고."

　"대답하지 않을 거잖아요."

　"그건 그래."

　오정목은 저 녀석이 마음에 들었다. 징징대지 않아서 좋았다. 갖고 놀기 안성맞춤이었다.

　김현이 달려들었다.

　뒤로 물러서며 수라부월공을 피하던 오정목은 대번에 멀리서 볼 때는 놓친 사실을 알아냈다.

　이 녀석의 무술은 묵직하고 깊었다. 하루 이틀 수련으로 이런 동작을 펼칠 수는 없다. 적어도 10년, 어쩌면 15년이라는 시간을 오직 저 무술 하나에만 쉬지 않고 투자해야 이룰 수 있는 몸놀림이었다.

　'말도 안 돼. 이 녀석은 고딩이야. 열여덟 살이라고. 여덟 살부터 이토록 강렬한 무술을 수련했다? 아니지, 아니야. 저런 무술을 익히기 위한 기초 공부만도 5년은 필요해. 그러면 최소 세 살에 무술에 입문했다는 건데. 정말 그럴까? 그런 녀석일까? 그게 아니라면 천재겠지. 강도진 따위는 비교도 할 수 없는 진짜 천재.'

그때, 김현이 앞으로 나오며 발을 굴렀다.

오정목은 직감적으로 위험을 느끼며 몸을 뒤로 날렸다. 공중에 뜬 상태로 춤추는 마룻바닥을 볼 수 있었다. 오정목은 전율을 느꼈다. 마룻바닥은 마치 복잡한 피아노 건반처럼 위로 아래로 움직이며 기이한 곡을 연주하고 있는 듯했다.

그 진동이 허공으로 타고 올라와 오정목의 발을 삼켰다. 보이지 않는 손이 발을 잡고 비트는 느낌이었다. 그 진동이 무릎을 거쳐 허리 그리고 가슴까지 이르렀다.

착지자세를 취할 수가 없었다. 꼴사납게 철퍼덕 쓰러진 오정목은 강도진도 저 공격에 당했다고 확신했다. 무형의 기운이 진동 형태로 다가와 버리니 막을 방법이 없었다. 자부심 넘치는 사범들이라고 해도 저 공격을 버텨 내기는 쉽지 않을 것 같았다.

숨이 헐떡거렸다.

가슴이 오르락내리락했다.

오정목은 이미 계승자는 정해졌다는 사실을 깨달았다. 저 공격은…… 아마도 천무도의 정수라고 알려진 천부선공일 것이다. 그렇다면 노관장님은 이미 저 녀석에게 천부선공을 가르친 셈이다.

웃음이 기침처럼 나왔다. 오매불망 계승자의 지위를 기다리던 강영준 관장과 그 뒤를 이어 천무관을 차지할 야망에 부풀어 있던 강도진은 헛물을 켠 것이다.

진짜 주인은 여기 있으니까.

마음이 편안해졌다. 항상 괴상한 일로 바쁜 사부님 때문에 다른 사람들, 특히 쟁쟁한 사범들로부터 배우는 강도진보다 뒤처지지 않을까 염려했던 마음이 싹 정리된 느낌이었다. 마음을 세탁기에 넣고 빤 다음 탈탈 털어서 햇볕에 제대로 말린 것 같았다.

오정목은 또 한 번 놀랐다.

천부선공에 대한 전설 같은 이야기는 사실이었다. 제대로 배워서 수련한 선공은 사람의 마음을 정화한다는 얘기였다. 악한 사람은 더 악해지고, 선한 사람은 더 선해지도록 만드는 게 바로 선공의 위력이었다.

김현이 다가와 오정목을 내려다봤다.

"괜찮아요?"

"전혀 안 괜찮아, 사숙."

"……네?"

"사숙이 무슨 뜻인지 몰라?"

"알긴 아는데요."

"내 사부님은 노관장님의 두 번째 제자시거든. 아마도 네가 노관장님의 네 번째 제자가 될 것 같으니 미리 사숙이라

싱크

고 부르는 것도 좋겠지."

"그 할아버지의 제자요? 별로 생각 없는데요."

"……뭐?"

오정목은 귀를 의심했다.

"그보다 그 무술이 뭐예요? 초식은 세 개 같은데, 어떻게 그토록 복잡하게 바뀔 수 있어요?"

김현의 눈이 반짝거렸다.

오정목은 그 얼굴이 무엇을 의미하는지 즉시 깨달았다. 이 녀석은 무술에만 관심이 있다. 천무관이니 계승자니 따위는 마음에 들어오지도 않는 모양이었다. 아마도 그 순수한 마음 이 노관장님이 파격적인 행보를 하도록 만든 것이리라.

"천무삼권이야. 가르쳐 줄까?"

오정목은 미끼를 던졌다.

김현은 바로 물었다.

"네!"

"좋아."

오정목은 천무삼권 세 초식을 김현에게 그 자리에서 설명 하고 시범을 보였다.

중위경근은 무거움이 가벼움의 근본이라는, 언뜻 이해하 기 어려운 원리를 품은 초식이었다. 무겁게 권을 뻗어서 가 볍게 타격하는 게 중위경근의 핵심이었다. 그래야 진정으로 가벼운 동시에 진정으로 무거울 수 있었다.

중위경근이 경지에 오르면, 앞으로 무게중심을 옮기는 순간 상대는 집채만 한 파도가 몰려오는 듯한 착각에 빠진다.

불욕이정은 방어할 생각조차 하지 않는 무위의 자세로 막는 초식이었다. 뒤로 물러서지만 욕망이 없는, 공포나 두려움조차 극복한 상태가 불욕이정이 추구하는 이상적인 상태였다.

몸과 마음이 하나가 되어야 경지에 오를 수 있는데, 상대가 공격하면 바람에 깃털이 날아가듯 자신도 모르게 뒤로 물러설 수 있어야 제대로 된 불욕이정이었다.

마지막 시위현동은 회피 동작이었다. 시위현동을 관통하는 핵심은 바로 그림자였다. 최강의 고수라고 해도 자신의 그림자는 쓰러뜨릴 수도, 벨 수도 없다. 시위현동은 상대의 그림자가 되어 어떠한 공격도 피해 버리는 고급 전투법이었다.

오정목을 앞에 두고서 김현은 천무삼권의 세 초식을 연습했다. 처음엔 당연히 몸에 붙지 않았다. 그러나 조금 전 오정목이 공격할 때 세 초식을 어떻게 사용했는지 떠올리자 조금씩 알 것 같았다.

"한 번 더 해 볼까? 너도 천무삼권, 나도 천무삼권으로. 어때?"

오정목은 김현의 잠재력을 확인하고 싶었다. 10년이나 수련한 자신과 이제 막 천무삼권을 배운 김현의 대결 결과는 뻔했다. 오정목은 그 과정을 살펴보고 싶었다.

"좋아요."

김현은 새롭고 위력 넘치는 무술을 배울 뿐 아니라 마음껏 싸울 수 있어서 신이 났다.

"간다."

오정목이 중위경근으로 주먹을 뻗었다. 시위현동으로 피하려던 김현은 발이 꼬여 어깨를 맞고 옆으로 뒹굴었다. 그러나 곧 벌떡 일어서더니 손가락으로 입술을 두드리며 문제점을 파악했다.

그런 다음, 활짝 웃으며 오정목을 향해 다가오며 중위경근을 펼쳤다. 의외로 위력이 있었다. 워낙 기초에 가까운 동작이라 다른 무술로 익힌 공부가 도움이 된 듯했다.

오정목은 황철호 사부님이 자신을 가르칠 때처럼 몰아붙이면서도 시범을 보이는 방식을 고수했다.

'어? 이것 봐라.'

김현이 중위경근에 변화를 가한 것이다. 바로 오정목 자신이 공을 들여서 만든 변식 중 하나였다.

천무삼권 자체는 입문 무술이지만 변식은 이야기가 다르다. 자칫 잘못하면 근육과 골격이 다칠 수도 있다. 근본적으로 변식을 이루는 동작은 입문자가 따라 할 수조차 없다.

중위경근의 변식은 하나에서 둘로, 둘에서 셋으로, 셋에서 다섯으로 늘어났다. 변식이 열 개가 넘자 오정목이 한 번도 보지 못한 변식이 나타났다. 저 녀석이 멋대로 만든 것이다.

'천재가 있긴 있구나.'

오정목은 더 이상 봐주지 않았다. 사부님의 방식도 잠시 포기했다. 지금이 아니면 저 녀석을 이길 기회가 오지 않을 터였다.

내지르는 주먹에 바람 소리가 날 만큼 중위경근에 힘을 담았다. 들어갈 때는 파도처럼 강맹하고 빠져나올 때는 협곡 사이로 부는 바람처럼 예리하면서도 부드러웠다.

어깨와 배에 두어 번 맞아서 쓰러졌지만 김현은 다시 일어났고, 그 뒤로는 정타를 맞지 않았다.

오정목은 할 말을 잃었다.

'이게 뭐야?'

눈앞에서 불욕이정이 체계를 갖출 뿐 아니라, 완성을 향해 한 걸음 한 걸음 착실히 움직이고 있었다. 아직 능숙하지 못한 부분은 있지만 오늘 처음 천무삼권을 배웠다는 점을 감안한다면, 누구도 김현을 지적할 수 없을 것이다.

천무삼권에서 가장 까다로울 뿐 아니라 익히기도 매우 난해한 초식 시위현동도 마찬가지였다. 물러서던 김현은 어느새 착 달라붙어 근접전을 시작했다.

근접 전투는 공격에는 유리하나 방어에는 불리한 방식이었다. 김현은 시위현동으로 아슬아슬하게 공격을 피하면서 그림자처럼 떨어지지 않고 움직였다.

김현이 갑자기 뒤로 훌쩍 뛰면서 물러섰다.

"아무래도 안 되겠어요. 제가 아는 무술을 다 사용해야 될 것 같아요."

"그, 그래라."

오정목은 고개를 끄덕였다.

다음 순간, 김현은 천무삼권의 중위경근으로 다가오다가 중간에 수라부월공의 동령고송으로 초식을 바꾸었다. 중위 경근은 동령고송의 약점, 즉 돌진력과 커다란 동작으로 인한 허술함을 깔끔하게 메웠다. 두 초식이 하나의 고급 초식으로 융합된 것이다.

그 때문에 오정목은 꼼짝도 못하고 손날에 맞아 뒤로 쓰러졌다.

'내가 저 녀석의 단점을 채워 준 꼴이구나.'

누운 채로 오정목은 웃음을 터트렸다.

오정목은 허탈한 표정을 지은 채 계관 수련실 중앙에 앉아 있었다. 김현은 샤워실에서 땀을 씻어 내는 중이었다.

조금 전 벌어진 일이 머릿속에 남아 있었다. 차라리 꿈이라고 믿고 싶었다.

대체 어디서 저런 녀석이 튀어나왔을까?

질투가 스멀스멀 피어올랐다.

아무리 엄청난 재능을 타고난 천재라도 노력으로 이길 수 있다고 믿어 왔건만. 오정목도 그의 사부 황철호도 잠재력으로 따지면 천재와는 거리가 멀었다. 오히려 우직함으로 오랜 시간을 들여 힘을 쌓은 쪽이었다.

자연스럽게 천무관으로 들어와 차근차근 승급 과정을 밟는 사람들 중 엘리트는 모두 강영준 라인으로 모였고, 반면에 무술이 좋아 재능이 없어도 노력으로 그 간극을 메우려는 사람들은 황철호 부관장에게로 몰려들었다.

오정목은 당연히 후자였다.

그런데 김현을 상대해 보니, 평생을 노력해도 결코 저런 천재를 이기지 못할 것이라는 자괴감이 느껴졌다. 그나마 위안이라면 그 오만한 강도진마저도 김현 앞에서 무릎을 꿇었다는 사실이었다. 김현이라면 천무관의 기존 질서를 단번에 무너뜨릴 테니 앞으로 벌어질 일이 볼만할 것이다.

김현이 머리카락을 수건으로 닦으며 나왔다. 어색해하는 표정이며 약간 불편해하는 태도가, 딱 고등학생다웠다.

"사숙, 떡볶이 먹으러 안 갈래?"

"사숙이라고 부르지 마세요."

"왜? 넌 내 사숙이 될 건데."

"그럴 일, 없어요."

"후후, 과연 그럴까?"

오정목은 노관장 현기명의 고집을 잘 알았다. 주위 사람들

싱크

이 모두 계승자를 정해야 한다고 압박을 해도 현기명은 끄떡도 하지 않았다. 그런 사람이 한번 움직이면 끝장을 보고 마는 법이다.

"배 안 고프니까 혼자 가세요."

그때, 김현의 배에서 꼬르륵 소리가 났다.

오정목은 그 타이밍이 기가 막혀 웃지 않을 수 없었다. 계관 지붕이 들썩이도록 웃었다. 눈물까지 날 만큼.

"김밥도 사 줄게. 같이 가자. 혼자 먹기 싫어서 그래."

"……알았어요."

김현은 고개를 끄덕였다. 천무관 사람치고 저렇게 유쾌하고 잘 웃는 사람은 보지 못했다. 오정목을 만나기 전까지는 이곳에 속한 사람들은 모두 근엄하고 딱딱한 표정을 짓는다고 생각했다.

계관을 나오면서 오정목이 말했다.

"아장아장 걷기 시작할 때부터 무술을 시작했을 테니 너도 참 대단하다."

"아, 네, 뭐, 그렇죠."

김현은 대충 얼버무렸다. 진실을 말하면 저 넉살 좋은 사람의 얼굴도 딱딱하게 굳을 것이다.

두 사람이 이야기를 주고받으며 정원으로 들어서는데, 도복을 단정히 입은 사범들이 연못을 끼고 걸어왔다. 그들은 천무관 울타리 밖에 있는 건물 행무관으로 가는 길이었다.

행무관은 천무관의 행정 업무를 담당하는 곳이었다.

수석 사범 박정호를 선두로 부수석 권재덕과 여러 명의 사범들이었다. 사범들 뒤에 강도진과 이연주가 따라오고 있었다.

"이 아담한 정원에 재수 없는 바퀴벌레 두 마리가 있네. 밟아서 죽일까, 때려서 죽일까?"

권재덕이 오정목, 김현을 보고 한 말이었다.

뒤에 있던 사범이 대답했다.

"바퀴벌레는 밟아서 죽여야 제맛이죠."

"아무래도 그렇지?"

권재덕은 비릿하게 웃었다.

오정목은 김현에게 그냥 지나가자고 눈짓했다. 공손하게 고개를 숙인 오정목과 달리 김현은 바퀴벌레 운운한 사내를 똑바로 쳐다보며 걸었다.

"너."

"왜요?"

김현은 화가 난 상태였다. 처음 보는 사람을 바퀴벌레라고 말하다니.

"인사, 안 하냐?"

"인사, 해야 하나요?"

"넌 천무관 사람이 아닌 거냐?"

"아닌데요."

싱크

김현은 한마디도 질 생각이 없었지만, 오정목이 하얗게 질린 얼굴로 다가와 속삭였다.

"너도 천무관 관원이야. 입문 과정을 통과했으니까. 그러니, 부수석 사범님께 인사드려."

그 말에 김현은 잠시 고민했다. 저런 녀석에게 고개를 숙이느니 천무관에 두 번 다시 오고 싶지 않았다. 문제는 저 훌륭한 수련실이었다. 계관은 이곳 현실에서 유일하게 마음껏 수련할 수 있는 장소였다. 저곳만큼은 포기하고 싶지 않았다.

그래서 김현은 인사를 했다.

"다시."

권재덕이었다.

김현은 무스를 발라 느끼하게 머리카락을 위로 세운 권재덕을 향해 최대한 공손하게 고개를 숙였다.

"다시."

팔짱을 낀 권재덕이 말했다.

부아가 치민 김현이 권재덕에게 뭐라고 하려는 찰나, 오정목이 나섰다.

"부수석 사범님, 김현은 이제 막 입문해서 예법을 모르니까 이번 한 번만 용서를……."

권재덕이 바람처럼 다가와 주먹으로 오정목을 쳤다. 오정목은 뒤로 날아가 연못에 빠졌다. 깊지 않지만 입고 있던 도복이 연못 바닥의 진흙으로 엉망이 되고 말았다.

언제 손을 뻗어서 때렸느냐는 듯 권재덕은 여전히 팔짱을 낀 채로 김현을 노려보고 있었다.

김현은 권재덕과 뒤에 서 있는 사범들을 바라보았다. 가슴에 고孤가 새겨진 강도진, 같은 곳에 력力이 수놓인 이연주에게도 눈길을 준 김현은 영화의 한 장면을 떠올렸다.

"풋."

웃음이 삐져나왔다. 참을 수가 없었다. 참고 싶지도 않았다.

"웃어?"

권재덕이 팔짱을 풀었다.

"재미있네요."

김현은 눈앞의 사범들과 페플에서 만난 팔건파 사형들을 비교했다. 비교 자체가 겔란드 대사형과 다른 사형들에게 미안할 만큼 저 사범들은 우스꽝스러웠다.

스스로 멋지다고 확신하는지 꽤 진지한 표정을 하고 있지만, 고등학생 하나를 앞에 두고 계속 인사를 시켜 자신의 힘과 권위를 확인하고 있는 것만으로도 저들의 멘탈이 얼마나 바닥인지 알 수 있었다. 학교에도 저런 사고방식을 가진 교사가 더러 있었다.

권재덕이 다가왔다. 유령 같았다. 너무 빨라서 반응조차 힘들었는데, 몸은 저절로 그 기세에 밀려 물러섰다.

굳은살 박인 손바닥이 코앞을 스치듯 지나갔다.

당황한 권재덕의 얼굴이 붉게 물들었다.

"훌륭한 불욕이정이군."

수석 사범 박정호가 말했다.

눈이 이글거리는 권재덕이 나섰다.

"감히."

사범 몇 명이 김현을 에워쌌다. 수석 사범과 강도진, 이연주는 움직이지 않았다.

극도의 긴장감에 휩싸인 김현은 본능적으로 허리춤을 더듬었다. 사라겐의 수부가 있다면 도움이 될 텐데. 무기가 없어서 아쉬웠다. 그래도 기분은 최고였다. 얻어터진다고 해도 저렇게 강한 사람들과 맞붙어 싸울 수 있다는 사실만으로도 좋았다.

수라부월공과 오늘 배운 천무삼권 그리고 무극심법의 타각을 적절히 사용하면 사범 두셋 정도는 묵사발로 만들 수 있을 것 같았다. 그래 봐야 결과는 같겠지만.

권재덕이 출수하려는 순간, 빨간 티셔츠에 검은 청바지를 입은 홍유정이 다가왔다. 팔다리가 길어 모델처럼 늘씬한 몸매가 고스란히 드러났다. 티셔츠는 짧아서 배꼽이 드러나 있었다.

권재덕은 홍유정을 의식했다.

"……무슨 일이냐?"

"계속하세요."

홍유정은 바로 옆 벤치에 앉아 다리를 꼬고는 권재덕 뒤에 서 있는 박정호를 쳐다봤다.

"노관장님의 심부름이냐?"

박정호가 물었다.

"잘 아시네요. 상황은 잘 모르겠지만 어린 고등학생을 상대로 사범님들이 넷이나 나서다니, 좀 그러네요. 외할아버지가 아시면 참 궁금해하실 것 같은데, 어떻게 생각하세요?"

홍유정은 생글거렸다.

박정호는 고개를 끄덕이더니, 행무관으로 이어지는 작은 문으로 걷기 시작했다. 사범들은 그 뒤를 따랐다. 자연스럽게 일촉즉발의 위기는 사라졌다.

김현은 길게 숨을 내쉬었다. 잔뜩 긴장했던 것이다. 한편으로는 조금 아쉬웠다.

"너, 미쳤지?"

홍유정이 다가왔다.

김현은 몸을 돌려 연못 밖으로 나오는 오정목의 손을 잡아서 당겼다. 밖으로 나온 오정목은 홍유정의 몸매를 보고는 휘파람을 불었다. 홍유정은 모델처럼 포즈를 취하며 씩 웃었다.

"덕분에 살았다."

오정목이 말했다.

"대체 무슨 일이에요?"

홍유정이 물었다.

"뻔할 뻔 자야. 수컷 특유의 지긋지긋한 힘자랑이지 뭐."

"아무리 그래도 이제 막 입문한 아이를 사범씩이나 되는 사람들이, 너무하잖아요."

"사실, 난 이해가 돼."

손바닥으로 도복에 묻은 진흙을 대충 털어 내면서도 오정목은 김현에게서 시선을 떼지 않았다. 조금 전 그 회피 동작은 박수를 치고 싶을 만큼 멋졌다.

"무슨 말이에요?"

"자세한 이야기는 나중에. 김밥과 떡볶이는 다음에 먹자. 보다시피 꼴이 말이 아니라서."

"네."

오정목은 후다닥 무관 쪽으로 달렸다.

고개를 흔든 홍유정은 김현의 손목을 잡고 노관장의 거처, 무재 쪽으로 이끌었다. 두세 걸음 따라가던 김현은 손을 가볍게 뿌리치며 걸었다. 그 사범들이 두렵지 않다는 의미였다.

"너, 죽을 수도 있었어."

홍유정이 속삭였다.

김현은 씩 웃기만 했다.

홍유정은 한숨을 내쉬며 김현을 무재 뒤쪽의 작은 문 '계소문'으로 데려갔다. 고풍스러운 담벼락 중간에 기와지붕을 인 나무 문이 자리 잡고 있었다. 문밖은 골목이었다. 골목 끝은 차가 오가는 도로에 닿아 있었다.

"노관장님 뵈러 가는 거 아니야?"

"외할아버지는 지금 페플 삼매경에 빠지셨어. 오늘도 계속 커넥터 안에 계실걸."

"정말?"

김현은 깜짝 놀랐다. 그 꼬장꼬장한 할아버지가 페플로 들어갈 줄은 상상도 못 했다.

"너 때문이야."

"설마."

"아무튼, 오늘은 내가 널 구한 거야. 가자. 생명의 은인을 위해 커피 한 잔은 마셔 줄 수 있지?"

홍유정은 허리에 손을 올렸다.

"알았어."

김현은 홍유정이 기지를 발휘하지 않았다면 벌어졌을 일을 떠올리며 대답했다.

안진후는 거리를 걷고 있었다.

아직은 앙상한 가로수, 간판이 화려한 화장품 가게, 점원이 알몸의 마네킹에 옷을 입히고 있는 의류점, 떡볶이와 호떡 등을 파는 곳이 있었지만 안진후는 그저 걷기만 했다. 팔다리를 규칙적으로 움직이면서 머리로는 생각에 잠겼다.

최영우 교수에게서 소개받아서 만난, 닌자라 불리는 문용필의 이야기는 곱씹을수록 놀라웠다.

정신병원에 수용된 사람이니 그가 떠든 이야기를 가볍게 무시할 수도 있다. 그가 집단치료실을 초원으로 바꾼 것이나 몸이 스르르 사라진 것을 무시할 수 있다면.

"휴우."

한숨을 내쉰 안진후.

분식집과 핸드폰 대리점 사이의 조그만 골목 입구에 시꺼먼 것이 서 있었다.

안진후는 가슴이 덜컥 내려앉았다. 그러나 자세히 보니 아직 겨울 코트를 입은 남자가 귀에 핸드폰을 대고 담벼락에 기댄 채 통화하고 있었다. 안진후는 그를 보고 잠시나마 직접 경험한 언데드 몬스터 중 가장 까다로운 데스나이트라고 생각해 버린 것이다.

웃음이 흘러나왔다.

문용필의 말이 사실이라고 해도, 햇볕 내리비치는 여기 길거리 한복판에 데스나이트가 나타날 리는 없다.

사람들로 인해 부대끼는 버스 대신 택시를 잡아타고 집으로 갈까 생각했지만 날이 좋아 집까지 걷기로 마음을 바꾸었다. 안진후는 핸드폰을 꺼냈다. 김현은 연락도 하지 않았고 문자도 남기지 않았다. 아마 평소처럼 밥을 먹고 페플에 접속할 것이다.

"이 녀석은 정말이지…… 지나치게 태평해. 그 일을 겪고도 출근하는 회사원처럼 접속하다니."

이어폰을 꺼내어 귀에 꽂았다. 실로 오랜만에 음악을 들으니 발걸음마저 가벼워진 느낌이었다.

그때, 머릿속을 울리는 커다란 목소리가 들렸다.

─오빠!

안진후는 깜짝 놀라며 얼굴을 찡그렸다. 그 소리가 너무 커서 어지러울 지경이었다.

"무슨 일이야?"

─화정이 있어요. 저쪽에 화정이 있어요. 화정을 갖고 싶어요. 화정을 갖게 해 주세요!

잔뜩 흥분한 슈뢰딩거는 말했다.

"화정이 뭔데?"

안진후는 슈뢰딩거의 뜨거운 기운 덕분에 '저쪽'의 방향을 알 수 있었다. 좀 오래된 골목으로 안쪽에는 십여 개의 골동품 가게들이 몰려 있었다. 오래된 도자기, 돌로 깎아서 만든 그릇, 석등 따위가 지나가는 사람들의 눈길을 끌고 있었다.

─화정은 화정이에요. 화정! 화정!

슈뢰딩거는 제정신이 아니었다.

이런 반응은 처음이었다. 안진후는 이어폰을 주머니에 넣으며 그 골목으로 접어들었다.

한쪽이 갈라진 꽹과리가 실에 매달려 공중에 떠 있었다.

그 아래에는 발이 세 개인 놋쇠 솥이 놓여 있고, 어울리지 않지만 불상인 반가사유상이 우아한 미소를 지으며 골동품 가게의 전면 유리창에 기대어 안진후를 올려다보고 있었다.

－더 안쪽으로 들어가야 해요.

슈뢰딩거는 성질 급한 내비게이션 걸이었다.

안진후는 덩굴이 뒤덮은 담벼락 사이를 걸어, 크고 작은 포대화상들이 줄지어 놓인 곳을 지났다. 몸집이 크고 배가 늘어진 포대화상들의 시선이 왠지 모르게 자기를 따라오고 있다고 안진후는 생각했다. 그러나 곧 고개를 흔들어 그 기이한 생각을 떨쳐 냈다.

－저기예요.

슈뢰딩거의 목소리에 짙은 기쁨이 담겨 있었다.

안진후는 이제 자신이 더 궁금했다. 슈뢰딩거를 저토록 흥분하게 만든 화정이라는 게 무엇인지 직접 확인하고 싶었다.

낡은 문을 열고 들어서자 오래된 냄새가 코로 스며들었다. 그리고 눈에 들어온 것은 선반에 놓인 도자기들이었다. 조선백자를 닮은 도자기들이 앞에 있었고, 청자는 뒤쪽에서 손님을 기다리는 중이었다.

그 아래 선반에는 수백 개나 되는 낡은 시계들이 자리를 차지하고 있었다. 회중시계, 탁상시계, 손목시계, 벽걸이용 시계 등이었다.

맞은편 테이블 위에는 보석들이 진열되어 있었다. 황옥,

취옥, 남옥, 감람석과 묘안석 등이 다양한 형태로 가공되어 있는데, 어찌 보면 고급스럽고 또 달리 보면 정교하게 만든 가짜 같았다.

-거기 위에 있어요.

슈뢰딩거는 속삭였다. 흥분이 극에 달한 것이다.

안진후는 손가락으로 거기 놓인 보석을 가리켰다. 곧 슈뢰딩거에게서 반응이 왔다.

-그거예요, 그거!

이쪽을 쳐다보는 가게 주인의 시선이 느껴졌다.

안진후는 동그란 안경을 끼고 모자를 눌러쓴 채 드문드문 가게로 들어오는 손님을 무심한 태도로 대하는 주인을 향해 빙긋 웃었다. 주인은 다시 신문을 읽기 시작했다.

빨간 보석을 집어 든 순간, 안진후는 깜짝 놀라며 그 조그맣고 동그란 돌멩이를 놓고 말았다. 어마어마하게 뜨거웠다. 손가락이 데지 않았을까 살필 만큼 아팠다. 그러나 어디에도 화상의 자국은 없었다.

-화정이라서 그래요.

슈뢰딩거는 신이 난 상태였다.

다시 조심스럽게 표면을 만졌다. 이번에는 차가운 감촉이 느껴졌다. 들어 올려 손바닥에 놓아도 여느 보석과 비슷했다.

-갖고 싶어요, 갖고 싶어요!

슈뢰딩거는 노래를 부르고 있었다.

안진후는 슈뢰딩거가 즐거워하는 모습을 보기 위해서라도 이 빨간 돌을 구입하리라 마음먹었다.

주인은 안진후를 위아래로 살피더니 10만 원을 불렀다.

안진후는 씩 웃으며 5만 원으로 후려쳤다.

주인은 잠시 생각하는 척했지만 5만 원에 동의했다.

지갑에서 카드를 꺼내려는데, 갑자기 시야가 흐려졌다. 화들짝 놀라 고개를 든 안진후는 골동품 가게는 물론 늙은 주인까지 희미해진다는 사실을 깨달았다.

잠시 후, 안진후는 사막에 서 있었다.

뜨거운 열기가 몸을 옥죄지 않는다면 이보다 아름다운 광경도 드물 것이다. 강렬한 황갈색이 모래언덕을 이루며 파도처럼 저 멀리까지 이어졌고, 강렬한 햇살이 만들어 낸 짙은 그늘은 그 언덕에 풍성한 질감을 더했다.

사막은 그 자체로 살아 있는 생물 같았다.

그 위로 파란 하늘이 펼쳐졌다. 구름 한 점 없는 하늘은 그 어떤 화가도 낼 수 없는 색깔로 빛나고 있었다. 황갈색과 연청색의 향연이 눈앞에서 펼쳐지고 있었다.

혹시나 하는 마음으로 인벤토리 창을 불렀다. 역시, 이곳은 페플이었다. 익숙한 창이 나타났고, 거기 돈과 무기, 다양한 종류의 아이템이 놓여 있었다. 그러나 있어야 할 버튼만 찾을 수 없었다. 접속 해제 버튼이었다. 디월드 뎁스 파이브의 세계와 비슷했다.

그때, 창이 떠올랐다.

-불사조의 알 퀘스트를 시작합니다.

"퀘스트?"

안진후는 인벤토리에서 요곤의 지팡이를 꺼냈다. 아직 익힌 마법이 없지만 단단하기 때문에 몽둥이로 써도 충분할 것이다.

높은 모래언덕을 스치듯 날아온 불사조는 어마어마하게 컸다. 펼친 날개의 길이가 10미터가 넘었다. 불사조가 지나가자 모래 표면이 타 버렸고, 일부는 유리처럼 반짝이는 찌그러진 구슬이 되었다.

선회하는 불사조를 보면서 안진후는 처음부터 말이 안 되는, 성공 가능성이 제로인 퀘스트라고 확신했다.

그보다 왜 골동품 가게에 진열된 빨간 보석을 구입하려는 순간 이런 퀘스트가 진행되는지 이해할 수 없었다.

이번 접속은 우연이 아니었다. 현실과 페플이 연계되어 있다는 증거였다.

불사조가 빨갛게 달궈진 부리를 내밀며 고도를 낮추었다. 슈뢰딩거가 불을 뿜어냈지만 태양 앞의 반딧불이었다. 불사조가 지나가자 날개에서 흘러나온 화염이 안진후를 덮쳤다.

꺼져

엄마와의 오붓한 저녁 식사를 마치고 방으로 들어간 김현
은 컴퓨터 모니터를 들여다보고 있었다.

대사형 겔란드와의 비무 동영상이었다.

엘프 셀레스카르의 제자가 되기 직전, 겔란드는 수라부월
공을 아낌없이 알려 주었다. 그리고 김현이 디월드 뎁스 파
이브의 세계에서 13년 동안 단련하고 돌아온 뒤에는 온 힘을
다하여 싸울 때의 즐거움을 가르쳐 주었다. 그로 인해 양날
도끼 중거추가 부러지고 말았지만.

그 동영상을 컴퓨터로 옮겨 놓는 건 매우 쉬운 일이었지만
동시에 더없이 다행스러운 일이었다.

당시에는 귀찮았다, 지금 생각하면 아주 잘한 일이지만.

기존 캐릭터가 언데드 몬스터가 되는 바람에 그 계정에 속한 동영상까지 모조리 잃었던 것이다.

김현은 겔란드의 웃음소리가 그리웠다. 호탕한 목소리를 직접 듣고 싶었다. 육사형 콜마가 동그란 안경을 콧등으로 밀어 올리는 그 익숙한 손놀림도 보고 싶었고, 몸에서 풍기는 짙은 약초 냄새도 맡고 싶었다. 냉정하나 속이 깊은 사사형 가쿨라의 무심한 얼굴도 생각이 났다.

왕세자 론투엘은 어떻게 지내고 있을까? 론투엘에게 잘 보이기 위해 애쓰던 엘루스는 뜻한 바를 이루었을까? 엘루스가 론투엘의 마음을 얻었다면 라마간은 세자빈, 그리고 나중에는 왕비를 배출하게 될지도 모른다.

아무리 매 순간 집중해도 정신에는 틈이 있기 마련이다. 스치듯 이런저런 생각이 머릿속으로 파고든다.

사형들은 기댈 수 있는 사람들이었다. 엄마와는 달랐다. 김현에게 엄마는 한없이 미안한, 그리고 가능하면 걱정시키고 싶지 않은 가족이었다. 엄마가 연약한 여성이라면 사형들은 건장한 삼촌들 같았다.

'……아버지 같은 존재는 아니야.'

아버지 생각을 하자 관자놀이가 지끈거렸다. 엄지로 꾹꾹 눌러도 고통은 가시지 않는다.

소파 팔걸이에 놓인 핸드폰을 살폈다. 안진후에게서 온 문자는 없었다. 김현은 먼저 페플에 접속한다는 문자를 남겼다.

페플 접속을 위해 커넥터에 이르면 기분이 이상해진다. 이 토록 생생한 현실은 접속하는 순간 꿈결처럼 사라진다. 새로 태어나는 기분이다. 페플이라는 세계에 존재하는 노바디로 깨어나면, 김현의 삶은 꿈처럼 아른거리다가 망각의 늪으로 가라앉는 느낌이었다.

김현은 커넥터 안으로 들어갔다. 마음을 가라앉히면, 정신을 집중하면 언제든 커넥터 없이 페플에 접속할 수 있지만, 직접 해 본 결과 평소에는 해 볼 만한 옵션이 아니었다. 어마어마하게 피곤했던 것이다.

잠시 후, 섬광이 터지며 하나의 세계에서 또 다른 세계로 옮겨 갔다.

접속 절차가 끝났다.

섬광이 가라앉자 축축하고 어두컴컴한 지하 감옥이었다. 창살 바깥벽에 꽂힌 횃불이 활활 타고 있었다. 맞은편 감옥은 비어 있었다. 바마퉁은 오늘 늦는 모양이었다.

말투와 사용하는 단어, 반응하는 방식을 미루어 볼 때, 바마퉁 역시 10대 후반, 비슷한 또래라고 노바디는 추측했다. 누구보다 일찍 접속해서 누구보다 늦게까지 페플에 남아 있는 바마퉁의 실제 삶은 상상하기가 어려웠다. 학교는 가지 않는 게 분명했다.

'신경 끄자. 바마퉁에게도 사정이란 게 있겠지.'

혼자 있으니 외롭다는 생각이 더 커졌다. 오늘따라 그런 감정이 더 강렬했다.

그 순간, 노바디는 스킬 창에 등록된 공간 이동술 '현섬'을 기억해 냈다. 현섬을 제대로 익혀 사용할 수 있다면, 비록 그들에게 노바디라는 인물에 대한 기억은 없다고 해도 잠시나마 이곳을 빠져나가 사형들을 먼 곳에서나마 볼 수 있을 것이다.

원정대가 어디쯤 있는지, 뮬란도르의 숲에 도착했는지, 혹시 습격으로 어려움을 당하는 건 아닌지 노바디는 꼭 알고 싶었다. 그래서 스킬 창을 열어 현섬을 꾹 눌렀다.

즉시 창이 떴다.

ㅡ현섬 레벨 1, 실행하시겠습니까?

"어."

노바디는 일단 레벨 1 현섬으로 얼마나 이동할 수 있는지 확인할 셈이었다.

ㅡ이동할 곳을 생각하십시오.

노바디는 원정대가 천막을 치고 밤을 보냈던 야영지 뒤쪽 언덕을 떠올렸다. 끼고 있던 반지 기령환에서 흘러나온 빛이 카메라 플래시처럼 터졌지만 노바디는 지하 감옥 그 자리 그대로였다.

ㅡ현섬 발동에 실패했습니다.

노바디는 전혀 실망하지 않았다. 제대로 익히지도 않은 공간 이동술로 그 먼 곳까지 단숨에 이동하리라고 기대조차 하지 않았다. 그저 가능성을 확인했을 뿐이다.

"그러면 엠모르타를 죽였던 그 커다란 동굴이 좋겠다."

노바디는 두 번째 시도를 했다. 결과는 같았다. 레벨 1 현섬으로는 다섯 드워프가 엠모르타와 싸우는 중에 노바디가 끼어들었던 그곳으로 이동할 수 없었다.

세 번째 시도, 불꽃망치 일족의 도시 투월령 입구로의 이동도 마찬가지로 실패였다.

한숨을 내쉰 노바디는 감옥 바로 바깥, 천천히 흔들리는 횃불의 불빛 때문에 그림자가 춤추는 듯한 돌바닥을 쳐다보았다. 아무리 레벨 1이라고 해도 저 정도는 가능하리라 여긴 것이다.

─진기가 부족합니다.

"진기?"

노바디는 곧 손에 낀 기령환의 색깔이 어두워졌다는 사실을 알아차렸다. 그 반지가 스스로 흡수하여 내부에 쌓아 놓은 자연의 기가 몇 번의 현섬 시도로 바닥난 것이다.

이번엔 좀 짜증이 났다. 이렇게 까다로울 줄은 몰랐다.

마르쿠스 아우렐리우스의 명상록 한 구절을 떠올린 노바디는 부정적인 감정은 한쪽으로 치워 버리고 어떻게 해야 기령환에 기를 채울 수 있을지 생각했다.

의외로 방법은 간단했다. 기를 불러 모으면 된다. 기의 농도가 짙을수록 기령환이 흡수하는 기의 양도 늘어날 것이다.

노바디는 무극심법 제2문의 타각을 펼쳤다. 단련이 부족한 몸 때문에 위력이 제대로 발휘되지 않았지만 사방에서 몰려드는 기로 인해 기령환의 색깔이 시시각각 밝아지고 있었다.

드워프 간수가 내려와 시끄럽다며 호통을 칠 때까지 부지런히 텅텅 발을 구른 노바디는 조용해질 때까지, 드워프 간수가 자기 자리로 돌아갈 때까지 기다렸다. 그리고 현섬을 펼쳤다. 목표 지점은 코앞, 바로 1미터 거리, 감옥 안이었다.

"처음부터 이랬어야 했다. 차근차근 거리를 늘렸어야 했어."

1미터 거리를 단숨에 이동하려는 그 시도는…… 실패였다.

노바디는 화가 났지만 눈을 감고 가라앉혔다.

공간 이동은 어떤 게임이든, 어떤 이야기에서든 상당한 고급 기술이다. 그러니 아무리 짧은 거리라고 해도 어려운 게 당연하다. 그렇게 마음을 달랬다.

"30센티미터."

마지노선. 이것마저 실패한다면 당분간은, 어쩌면 꽤 오랫동안 현섬은 들여다보지도 않을지도 모른다.

레벨 1 현섬을 펼친 순간, 노바디는 자신도 모르게 실패 내용을 담은 창을 기다렸지만 시야는 깨끗했다. 고개를 숙여 발의 위치를 확인한 노바디는 주먹을 불끈 움켜쥐었다.

드디어 성공했다.

싱크

30센티미터 이동은 가능했던 것이다.

노바디는 웃음을 터트렸다.

30센티미터 이동은 자랑할 만한 게 못 된다. 전투 중에 30센티미터를 이동한다고 해서 대세를 바꿀 수는 없다. 게다가 레벨 1이라서 그런지 현섬의 발동 대기 시간은 무려 5초나 되었다. 레벨이 올라갈수록 그 시간이 짧아지겠지만 현재로서는 실전 사용이 불가능한 스킬이었다.

저 앞으로 지나가는 바퀴벌레 가족을 무시하고 구석에 앉은 노바디는 엉뚱한 생각을 하고 있었다.

'수라부월공을 나처럼 몸으로 직접 부딪쳐서 익힌 사람은 거의 없어. 다들 조금 전 내가 현섬을 발동한 것처럼 각 초식을 반복적으로 펼쳐서 숙련도를 높일 뿐이지. 그렇다면 이 현섬이라는 놈도 제대로, 몸으로 익혀 낼 수 있을까? 수라부월공이 가능하니 현섬도 될 것 같은데.'

한 우물만 깊이, 오랫동안, 끝까지 파면 된다는 생각에 변화가 찾아온 이유는 바로 천무관에서의 경험 때문이었다.

쉰 명을 쓰러뜨린 후에 싸우게 된 강도진은 이미 수라부월공의 여섯 초식을 파악하고 있었다. 그 때문에 꽤 애를 먹었다. 만약 그 사실을 눈치채지 못했다면 결과는 자신의 패배였을 것이다.

무극심법의 타각이 거기서 효과를 발휘한 덕분에 강도진의 콧대를 꺾을 수 있었다. 지금 와서 생각하면, '운빨'이었다.

김현은 오정목에게서 천무삼권을 배운 후 정원에서 마주
쳤던 사범들을 떠올렸다. 그들의 힘이 몸으로 느껴졌었다.

현섬을 자유자재로 익혀서 사용할 수 있다면 어떤 일이 가
능할까?

생각만으로도 노바디는 신이 났다.

어디든 들어갈 수 있다. 어디에서든 빠져나갈 수도 있다.
지금 당장 겔란드 대사형을 만나러 갈 수 있고, 아무리 상대
가 강해도 혼을 쏙 빼 놓을 만큼 빠르게 뒤로 돌아가 배후를
노릴 수도 있다.

현실에서도 가능할까?

처음엔 아니라는, 공간 이동술인 현섬은 안 될 거라는 생
각이 컸다. 그러나 안진후의 팔에서 놀던 불도마뱀 역시 원
래는 불가능한, 있을 수 없는 현상이 아닌가. 그러니 현섬도
가능할지도 모른다.

아니, 가능할 것이다.

노바디는 현섬을 익히고 말겠노라고 결심했다. 수라부월
공과 무극심법의 수련을 게을리하지 않으면서 현섬에 시간
을 쏟을 생각이었다. 잠을 조금 더 줄이면 된다. 필요하다면
밥 먹는 시간도 아낄 작정이었다.

문제는 현섬의 수련법이나 비결을 알려 줄 사람이 없다는
사실이었다. 수라부월공이나 무극심법의 경우, 가르쳐 주는
사람이 있었다. 수라부월공은 겔란드에게 배웠고, 무극심법

은 셀레스카르가 시범을 보여 주고 찬찬히 설명했었다.

천무삼권은 오정목이 직접 설명해 주고 눈앞에서 펼치는 과정을 보여 주었기에 비교적 쉽게 익혔다.

"어쩌지?"

현섬이 담긴 두루마리를 건넸던 사라겐을 지금 당장 만날 방법은 없다. 벨란데르에게 물어볼까? 벨란데르라면 현섬의 비밀 혹은 수련법을 알아낼 수 있을지도 모른다. 어쩌면 현섬이 펼쳐지는 과정을 단계별로 보여 주는 웹 사이트를 찾아낼 수도 있다.

그 순간, 노바디는 고개를 갸웃거렸다.

"현섬이 펼쳐지는 과정?"

이미 자신은 현섬을 펼칠 수 있다. 비록 30센티미터 정도만 이동이 가능하지만 레벨 1 현섬도 현섬이다. 굳이 벨란데르의 도움을 받을 필요가 있을까?

노바디는 마보 자세를 취한 채 고민에 잠겼다. 어렵다고 생각하면 한없이 어렵지만 쉽다고 생각하면 한없이 쉬운 문제 같았다.

사라겐이 건넨 두루마리 덕분에 현섬이라는 공간 이동술이 스킬 창에 등록되었다. 따라서 언제든지 기령환에 진기만 충분히 채워지면 현섬을 발동시킬 수 있다.

여기서 문제점은, 노바디 자신이 현섬을 펼치는 게 아니라는 사실이었다. 노바디가 가만히 있어도 현섬은 저절로 펼쳐진다. 동전을 넣고 버튼을 누르면 자판기에서 커피가 나오는 것처럼.

노바디가 원하는 것은 자판기 내부에서 어떻게 물과 커피가 나오는지, 자판기 없이 어떻게 그런 맛의 커피를 만들 수 있는지였다.

"내부 작동 방식을 확인하려면 자판기를 뜯어야 돼. 하지만 현섬의 경우는 그럴 수가 없지. 현섬 자체는 페플에 속하는 거니까. 그래도 난 지켜볼 수는 있어. 현섬이 내 몸에서 어떻게 펼쳐지는지. 일단은 거기서부터 시작하자."

조그만 돌파구만으로도 노바디는 기뻤다.

레벨 1 현섬은 대략 5초 뒤에 발동된다. 현섬을 펼친 후 5초 동안의 변화를 하나도 빠짐없이 관찰해야 한다. 워낙 순식간에 펼쳐지기 때문에 얼마나 예리하고 깊게 관찰할 수 있는지가 관건이다.

노바디는 심호흡으로 흥분을 가라앉히며 현섬을 펼쳤다.

1초, 2초, 3초, 4초까지 아무런 변화도 느껴지지 않았다. 5초가 되는 순간, 노바디는 30센티미터 이동해 있었다.

"······너무 빠르잖아."

노바디는 당황했다.

현섬은 그저 어마어마한 성능을 갖춘 컴퓨터가 만들어 내는 가상현실의 한 지점에서 다른 지점으로 이동하는, 가상현실에서나 가능한 스킬이라는 생각이 커졌다. 이른 아침 동쪽에서 날아오는 햇살을 맨눈으로 관찰하려는 것처럼 무모하다는 확신이 스멀스멀 피어났다.

그러나 바로 결론을 내리진 않았다. 대신, 반복해서 시도했다. 타각으로 기령환에 진기를 채우고 현섬을 펼쳐서 공간 이동의 순간을 살폈다.

열 번 가까이 현섬을 펼친 후에야 노바디는 잠정적인 결론에 이르렀다.

"시간이 필요해."

노바디는 실망하지 않았다. 겔란드에게 이끌려 철림으로 들어가 철목을 쓰러뜨리려 했을 때도 꽤 긴 시간이 필요했다.

창살 바로 앞까지 다가간 노바디는 현섬을 펼쳤다. 30센티미터는 짧은 거리지만, 견고하지만 결코 움직이지 않는 감옥 창살 밖으로 나가기엔 충분한 거리였다.

3초가 지날 무렵, 맞은편 감옥에 바마퉁이 나타났다. 오늘은 꽤 늦게 접속한 것이다.

"와 있었네."

바마퉁이 말을 거는 순간, 노바디는 창살 바로 밖에 서 있었다. 바마퉁은 눈을 의심했다.

"어, 어떻게?"

"나가자."

노바디는 바마퉁 앞으로 걸어갔다.

"……그럴 수 없어. 잡힐 거야. 탈옥했다가 붙잡히면 더 큰 처벌을 받을지도 몰라.”

“그렇게 생각한다면 어쩔 수 없지만, 나가면 자유로울 수
는 있잖아.”

자유라는 단어에 바마퉁은 움찔했지만 곧 어깨가 축 늘어
졌다.

“난 여기 있을래.”

“그렇게 생각한다면, 뭐 어쩔 수 없지.”

노바디는 바마퉁에게 강요할 생각은 조금도 없었다. 다만
자신만큼 바마퉁도 이곳 페플을 생생한 세계로, 마치 현실처
럼 여기고 있다는 사실에 조금 놀랐을 뿐이다.

선택에 대한 결과를 염려하여 선택 자체를 거부하는 행동
은 페플과 어울리지 않는다. 현실과 달리 페플은 실수가 용
납되는, 실수를 만회할 수 있는 세계니까.

노바디는 나선형 통로로 올라가며 위를 살폈다.

두런두런 이야기를 나누는 드워프 간수들의 목소리가 들
렸다.

잠시 망설였다. 벨란데르가 접속하기를 기다렸다가 같이
나갈까? 아니면 혼자 탈출하여 야계중이 수리했을지도 모르
는 중거추를 가지고 투월령을 빠져나갈까?

‘전생 퀘스트는 내 몫이야. 벨란데르는 나를 도와주는 거
니까.’

노바디는 벽에 몸을 붙이며 위로 올라갔다. 간수들은 벽에

꽂힌 횃불 아래에 탁자를 앞에 두고 의자에 앉아 있었다. 체스 비슷한 게임을 하는지 통로 쪽은 쳐다보지도 않았다.

안도하며 몸을 돌린 노바디는 단단한 체구의 드워프를 발견했다. 계단을 딛고 내려오다가 노바디와 맞닥뜨린 것이다.

가슴까지 내려오는 두툼한 수염, 커다란 주먹코, 가문의 문장과 여러 전투에서의 전과를 새긴 철제 투구, 무거운 미늘 갑옷 그리고 짧고 거친 손으로 꽉 움켜쥔 거대한 도끼. 바로 근위기사단을 이끄는 마룽이었다. 마룽 역시 노바디를 보고는 깜짝 놀란 눈치였다.

마룽 뒤에 있는 근위기사들을 확인한 노바디는 천천히 두 손을 머리 위로 들어 올렸다. 싸워 봐야 소용없다고 판단한 것이다. 근위기사들을 상대로 힘으로 이긴다고 해도 한바탕 난리가 날 테고, 투월령을 무사히 빠져나가기긴 힘들 터였다.

간수들이 화들짝 놀라며 달려왔다.

"어떻게 나온 거지?"

마룽은 노바디 뒤에 엉거주춤 서 있는 간수들을 노려보았다. 불꽃망치 일족의 기술이 녹아 있는 감옥이라서 내부의 조력 없이 탈옥은 불가능하다고 마룽은 믿고 있었다.

"보다시피 몸이 가늘어서 좀 힘이 들었지만 창살 사이로 빠져나올 수 있었습니다. 난 드워프가 아니니까요."

"아쉽게 됐군."

마룽이 고갯짓을 하자 두 명의 드워프 근위기사가 노바디

옆을 지나서 아래로 내려갔고, 곧 바마퉁을 데려왔다. 바마퉁은 잔뜩 겁에 질린 얼굴로 노바디를 쏘아보았다.

"이제 곧 재판이 열린다. 따라오도록."

마룽은 벨란데르에 대해서는 일언반구도 없었다.

접속을 끊은 이방인을 대하는 페플의 방식, 페플에 속하는 NPC들의 행동은 정해진 기준이 없었다. 때에 따라서 달랐다.

이방인이 접속하기를 기다렸다가 진행되는 퀘스트도 있고, 이방인의 접속 여부와 상관없이 진행되는 퀘스트도 있다. 보통은 퀘스트를 수행하는 게이머를 중심으로 일이 풀려 나간다.

노바디는 견고한 수갑이 채워진 채 건장한 드워프 근위기사에게 끌려갔다.

"……우린 죽었어."

징징대는 바마퉁 옆으로 추영이 먹구름처럼 따르고 있었다.

노바디는 추영을 쳐다봤다.

처음 엠모르타와 다섯 드워프가 싸우는 장면을 봤을 때 저 빛나는 구름은 엠모르타가 뿜어내는 죽음의 연기 사혈분무를 막아 내고 있었다.

추영은 사혈분무의 독을 중화시킬 뿐 아니라 물리적인 압력까지 막아 낼 만큼 탁월한 도구였다. 또한 무기이기도 했다. 따라서 바마퉁에게 의지만 있다면 추영을 이용하여 얼마든지 감옥을 빠져나갈 수 있었을 것이다.

바마퉁을 가둔 건 감옥의 창살이 아니었다.

바마퉁 스스로 감옥에 갇힌 것이다.

노바디는 바마퉁을 향해 말했다. 윽박지르는 말투로 들리지 않을까 싶어서 일부러 부드럽게, 그러면서도 힘을 주어서.

"우린 죽지 않아. 절대로."

바마퉁이 고개를 들어 노바디를 바라보았다.

키 작은 드워프들에게 끌려서 어두운 터널을 통과한 노바디는 갑자기 쏟아지는 함성에 귀가 아팠다. 주위를 둘러봤다. 마치 NBA 경기장에 온 것처럼 비스듬히 경사진 의자에 수만 명의 드워프들이 앉아서 소리를 질러 대고 있었다.

경기장에 해당되는 재판장 중앙으로 끌려간 노바디와 바마퉁은 기다란 구덩이로 떨어졌다. 인간과 엘프를 내려다보기 위해서 파 놓은 구덩이였지만, 벨란데르는 여기 없었다.

국왕 파둥이 신하들 그리고 늘씬한 여신관과 함께 등장하자 드워프들은 일제히 몸을 일으켰다. 파둥은 두툼한 손을 흔들었다. 드워프들로부터 어마어마한 환호가 쏟아졌다. 이방인들을 향한 분노, 욕설과는 완전히 다른 소리의 향연이었다.

파둥이 앉은 후에야 드워프들도 착석했다.

검은 뿔이 난 하얀 가발을 뒤집어쓴 판사가 국왕을 향해 고개를 숙였다. 파둥이 고개를 끄덕이자 판사는 몸을 돌려

구덩이에 서서 위를 살피는 죄인들을 노려보았다.

"그대들은 하늘의 뜻을 거역했도다. 세상을 창조하고 자기 뜻대로 운영하는 하늘이 그대들로 인해 분노했도다. 이제 그대들에게 마땅한 처벌을 내려 하늘의 분노를 잠재우려 하는도다."

정상적인 재판이 아니었다. 일방적인 판결이며, 심문 과정조차 없는 처벌이었다.

"그대들을 푼둠형에 처하노라!"

엄청나게 긴 판결문을 다 읽은 후 판사가 외치자, 드워프들은 이 순간을 기다린 것처럼 일제히 소리를 질렀다.

이 커다란 공개재판장이 지진이라도 난 것처럼 흔들렸다. 원래부터 진동을 고려해서 건축했는지, 그렇게 요동치는데도 관람석은 견고했다. 이리저리 흔들리는 관람석은 바람에 춤추는 보리밭 같았다.

"푼둠이 뭐지?"

노바디가 바마퉁을 쳐다봤다.

바마퉁은 벌벌 떠느라 노바디의 질문조차 듣지 못했다.

고개를 돌린 노바디는 판사를 보지 않았다. 그 뒤쪽 높은 곳, 보좌에 앉은 국왕을 보는 것도 아니었다. 노바디는 국왕 옆에 붙어 있는 여신관을 응시하고 있었다. 마치 사냥감을 조용히 바라보면서 약점을 살피는, 그러면서도 모든 순간을 관찰하는 노련한 사냥꾼의 시선 같았다.

"신탁은 가짜야. 저 여자가 지어낸 거지."

노바디가 말했다.

"그걸 어떻게 알아?"

바마퉁이 물었다.

"신탁 같은 건 없으니까."

노바디는 주장하지도, 힘주어 말하지도 않았지만 바마퉁은 왠지 그 말을 믿을 수 있었다. 묘한 느낌이었다.

저런 말을 할 수 있다니. 저런 분위기를 풍길 수 있다니. 바마퉁은 진심으로 부러웠다.

그때, 흙바닥이 사라졌다.

아래는…… 시커먼 구멍이었다.

노바디와 바마퉁은 아래로 추락했다.

깜깜한 곳으로 하염없이 떨어지다가 겨우 정신을 차리니 매우 넓고 깊은 공간이 보였다. 천장과 벽 곳곳에 박혀 있는 야명석의 빛 덕분에 아래의 지형지물이 시야에 들어왔다.

"아아악!"

바마퉁이 비명을 질렀다.

노바디도 입을 벌렸다. 소리만 나오지 않을 뿐, 놀란 마음은 바마퉁과 마찬가지였다.

두 사람은 어마어마하게 높은 곳에서 추락하고 있었다. 스카이다이빙 다큐멘터리에서 본 장면이 떠올랐다. 산마루와 계곡이 조그만 주름 같고, 콸콸 흐르는 급류가 지렁이처럼 보일 만큼의 높이에서 둘은 허우적거리며 떨어지고 있었다.

점점 빠르게 돌기둥으로 된 숲과 석회질 바위, 깊고 유속이 빠른 지하수가 다가왔다.

바마퉁은 기겁했다.

노바디는 어떻게든 속도를 줄이려고 방법을 찾았으나 둥근 바위에 부딪히는 순간 뼈가 으스러지는 소리를 들을 수 있었다.

크게 튕긴 그는 지하수에 휩쓸렸다. 그게 마지막 기억이었다.

죽음은 뼈아픈, 결코 좋아할 수 없는 경험이지만 페플에 접속한 게이머라면 누구든 겪을 수밖에 없는 일이었다. 노바디는 어디서 되살아날지 궁금했다. 투월령에서 되살아난다면 또 난쟁이 똥자루 같은 놈들에게 붙잡혀 푼둠이라 불리는 구멍으로 추락할지 모른다.

섬광이 흐릿해지는 순간, 노바디는 비명을 들었다. 바마퉁의 목소리였다. 기시감이라고 생각했다. 조금 전 자유낙하로 죽을 때, 바마퉁은 저렇게 돼지 멱따는 소리를 냈다.

"이런!"

노바디는 곧 그 이유를 알아차렸다.

또 공중이었다.

또 추락하고 있었다.

아래를 보니, 아까 그 장소가 분명했다. 높은 곳에서 본 울창한 석림은 이쑤시개 수백 개를 꽂아 놓은 것만 같고, 산이라고 해도 될 만큼 크고 웅장한 암회색 바위는 계란처럼 보였다.

생각을 할 틈도 없었다. 팔다리로 허우적거리자 몸이 빙글빙글 돌았던 것이다. 텔레비전에서 봤던 스카이다이버의 멋진 자세는 꿈에서나 가능해 보였다. 현기증이 나도록 몸이 회전하다가 아까 부딪힌 바위와는 다른 곳에 처박혀 죽었다.

부활한 노바디는 눈을 질끈 감았다. 몸은 천천히 아래로 속도를 내고 있었다. 균형은 이미 무너졌다. 몸은 수평은 물론 수직으로도 빙글빙글 돌기 시작했다. 어지러워 심사숙고는 불가능했다.

바마퉁은 보이지 않았다. 접속을 끊은 모양이었다.

그럴 만도 했다.

노바디 역시 그런 유혹을 느끼고 있었다. 아무리 발버둥 쳐도 시시포스가 영원히 바위를 밀어 올리는 것 같은 지겹고 힘든 악순환에서 벗어날 수 없다면, 차라리 이 캐릭터를 버리고 새 캐릭터를 만드는 것도 그리 나쁜 시작은 아닐 터였다.

"안 돼!"

노바디는 소스라치게 놀라며 외쳤다.

지난 4년 동안의 암흑이 어떻게 시작되었는지 노바디는 잘 알고 있었다. 처음엔 한 가지 마음, 조금 쉬고 싶다는 생각뿐이었다. 하루를 혼자 방에서 처박혀 지냈다.

문제를 회피할 수 있는 곳이 주는 위안에 취하면 거기 머물러야 하는 핑계는 얼마든지 스스로 만들어 낼 수 있다.

그렇게 하루가 일주일이 되고, 일주일은 한 달, 한 달은 몇 년으로 늘어난다.

노바디는 후회했다. 아무리 버그라고 해도 데스나이트가 된 캐릭터를 그토록 쉽게 포기하다니. 방법을 찾기 위해 애를 썼다면 결과는 달라졌을 수도 있을 텐데.

그 결정이 씨앗이 되어 마음에 뿌려졌고, 거기서 싹을 틔운 놈은 이제 포기라는 꽃을 피웠다. 반복되는 죽음에서 벗어나기 위해 이 캐릭터를 삭제한다면, 조금만 어려워도…… 마음에 들지 않는 상황이 생겨도…… 캐릭터를 없애고 새로 시작하게 될지도 모른다.

"포기가 습관이 되는 거지."

땅이 가까워졌다. 바위산은 그 웅장한 모습을 보여 주었고, 지하수 역시 품고 있는 계곡과 급류의 힘 그리고 맹렬하게 떨어지는 폭포까지 드러내고 있었다.

노바디는 눈을 감았다.

퍽.

그렇게 노바디는 죽었고, 잠시 후 까마득히 높은 상공에서 되살아나 추락하기 시작했다.

"이대로 질 수는 없지."

노바디는 밖으로 나갔다.

커넥터를 빠져나온 김현은 컴퓨터를 켜고 스카이다이빙
에 대해 검색했다. 교육과정, 익혀야 할 자세, 스카이다이빙
의 종류 등 상세한 설명은 인터넷 곳곳에 널려 있었다. 김현
은 먼저 동영상으로 전문 스카이다이버의 자세를 꼼꼼히 살
폈다.

"쉬워 보이는데."

쉽지 않다는 사실은 이미 안다. 아무리 몸을 바로잡으려
해도 그 회전을 멈출 수가 없었다.

당장 게임 매니저에게 버그 리포트를 보내고 싶은 마음이
있었다. 게이머가 캐릭터 삭제 외에는 빠져나올 수 없는 상
황이니 게임 매니저가 조치를 취할 것이다. 연락하지 않은
이유는, 또 캐릭터를 없애는 대가로 보상을 받게 될 가능성
때문이었다. 캐릭터를 팔아 치워 값진 아이템을 받는 느낌은
질색이었다.

김현은 할 수 있는 데까지 애를 쓴 후에 결정할 생각이었
다.

"음, 일단 아치 자세가 기본이구나."

김현은 소파를 뒤로 밀고 공간을 만들었다. 거기 배를 깔

고 엎드려 팔과 다리에 힘을 주고 들어 올렸다. 금세 땀이 날 만큼 어려운 자세지만, 모니터를 힐끔거리며 자세가 비슷한지 확인했다.

한번 스카이다이빙을 경험하려면 비행기를 타고 고공으로 올라가야 한다는 다큐멘터리의 내레이션에 김현은 억지로 웃었다.

적어도 수십만 원, 장비를 개인적으로 구입한다면 수백만 원이 드는 교육과정은 물론 실제로 비행기를 타고 뛰어내릴 때마다 지불해야 하는 비용을 생략한 채, 자유낙하를 할 수 있는 환경이 공짜로 주어진 셈이었다.

낙하산이 없어서 죽을 때마다 레벨이 하락한다는 점이 마음에 들지 않지만, 김현은 레벨에 큰 의미를 두지 않았다. 그보다는 죽음에 익숙해진다는 사실이 약간 겁이 날 뿐이었다.

죽음이 편해지면 포기도 쉬워질 테니까.

박용준은 새하얀 벽 앞에서 왔다 갔다 계속 걷고 있었다. 화가 나서 잠시 몸을 부르르 떨기도 했지만 걷는 행위를 멈추지는 않았다. 추영이 흐릿한 구름처럼 박용준을 따라다니고 있었다.

"걔들 때문이야."

목소리는 벽에 부딪혔지만 되돌아오지 않고 중간에서 소멸되었다.

"그렇지?"

박용준은 추영을 바라보았다. 추영은 흥분한 박용준을 흉내 냈다. 상대의 동의를 간절히 구하는, 한없이 허약한 얼굴이었다.

박용준은 손을 흔들어 추영을 흩었다. 아무리 추영이 말없는 친구라고 해도 자신의 얼굴에 담긴 감정을 거울처럼, 때로는 거울보다 더 적나라하게 보여 줄 때면 마냥 좋아할 수는 없었다. 박용준은 거울을, 거울에 비치는 자신의 모습을 싫어했다.

"난 아무 잘못 없어!"

더 크게 외친 박용준.

이번에도 메아리는 들리지 않았다.

가끔 벽과 천장에 목소리가 튕겨 나와 여러 개의 반향음이 들릴 때가 있다. 박용준은 그 메아리의 합창을 들으면 왠지 모르게 마음이 편해졌다.

박용준은 곧 풀이 죽어 침대에 걸터앉았다. 한숨이 절로 터져 나왔다.

공들여 만든 캐릭터 바마퉁도 끝장이 났다. 오랫동안 시간과 정성을 쏟아부은 캐릭터 바마퉁은 곧 박용준이었기에, 차마 바마퉁을 삭제할 엄두가 나지 않았다.

그 캐릭터를 없애면 새로운 캐릭터를 만들어야 한다. 드워프라면 바위 도시 람코에서 처음부터 시작해야 할 것이다. 생각만 해도 앞이 캄캄했다.

박용준은 커넥터로 들어갔다.

캐릭터 삭제를 위해 메뉴를 선택하니 확인을 위한 창이 떴다.

–바마퉁을 삭제하시겠습니까? 바마퉁에게 속한 골드, 아이템 모두 사라집니다.

삭제 버튼을 눌러 실행하려는 순간, 그 녀석이 생각났다. 지하 감옥 안에서까지 우스꽝스러운 자세를 유지하며 페플에서 오랜 시간을 보내는, 진짜로 무공에 미친 것 같은 노바디.

'그래도, 노바디는 내게 미안하다고 했어.'

귀를 의심했을 만큼 노바디의 그 말은 박용준에게 예상 밖이었다.

사실, '미안'이라는 말을 박용준은 좋아하지 않았다. '미안하지만'은 일방적인 강요를 좀 더 부드럽게 만드는 수식어에 불과했다.

미안하지만, 며칠만 여기 있을래?

미안하지만, 한 달은 있어야 할 것 같아.

미안하지만, 올해만 여기 있어.

미안하지만, 너도 여기 있는 게 더 좋을 거야.

미안하지만, 난 내 생각이 옳다고 확신해.

싱크

그런 말을 지껄이는 사람들의 마음에 진짜 미안한 감정이 있을까? 박용준은 할 수 있다면 그들의 머리와 가슴을 열어보고 싶었다. 그들의 감정을 똑바로 확인하고 싶었다. 그래서 두 번 다시 미안하다는 말을 할 수 없도록 입을 꿰매고 싶었다.

그러나 노바디의 미안은 진짜 미안이었다. '미안하지만'이 아니었다. 듣는 사람이 오히려 대접받는, 존중받는 느낌마저 들게 만드는 미안함이었다.

박용준은 노바디가 뭘 하고 있을지 생각했다. 아마 그 녀석도 품둠형에서 벗어날 수 없다는 사실을 깨닫고 접속을 끊었을 것이다. 고민 끝에 자신처럼 캐릭터를 삭제하거나, 이미 그 과정을 끝내고 새로운 캐릭터를 만들었을지도 모른다.

박용준은 캐릭터 삭제 대신, 접속을 택했다.

곧 무슨 일이 벌어질지는 알고 있었다. 공중에서 허우적거리며 아래로 떨어질 것이다. 균형을 잡지 못해 빙글빙글 회전하다가 어느 순간 땅에 부딪혀 죽고 말 것이다.

박용준은 그저 무공에 미친, 약간은 기이한 게이머 노바디가 무엇을 하고 있을지 궁금했던 것이다.

곧 섬광이 번쩍 터졌다.

바마퉁은 노바디를 발견했다.

노바디는 추락하고 있었지만 아래를 내려다보며 겁먹기

보다는 팔짱을 끼고 눈을 감은 채 고민에 잠겨 있었다. 노바디 역시 공중에서 균형을 잡기가 버거운지 몸이 회전하고 있었다.

어떤 게이머도 죽음을 좋아하지 않는다. 레벨 하락, 지니고 있던 아이템의 상실 때문만은 아니었다. 이곳 페플에서 죽음은 곧 패배였다. 몬스터에게 혹은 다른 게이머에게 패한다는 사실에 기뻐할 게이머는 한 명도 없을 것이다. 푼둠은 그런 의미에서 게이머를 씁쓸한 패배의 늪에 빠뜨려 스스로 자신을 죽이도록 만드는 가혹한 형벌이었다.

노바디가 갑자기 눈을 떴다.

그리고 씩 웃었다.

노바디가 팔짱을 풀어 자세를 취하자 회전이 서서히 줄더니 딱 균형을 찾았다. 그에 반해 바마퉁은 빙글빙글, 수평 방향과 수직 방향이 섞인 방식으로 몸이 돌고 있었다.

"팔을 구부리고 배에 힘을 주며 가슴과 다리를 위로 올린다고 생각해 봐. 이걸 아치 자세라고 하는데, 처음엔 쉽지 않을 거야."

바마퉁은 노바디의 말보다 그 자세를 보고 따라 했지만 마음처럼 쉽지 않았다. 낙하 속도가 굉장히 빨라서 팔의 각도가 조금만 달라져도 몸이 빙그르르 돌았던 것이다.

노바디가 부러울 만큼 우아한 자세로 다가왔다.

바마퉁은 언젠가 영화에서 본 장면을 떠올렸다. 수십 명이 한꺼번에 비행기에서 뛰어내린 후 낙하산을 펴기 전까지, 저런 자세로 공중에서 오륜기 형태를 만들었다. 보기는 쉬우나 실제로는 어려운 기술이라고 바마퉁은 생각했다.

노바디가 바마퉁의 팔을 잡았다. 제멋대로 돌던 몸이 조금이나마 균형을 찾았다.

"좀 낫지?"

"넌 되게 잘한다."

바마퉁은 공중 자세가 능숙한 노바디를 몹시 부러워했다.

"시행착오를 겪었으니까."

"시행착오?"

"처음엔 난리였다. 너보다 더 심했어."

"정말?"

"진짜야. 사실, 접속을 끊고 밖으로 나가서 스카이다이빙을 어떻게 해야 하는지 좀 찾아봤어. 아치, 배럴 롤, 백 루프, 트래킹, 에어플로 등 다양한 자세에 대한 설명을 찾아냈고, 그걸 흉내 낸 거야. 아, 온다. 충고하는데, 눈을 감는 게 좋을 거야."

노바디는 아래를 가리키며 눈을 감았다.

바마퉁도 엉겁결에 손을 들어 눈을 가렸다.

그때, 노바디가 먼저 땅바닥에 처박혀 팔다리가 기괴한 각도로 뒤틀렸다. 이어서 바마퉁도 비슷한 꼴을 당해서 죽고 말았다.

두 사람은 공중에서 되살아났다.

바마퉁은 워낙 오랫동안 페플에서 죽지 않고 살아왔기에 그 충격이 낯설고 고통스러웠지만, 노바디는 균형을 잡기 위해 안정적인 아치 자세를 취한 채 바마퉁을 쳐다보고 있었다.

바마퉁은 이미 회전하고 있어서 어지러웠다. 그러니 대화는 아예 불가능했다.

노바디는 바마퉁이 이해할 때까지 아치 자세를 설명했고, 필요할 경우에는 옆으로 다가가서 도와주었다.

열 번 죽을 때까지 바마퉁은 어리벙벙했다. 운동신경이 둔해서 무엇을 하려 해도 쉽지 않았던 것이다. 서른 번쯤 죽었을 무렵, 아슬아슬한 균형이나마 유지할 수 있었다.

노바디는 바마퉁을 보며 활짝 웃었다.

"이제 좀 이야기를 나눌 수 있겠다. 잘 왔다. 난 널 기다리고 있었거든."

"……기다려? 날? 왜?"

바마퉁은 적잖이 놀랐다.

"추영 때문이지."

노바디의 표정에서는 답답함도, 짜증도 찾을 수 없었다. 문제의 해답을 찾아낸 사람 특유의 자신만만한 분위기가 흘러나왔다.

"추영?"

"음, 내가 무슨 말을 해도 비웃지 마."

"내가 어떻게 비웃어?"

바마통은 자신이 누군가를, 노바디처럼 강인한 사람을 비웃을 수도 있다는 그 가능성을 바로 저 노바디가 인정했다는 점 때문에 몽글몽글한 기쁨을 느꼈다.

"눈 감자."

노바디가 말했다.

두 사람은 다시 땅에 처박혀 죽었다.

부활한 노바디가 말했다.

"추영으로 근두운을 만들면 어떨까?"

"……뭐?"

"비웃지 말라니까."

"비웃은 거 아니야. 다시 한 번 말해 줘. 제대로 못 들었거든."

"추영의 형태를 마음대로 바꿀 수 있잖아. 그러면 손오공이 타고 다니는 근두운의 형태로도 만들 수 있지 않을까 해서."

"그건 가능해."

사람의 얼굴을 그대로 흉내 낼 수 있는 추영은 곧 바마통의 의지를 느끼고 뭉게구름처럼 외양을 바꾸었다. 저 높은 곳에 박힌 야명석 때문에 구름이 반짝거렸다.

"역시!"

노바디가 소리쳤다.

바마퉁은 노바디가 왜 저렇게 좋아하는지 이해할 수 없었다. 왜 추영을 근두운의 형태로 바꾸기를 원하는지조차 몰랐다.

그러다가 자연스럽게 손오공이 근두운을 타고 날아다니는 장면이 떠올랐다. 그리고 맹렬하게 떨어지는 자신의 몸과 저 아래에서 맹렬하게 가까워지는 석회질 바위와 좁고 깊은 급류를 볼 수 있었다.

바마퉁은 노바디의 의도를 알아차렸지만 곧 실망했다. 추영은 자유자재로 모양을 바꿀 수 있지만, 그렇다고 그 성질과 힘까지 근두운처럼 될 수는 없었다.

"아무리 애를 써도 푼둠에서 벗어날 수는 없어."

바마퉁은 울먹거리지 않으려고, 노바디 앞에서 질질 짜지 않기 위해서 눈과 입가에 힘을 주었다. 이유는 모르지만 노바디의 눈을 쳐다보기만 하면 가슴에 담아 놓은, 차곡차곡 쌓아 올린 감정의 저수지가 터지며 흘러내릴 것만 같았다.

바마퉁의 말이 옳다고 증명이라도 하는 것처럼, 땅이 빠르게 다가와 둘을 때렸다.

다시 공중에서 살아난 노바디와 바마퉁은 이미 자유낙하를 시작했다. 노바디의 담담한 분위기 때문인지 바마퉁도 이제 페플 특유의 죽음을 비교적 편안하게 받아들일 수 있었다.

"추영으로 엠모르타의 사혈분무는 잘 막았잖아."

노바디는 차분했다.

"……사혈분무는 연기야. 그러니까 막을 수 있었어."

"그냥 연기는 아니었어. 어마어마하게 빠르고, 닿으면 튕겨 나갈 만큼 힘이 있는 연기였거든. 난 직접 당해 봤잖아."

"아, 맞아."

바마퉁은 노바디가 엠모르타의 눈을 찌르고 내부로 파고들어가 재생석을 들고 나온 장면을 기억해 냈다. 그 당당한 모습에 절로 기가 죽었다. 그러자 추영은 더 이상 근두운의 형태를 유지할 수 없었다. 추영은 가루가 되어 사라졌다.

노바디는 말없이 추영과 바마퉁을 번갈아 살폈다. 바마퉁의 기분과 추영의 상태는 하나로 얽혀 있다는 느낌을 받았다.

"난 안 돼. 사실, 캐릭터를 삭제하기 전에 마지막으로 들어와 본 거야. 그러니까, 그러니까 더 애를 쓸 필요는 없어."

바마퉁은 느릿느릿, 답답할 만큼 천천히 말했다.

"사실, 난 얼마 전에 캐릭터를 삭제했었어."

노바디였다.

"정말?"

바마퉁의 눈이 커졌다.

"버그 때문에 내 캐릭터가 몬스터가 되고 말았거든."

"……그럴 수도 있어?"

"게임 매니저에게서 연락이 왔었어. 미안하다고, 하지만 복구는 불가능하다고. 삭제할 수밖에 없다고 생각했어. 게다가 페플에서 어마어마하게 좋은 아이템을 주기로 약속했거든. 마음이 좀 무거웠지만 이왕 다시 시작한다면 빨리 시작하는 게 좋다고 생각했어."

"아, 그랬구나."

바마퉁은 그 말이 고마웠다. 마치 캐릭터를 삭제하려는 자신을 위로하는 느낌이었다.

"지금은 후회해."

그러나 이어진 노바디의 말은 바마퉁의 생각과 달랐다.

"후회? 왜?"

"애를 쓰지 않았거든. 데스나이트가 된 내 캐릭터를 너무 쉽게 버렸다는 생각을 떨칠 수가 없어. 나도 사실 너와 비슷한 생각을 했어. 너보단 더 쉬웠을지도 몰라. 적어도 난 이 캐릭터를 시작한 지 얼마 안 됐으니까. 빨리 없애고 새로 만들자, 그러면 된다."

"……그런데 왜 안 없앴어?"

"버릇이 될까 봐."

바마퉁은 아무 말도 할 수 없었다. 그 말이 무엇을 뜻하는지 잘 알았다.

배려와 비겁한 양보는 완전히 다르다. 배려도 반복되면 상대는 권리라고 생각하지만, 비겁한 양보는 그보다 훨씬 질이 나쁘다. 상대에게 자신을 지배할 수 있는 권리를 스스로 부여하는 셈이니까. 자발적인 노예보다 더 비참한 처지는 없을 것이다.

언제 그 사실을 깨달았는지 바마퉁은 잊었지만, 한 가지는 확실했다. 자신은 복종과 순응에 익숙해져 버렸다. 움츠러드는 것, 납작 엎드리는 것, 화가 나도 속으로 삭이는 것, 자신의 감정을 죽이는 것, 정신병원에 갇혀 있는 것, 그 상태를 정상이라고 믿는 것, 불만이 생겨도 모른 척하는 것 등 온갖 나쁜 것에 버릇이 든 것이다.

"해 보자."

노바디가 말했다.

"나는…… 안 될 거야. 옛날부터 그랬어."

말을 내뱉자마자 바마퉁은 후회했다.

이제 노바디는 자신을 겁쟁이에 소심쟁이로 생각하고 무시할 것이다. 왜 옛날부터 그랬다는 말을 덧붙였을까? 이러니 바보 취급을 당해도 싸다.

얼굴이 화끈거려 밖으로 나가려는 순간, 노바디의 목소리가 들렸다.

"옛날엔 그랬을 거야."

바마퉁은 노바디를 쳐다봤다. 노바디가 말을 이었다.

"이제부터는 안 그래."

"나, 나는…….."

"같이 해 보자. 후회가 남지 않을 때까지 말이야. 그래도 안 되면 우리 같이 삭제하자. 그리고 페플을 같이 시작하는 거야. 어때?"

"같이?"

바마퉁은 노바디가 그런 말을 할 거라고는 상상도 못 했다. 같이? 우리? 꿈에서도 듣지 못한 말이었다.

"그래, 같이."

노바디가 말했다.

노바디는 바마퉁으로부터 추영에 대해서 들었다. '배반한 흙의 정령'이라는 별명을 가지고 있지만, 추영은 불꽃망치 일족이 자랑하는 8대기보 중 하나로 손꼽힐 만큼 진귀한 존재였다.

보통 정령은 마법사 혹은 소환사에 의해 이계에서 나와서 잠시 머물 뿐 힘을 소진하면 돌아가야 한다. 그러나 추영은 주인 곁을 항상 맴돌 뿐 아니라, 설사 주인이 지시를 내리지 않아도 스스로 움직여 주인을 보호할 만큼 능동적이었다. 특히 독에 대한 방어력이 매우 뛰어났다.

이야기가 길어지는 바람에 대화 중에 몇 번이나 추락으로 목숨을 잃었다. 그래도 설명의 흐름은 달라지지 않았다.

이제 두 사람은 추락과 죽음에 매우 익숙해져 있었다. 레벨도 나락으로 떨어진 지 오래여서 더 이상 잃을 게 없었다.

바마퉁도 아치 자세에 능숙해져 공중에서 균형을 유지할 수 있었다. 노바디가 알려 준 다른 자세도 조금씩 시도해 보는 중이었다. 바마퉁이 공을 들이는 자세는 에어플로였다.

"음, 물리적인 방어력은 상대적으로 약하다는 거구나. 이전 주인은 추영을 어떻게 사용했지?"

노바디가 물었다.

"……벨몽은 어마어마하게 강했어."

바마퉁은 과거를 떠올렸다.

"얼마나?"

"벨몽 혼자서 투월령의 근위기사단을 괴멸 직전까지 몰아넣었거든."

"설마."

노바디는 직접 불꽃망치 일족의 근위기사들이 얼마나 강한지 경험했기 때문에 깜짝 놀랐다.

"혼자지만 사실 혼자는 아니었어."

"뭔 말이야?"

"일곱 명의 벨몽이 추영군무를 펼쳤으니까."

바마퉁은 만약 투월령에서 쫓겨나서 영원히 돌아갈 수 없다고 해도 그 기억만으로도 그곳에서의 시간이 아깝지 않았다.

드워프뿐 아니라 인간이라고 해도 아주 잘생긴 축에 속하는 벨몽을 항상 그림자처럼 따라다니던 추영은 순식간에 여섯 명의 벨몽으로 변할 수 있었다. 일곱 명의 벨몽은 도시를 방어하는 군대뿐 아니라 근위기사단이 달려들어도 어쩌지 못할 만큼 강력한 방어력과 공격력을 갖춘 팀이었다.

당시에 바마퉁은 그 광경을 구름다리 위에서 지켜볼 수 있었다.

추영이 만들어 낸 여섯 벨뭉은 진짜 벨뭉과 분간할 수 없었다. 도끼와 망치, 방패를 들고 검붉은 갑옷을 입은 벨뭉은 고함을 지르며 근위기사단으로 뛰어들었다.

흡사 양 떼를 덮친 늑대 같았다.

"배신자였다며?"

"국왕을 죽이려 했어. 왕위를 찬탈하려고."

바마퉁은 평소에도 오만하다고 소문이 난 벨뭉이 근위기사단을 쓰러뜨리고 왕좌 앞으로 간 순간을 떠올렸다. 그 압도적으로 강한 벨뭉도 아버지를 죽일 수는 없었다. 도끼를 쥔 손이 덜덜 떨렸다.

바로 그때, 추영이 벨뭉에게서 빠져나왔다. 벨뭉을 버린 것이다. 그러지 않았다면 근위기사들이 벨뭉을 사로잡을 수는 없었을 터였다.

놀라운 일은 그다음에 벌어졌다.

추영이 위로 올라와 드워프들 사이를 도깨비불처럼 돌아다녔다. 드워프들, 특히 강해지려는 의지를 지닌 젊은 드워프들이 앞을 다투어 추영을 잡으려 했다. 혼자서 투월령을 뒤엎기 직전까지 간 벨뭉이 지닌 힘의 근원이 추영이라고 그들은 생각했던 것이다.

그러나 추영이 택한 드워프는 그때까지 전혀 알려지지 않았던 바마퉁이었다. 모두가 놀란 사건이었다.

그로 인해 논쟁이 벌어졌다. 허약한 바마퉁에게서 추영을 빼앗아 좀 더 건장하고 재능이 뛰어난 드워프에게 허락해야 한다는 게 그들의 주장이었다.

마법사가 동원되었지만 누구도 추영의 의지를 꺾지 못했다. 드워프들은 바마퉁을 추영의 주인으로 인정할 수밖에 없었다. 그러나 드워프들은 바마퉁을 진심으로 인정하지 않았다. 그래서 붙인 별명이 바로 '배반한 흙의 정령'이었다.

불꽃망치 일족의 8대기보 중 하나인 추영은 이제 배반의 상징이 되었다. 불꽃망치 드워프들이 질투심에 눈이 멀어 자신들의 보물을 그렇게 만들었다.

"우와."

노바디는 진심으로 감탄했다.

추영이 그렇게나 강력한 아이템이라고는 상상도 못 했다. 여섯 명의 분신을, 그것도 본체와 다를 바 없는 분신을 만들어 내다니.

그런 능력을 가진 추영이 근두운이 되어 주인을 보호하지 못한다니, 말이 안 된다. 노바디는 바마퉁이 추영의 잠재력을 끌어내지 않았기 때문에 이 난감하고 짜증 나는 상황을 벗어나지 못한 것이라고 확신했다.

"벨몽은 어떻게 됐지?"

노바디가 물었다.

"저 아래 어딘가에 있을 거야. 아마도 백골이 됐겠지만."

"푼둠형을 받은 거구나."

"맞아."

"아쉽네. 만나 보고 싶었는데."

노바디는 진심이었다.

"나도 그렇게 생각해. 벨몽은 진짜 대단한 영웅이었어. 난 왜 왕위를 찬탈하려 했는지 이해할 수가 없었어. 시간이 흐르면 벨몽이 왕위를 계승했을 텐데 말이야."

"뭐? 벨몽이 왕세자였어?"

"응. 아버지를 죽이려 했으니, 완전히 패륜이었던 거지."

"음."

팔짱을 끼고 진지하게 고민하는 노바디.

바마퉁은 비록 푼둠에서 벗어나지 못하고 벗어날 방법조차 찾지 못했지만, 더 이상 답답하거나 화가 나지 않았다. 자신의 이야기를 중간에 자르지 않고 이토록 오랫동안 귀 기울여 들어 준 사람은 그동안 없었다. 노바디는 말하고 싶게 만드는 사람이었다.

바마퉁은 노바디가 어떤 사람인지 궁금해졌다.

어느 정도는 알고 있었다. 참을성이 강하고 웬만해서는 흥분하지 않으며 항상 해결책을 향해 움직인다. 실망해도 거기

싱크

서 무언가 돌파구를 찾는 성향이 몸에 밴 사람 같았다.

'왠지 내 또래 같아.'

바마퉁은 그렇게 생각했다.

노바디가 바마퉁을 쳐다봤다.

"벨뭉 이전에도 추영의 주인이 있었겠지?"

"당연히."

"그들은 얼마나 강했어? 아는 대로 말해 봐."

노바디는 추영에 대한 모든 정보를 알고 싶어 했고, 바마퉁은 노바디가 원하는 것이라면 무엇이든 다 말해 주고 싶었다. 자연히 이야기는 길어졌다. 때로는 말하는 도중에 몇 번이나 죽었다가 살아났다.

그래도 둘 다 개의치 않았다. 땅에 부딪혀 죽는 순간의 충격, 그리고 뼈가 비틀리고 팔다리가 꺾이는 듯한 가상의 고통을 참을 수 있다면 무중력의 상태는 오히려 편안하기까지 했다.

페플 커넥터에는 일정 이상의 고통을 막는 기능이 탑재되어 있었다. 사실, 게이머는 생생한 배경에 속아 스스로 고통스럽다고 생각하기 때문에 물리적 고통보다는 심리적 고통을 느꼈다.

벨뭉에 대해 설명할 때와는 달리 바마퉁은 여기서 조금, 저기서 조금 중구난방으로 이야기했다. 노바디는 잠자코 들으면서 머릿속으로 퍼즐을 맞출 뿐 신이 난 바마퉁의 말을 끊지 않았다. 오히려 점점 형체를 갖추는 퍼즐을 지켜보면서 바마퉁의 관찰력과 기억력이 대단하다는 생각에 이르렀다. 다만 정리가 되지 않았을 뿐이다.

추영을 한마디로 표현한다면 물음표였다.

추영은 주인이 바뀔 때마다 그 능력이 달라졌다. 분신이 될 수도 있고, 때로는 어떤 방패로도 막을 수 없는 강력한 도끼가 되어 주인의 손에 들리기도 했다. 심지어 레나세르의 특기인 활이 되어 어마어마하게 빠른 속도로 화살을 쏠 수 있도록 주인을 돕기도 했다.

'그렇다면 근두운이 될 수도 있다는 거지.'

노바디는 드디어 결론에 이르렀다.

문제는 추영이 아니라 저 녀석 바마퉁이었다. 무엇이든 안 된다고 지레 겁먹고 포기하는 바마퉁의 사고방식으로 인해 추영의 능력에 제한을 받고 있었다.

아무리 궁리를 해도 자신에게는 품둠이라는 형벌에서 벗어날 방법이 없었다. 현섬이 유력한 후보지만 기껏해야 30센티미터 이동할 수 있었다. 따라서 바마퉁이 껍질을 깨고 나와야 캐릭터 삭제라는 무시무시한 공포로부터 벗어날 수 있을 것이다.

"바마퉁."

"응."

흥분한 바마퉁.

"넌 무엇이든 할 수 있어."

바마통은 곧 구멍 난 풍선처럼 얼굴이 쪼그라들었다. 그와 동시에 신이 난 표정이 사라졌다.

'저 녀석, 심각해. 할 수 있다는 말에 어깨가 축 늘어지다니 말이야. 어쩌지? 어떻게든 바마통이 추영의 잠재력을 깨우도록 만들어야 하는데. 음, 어떻게든 해야 하는데.'

순간, 엄마가 얼마나 힘이 들었을지 이해가 되었다. 방에 틀어박혀 밖으로 나오지 않고 하루에 한 끼도 제대로 먹지 않는 아들 때문에 얼마나 속이 타들어 갔을까? 오죽하면 거금을 들여 젊은 아이들이 좋아하는 게임 커넥터를 구입하여 방 앞에 갖다 놓았을까?

생각해 보면, 눈앞의 바마통보다 당시의 김현이 훨씬 더 심각했다. 우울했고, 의지는 물론 조금의 의욕조차 없이 하루하루 시간만 보냈던 것이다.

엄마의 사랑이, 아들을 어떻게든 일으켜 세우려는 엄마의 의지가 결국 기적을 일군 것이다.

노바디는 바마통을 쳐다봤다.

"난 김현이야."

"……김현?"

"넌?"

바마통은 잠시 망설였지만 노바디를, 아니 김현을 믿기로 했다. 신상 정보를 알아내어 나쁜 짓을 할 사람은 아니었다.

"……박용준이라고 해."

"추영은 어마어마하게 좋은 아이템이야. 아이템에도 급이 있다는 거 알지? 그건 신급이야. 그중에서도 최고라고 할 수 있어."

"나도 그렇게 생각해."

그 사실은 박용준을 지탱하는 실낱같은 자부심 중 하나였다.

"그 추영이 널 택했어."

"날 택해?"

박용준은 약간 불안했다.

"왜 널 선택했을까?"

"그야 내가 거기 운 좋게 있었으니까."

"아니, 벨몽만큼…… 어쩌면 벨몽보다 더 크고 강력한 재능이 네게 있다는 걸 추영이 알아본 거야. 그래서 아버지를 죽이려 했던 벨몽을 버리고 네게로 온 거지."

"말도 안 돼."

박용준은 웃음으로 얼버무리려 했지만, 김현의 얼굴을 보자 그 희미한 미소는 쏙 들어가고 말았다.

"왜 자신을 못 믿어?"

김현이 물었다.

"나, 나는……."

대답할 수 없는 박용준.

"네가 자신을 믿지 않으면 누구도 널 믿지 않아. 왜? 다른 사람들은 널 보고 네가 어떤 사람인지 평가하거든. 너 스스로 자신을 불신하고 깎아내리면 다른 사람들도 그렇게 할 거야. 키우는 강아지를 주인이 발로 걷어차면 지나가는 사람들도 발로 찬다잖아."

"난…… 모르겠어."

박용준은 이 자리가 불편했다. 아무도 없는 곳으로 가고 싶은 생각뿐이었다.

"할 수 있어, 넌. 내가 널 믿어. 추영도 널 신뢰하고."

"차라리 추영을 네게 줄 수 있으면 좋겠다. 너라면 추영을 근두운으로, 그보다 더 강력한 무언가로 바꿀 수 있을 테니까."

겁쟁이 박용준이 택한 샛길이었다.

그 말에 김현은 참을 수 없을 만큼 화가 났다.

"꺼져."

"……나는 그러니까, 내 말은, 나보다는 네가 더 똑똑하고, 끈기도 있고, 그러니까 더 가능성이 있지 않을까 해서, 그, 그래서……."

"꺼지라니까!"

김현이 소리치자, 박용준은 울상을 지으며 접속을 끊을 수밖에 없었다.

현실 왜곡장

빵빵.

자동차 경적 소리에 정신을 차린 안진후는 멈춰 섰다. 하마터면 인도를 벗어나 차들이 쌩쌩 달리는 도로로 거꾸러질 뻔했다. 택시 운전기사가 욕을 퍼부으며 지나갔다.

뒤로 물러나면서 주저앉은 안진후는 주위를 살폈다. 이곳이 어디인지 알 수가 없었다. 분명히 골동품 가게 골목이었다가 사막으로 이동했다. 사막에서 불사조와 맞섰다가 장렬하게, 실제로는 타 죽고 말았다.

어떻게 여기까지 왔을까?

"슈뢰딩거?"

— 여기 있어요.

머릿속에서 겁먹은 목소리가 울렸다. 아마도 불사조가 뿜어내는 화염에 압도된 모양이었다.

오가는 사람들이 안진후를 힐끔거렸다.

안진후는 끙 신음을 내며 겨우 몸을 일으켰다.

그 골동품 상점으로 갈 마음은 눈곱만큼도 없었다. 집으로 돌아가고 싶을 뿐이었다. 핸드폰을 꺼내어 위치를 알아냈다. 다행히 페플파크에서 그리 먼 곳이 아니었다.

서둘러 걷기 시작했다. 집에 도착하면 바로 페플로 접속할 생각이었다. 김현에게 할 말이 많았다. 문용필의 이야기는 물론 조금 전 벌어진 일까지 알리고 싶었다. 김현의 반응이 궁금했지만, 그보다 더 필요한 건 김현 특유의 차분한 태도였다. 그래야 끝없이 밀려드는 이 두려움을 떨쳐 버릴 수 있을 것이다.

페플파크 엘리베이터에 올라타자 마음이 조금 가라앉았다. 복도에 강무석이 기다리고 있었다. 안진후를 보자 강무석이 달려왔다.

"괜찮으십니까, 도련님?"

"……응."

목소리가 떨렸다.

거실로 들어선 안진후는 옷만 간단히 갈아입고 바로 커넥터로 향했다.

"이게 뭐야?"

벨란데르는 공중에서 허우적거렸다. 저 아래 암회색 바위와 창처럼 뾰족한 석순이 솟아 있는 땅바닥이 빠르게 다가오고 있었다.

"왔구나."

지나치게 차분한 노바디.

"어떻게 된 거야?"

"드워프 놈들이 재판을 끝냈어. 그 결과 보다시피, 이 꼴이 된 거고."

한숨 쉬는 노바디가 먼저 석회질 바위에 부딪혔고, 이어서 벨란데르가 비명을 지르며 퍽! 예리한 석순에 꿰뚫렸다.

당연히 즉사였다.

잠시 후, 허공에서 되살아난 벨란데르는 허전한 발밑을 살폈다. 몸은 속도를 내며 떨어지기 시작했다. 그와 동시에 멀미가 날 만큼 몸이 빠르게 회전했다.

"노바디! 어떻게 된 거야?"

"추락과 죽음, 반복될 거야. 빠져나갈 방법을 찾을 때까지. 참고로 나 지금 레벨 1이다."

"뭐?"

"이게 푼둠이라는 형벌의 정체야. 불꽃망치 드워프 놈들도 대단해. 우리 스스로 캐릭터를 삭제할 때까지 계속 떨어져서 죽는 형벌을 만들어 내다니 말이야."

"어지러워 죽겠다."

벨란데르는 당장 접속을 끊고 싶었다.

"나처럼 해 봐."

노바디가 말했다.

겨우 눈을 뜬 벨란데르는 자신과 달리 노바디는 공중에서도 무척 안정감이 있다는 사실을 깨달았다. 팔을 구부렸고, 힘을 주고 다리를 들어 올리며 가슴 위쪽도 신경 썼다. 그러나 짧은 시간 동안 익힐 수 있는 자세가 아니었다.

벨란데르는 비명을 지르며 석회질 바위에 처박혔다.

"너, 의외로 배우는 속도가 느리다."

노바디가 말했다.

"……네가 빠른 거야."

벨란데르는 아치 자세를 유지하느라 신경이 곤두서 있었다. 이 간단해 보이는 자세도 실제로 낙하할 때는 너무나 쉽게 무너졌다. 팔에 조금만 힘이 들어가도 몸이 흔들리다가 결국 돌기 시작한다. 한번 회전이 시작되면 멈추는 건 불가능했다.

노바디가 거짓말처럼 부드럽게 다가와 팔이나 다리를 잡아 준 후에야 균형을 되찾을 수 있는데, 그럴 때마다 벨란데르는 자존심이 상했다.

그렇다고 혼자 할 수 있다고 큰소리를 칠 수도 없었다. 몸으로 익히는 기술은 어느 것이든 시간이 필요했다.

낙하지점이 랜덤으로 결정되는지 몇 번은 바위에 충돌해서 등뼈가 아작 나서 죽고, 또 몇 번은 얕은 물가에 떨어져 죽었다. 꽤 깊이가 있는 물에 추락해도 결과는 마찬가지였다. 예리한 석순이 창날처럼 솟아난 곳이 아닌 것만도 다행이었다.

벨란데르는 이 상황이 어처구니가 없었다.

'저 녀석은 버그를 몰고 다녀.'

지난번에는 캐릭터 자체가 언데드 몬스터가 되더니, 이제는 듣도 보도 못한 늪에 빠졌다.

게이머가 속절없이 레벨 1이 될 때까지, 아니 스스로 계정을 삭제할 때까지 벗어날 수 없는 형벌이나 벌칙이 존재한다면, 그 게임 시스템은 비정상이다.

어쩌면 노바디가 비정상이어서 페플도 여기저기 삐걱거리고 있는지도 모른다.

쉰 번 가까이 죽었을 무렵, 벨란데르는 아치 자세를 혼자서 유지할 수 있게 되었다.

"얏호! 이걸 봐! 내가 해냈어!"

벨란데르는 고함을 질러 댔다.

그 모습에 노바디는 이렇게 다를 수도 있구나 속으로 생각했다.

아치 자세를 익히는 속도만 따지면 바마퉁이 훨씬 빨랐다. 자세 컨트롤 능력도 좋은 편이었다. 문제는 마음이었다.

벨란데르는 무엇이든 할 수 있다는 자신감으로 똘똘 뭉쳐 있었다. 면박을 주고 지적을 해도 가끔은 말려야 할 만큼 고집을 부렸다. 어쩌면 그런 자신감 때문에 배우는 속도가 느린지도 몰랐다. 자기 방식을 고수할수록 엉뚱한 곳으로 가버리니까.

아치 자세를 파악한 벨란데르는 일사천리로 다른 자세들도 익혔다. 공중 감각을 몸으로 체득해 버려, 백 루프나 배럴 롤 등 수직 방향과 수평 방향의 회전도 쉽게 해냈다. 방향을 바꾸는 에어플로 역시 몇 번의 시도 만에 해내고는 손가락으로 V 자를 그렸다.

"이 몸은 천재라니까."

깔깔 웃는 벨란데르는 1분 남짓한 자유낙하를 즐기기 시작했다. 마지막은 항상 비극으로 끝나지만, 그래도 잠깐의 비극이기에 참을 만했다.

바마퉁과 벨란데르의 차이는 어디서 시작됐을까? 노바디는 무척이나 궁금했다.

얼굴을 두 손으로 쓸어 올리던 노바디는 벨란데르가 접속하기 전에 벌어진 일을 거듭 생각했다. 화가 나서 버럭 소리를 지르고 말았다. 접속을 끊은 박용준이 충동적으로 바마퉁을 삭제해 버리지 않을까 걱정되어 메시지를 보냈지만 아무

싱크

런 답이 없었다.

왜 그렇게 고함을 쳤을까?

아무리 답답해도 그런 식으로 말하면 안 되는데.

노바디는 엄마가 얼마나 초인적인 의지로 인내했는지, 얼마나 오랫동안 참아 왔는지 알 수 있었다. 자기가 느낀 감정의 몇백 배, 몇천 배를 엄마는 4년 동안 참고 억누르며 아들의 회복을 기다렸던 것이다. 노바디는 그동안 자신만 고통스러웠다고, 자신만 그 시간을 잃었다고 생각했지 엄마의 삶에 대해 깊이 생각하지 않았다.

옆으로 부드럽게 다가온 벨란데르가 멋지게 균형을 잡으며 말했다.

"노바디, 할 말이 있어."

"할 말?"

노바디는 벨란데르를 쳐다봤다.

"진지한 이야기야. 좀 놀랄 테니까, 단단히 각오해."

"음, 좋아."

심상찮은 분위기를 감지한 노바디는 푼둠 형벌에 대한 생각, 바마퉁으로 인한 후회 등을 옆으로 밀쳐 두고 벨란데르에게 집중했다.

최영우 교수와의 만남 그리고 정신병원에 스스로 갇힌 문용필이라는 사람의 이야기를 벨란데르로부터 전해 들은 노바디는 할 말을 잃었다. 자연스럽게 벨란데르가 제정신이 아닐지도 모른다는 생각이 머릿속을 채웠다.

'그래도 나보단 정상이야.'

노바디는 이유나 원인보다는 당장 취해야 할 행동의 방향에 대해 깊이 생각했다. 관점을 바꾸니, 문용필이라는 사람이 있다는 게 더없이 반가웠다.

"잘됐다."

"……잘돼? 뭐가?"

벨란데르는 어이가 없었다.

"문용필이라는 사람, 우리보다 경험이 훨씬 많은 선배잖아. 그러니까 조언을 구할 수도 있지 않을까?"

"그래서 잘된 거다? 그 사람은 페플에서 튀어나올지도 모르는 무언가가 무서워서 정신병원에 스스로를 가뒀는데도?"

벨란데르의 목소리에 힘이 들어갔다. 자연히 톤도 올라갔다.

노바디는 벨란데르를 바라보았다. 자신에게도 저렇게 반응하고 싶은, 두렵고 무서워서 짜증을 내며 누군가에게 하소연을 하고 싶은 마음이 있었다. 일단 쏟아 내기 시작하면 중간에 멈출 수 없을 것 같아서 꾹 참을 뿐이었다.

그 공포라는 감정의 근원은 실제로 벌어지고 있는 현상에 대한 부정이었다. 불의·정령을 현실에서 소환할 수 있지만 그 이상은 용납하지 않으려는 이성적 판단이 무형의 감옥을 만든 것이다. 상식이라는 틀에 갇혀서 생각한다면 불의 정령

싱크

이나 커넥터 없는 접속은 절대 일어나서는 안 되는, 일어난다고 해도 무시해야 할 현상이다.

노바디는 벨란데르가 흥분을 가라앉히고 좀 더 현실적으로 상황을 파악할 때까지 잠자코 기다렸다. 그리고 아까 바마퉁에게도 벌컥 화를 내지 말고 차분하게 기다렸어야 했다고 속으로 생각했다. 노바디 자신이 방문 앞에 놓인 페플 커넥터를 방 안으로 들여놓을 때까지 엄마가 진득하게, 답답해도 말없이 기다린 것처럼.

노바디의 차분한 태도와 고요한 눈빛에 벨란데르는 몹시 불편했다.

주위가 온통 흰색이면 검은색이 튄다.

반대의 경우엔 흰색이 비정상이다.

최영우 교수를 찾아가서 대화를 나눌 때, 심지어 그 정신병원에서 문용필을 만났을 때도 벨란데르는 지금처럼 이질감을 느끼지 않았다. 두 사람과는 생각 혹은 경험이 달랐을 뿐, 같은 세계라는 안정감이 느껴졌다. 위험은 위험이며, 두려움은 두려움이다.

벨란데르는 노바디를 쳐다봤다.

불안해하는 구석이라곤 조금도 찾아볼 수 없다. 오히려 번지점프를 앞둔 청춘처럼 설레는 느낌마저 든다. 노바디에게 위험은 도전이며, 두려움은 기대감인 것 같다.

신기하게도 노바디와 함께 있으면 벨란데르 역시 위험을

도전으로 간주하고, 두려워해야 하는 상황에서 기대감을 느낄 수 있었다. 하품이 전염되는 것처럼 퍼져 나가듯 노바디의 에너지는 벨란데르를 천천히 적셨고, 그 후에야 벨란데르는 자신이 달라졌음을 깨닫곤 했다.

위대한 경영자라고 알려진 스티브 잡스에겐 현실 왜곡장이라 불리는 독특한 분위기가 있었다. 잡스가 나타나면 무엇이든 가능할 것 같은, 그래서 현실을 무시하게 되는 자기장 같은 것이 공간을 덮는다는 뜻에서 현실 왜곡장이라는 이름이 붙었다.

벨란데르는 노바디에게도 그와 유사한 무언가가 있다고 확신했다.

노바디의 의지가 닿는 범위 안에서는 단어의 뜻이 휘어지고, 문장에는 기이한 힘이 실리며, 불가능이 가능으로 역전된다. 광기의 세계지만 그 왜곡장 안에 들어가 있으면 상식이 오히려 발전을 저해하는 관습이나 없애야 할 장애물처럼 느껴지는 것이다.

벨란데르는 그 왜곡장이 얼마나 강력한지 시험해 보기로 마음먹었다. 그래서 골동품 가게에 들어가서 붉은 옥구슬을 구입하려 했을 때 어떤 일이 벌어졌는지 설명했다.

노바디의 눈이 커졌다.

현실, 그것도 낡은 골동품을 진열한 골목 안쪽의 가게 진열대에 불사조의 알이 놓여 있으며, 가짜일지도 모르는 그

보석을 구입하려는 순간 뜨거운 사막으로 이동하여 퀘스트가 진행되었다는 이야기에는 아무리 노바디라고 해도 충격을 받은 모양이었다.

그러나 벨란데르의 예상은 빗나갔다.

"진짜 멋지다!"

노바디는 엄지를 들어 올렸다.

"멋져?"

벨란데르는 헛웃음이 나왔다.

"여기 페플뿐 아니라 현실에도 아이템이 있다는 거잖아. 불사조의 알 같은 아이템 말이야. 벨란데르, 난 네가 뭘 염려하는지 알아. 가만히 있다가 원하지 않았는데도 페플에 접속해 버리면 문제가 되겠지. 하지만 그 부분은 충분히 컨트롤할 수 있어. 배우는 데 시간이 걸릴 수는 있지만 분명히 가능해. 내가 해 봤으니까."

"······정말?"

"좀 피곤할 뿐이지만 할 수 있어. 밤새 그 방법을 알아내느라 새벽에야 잘 수 있었거든."

"그게 가능할 거라고는 생각도 못 했다."

"문용필 아저씨가 두려워하는 게 무엇인지는 나도 몰라. 다만 지하에서 맞닥뜨렸던 엠모르타 같은 몬스터가 현실로 튀어나온다면······ 나도 오줌을 쌀 만큼 무서울 것 같아. 아, 괜히 이야기했다. 말하면 그대로 될지도 모르잖아."

노바디는 웃으며 고개를 흔들었다.

"엠모르타가 나오면…… 군대가 출동해야 할 거야."

벨란데르는 꽤 진지했다. 노바디보다 훨씬 현실적이고 디테일한 사고방식 때문이었다.

"페플이 오픈된 후 정체불명의 괴물 때문에 군대가 출동한 적은 없잖아? 내가 알기로 과학 상식을 깨는 생명체의 출현도 없었는데. 아닌가?"

"……그건 그래."

벨란데르는 뒤통수를 한 대 맞은 기분이었다.

곰 한 마리가 동물원을 탈출해도 뉴스로 속보가 뜨는 세상이다. 데스나이트가 거리를 활보한다면 세상이 발칵 뒤집힐 것이다. 지금까지 그런 뉴스는 물론 소문도 없었으니 문용필의 두려움은…… 어쩌면 가상의 존재, 즉 실제로는 없는 환상을 무서워하는 것인지도 모른다.

"무엇보다, 난 숨고 싶지 않아. 아무리 무서운 게 앞에 놓여 있다고 해도."

노바디가 말했다.

벨란데르는 아무 말도 할 수 없었다.

노바디가 왜 저런 생각을 하는지, 왜 앞으로 계속 나아가려는지 알 것 같았다. 한 번 물러서면 두 번 물러서게 되고, 그러면 영원히 물러설 수밖에 없다고 노바디는 생각하고 있었다. 4년 동안 방에 갇혀 있었던 그 경험 때문에 두 번 다시

간히지 않으려는, 어떤 일이 닥쳐도 스스로 자신을 가두지 않으려는 것이다.

두려움이 무엇인지 몰라서 용감한 사람이 아니었다.

두려움의 바닥까지 추락해 봤기 때문에 용기를 택한 사람이었다.

깊고 묵직한 감동이 가슴을 가득 채웠다.

벨란데르는 더 이상 두렵지도, 무섭지도 않았다. 문용필이 무엇 때문에 스스로 정신병원에 숨어든 것인지 중요하지 않았다. 물러서지 않는 것, 조금씩이라도 앞으로 걸어가는 것이야말로 삶의 본질이다.

그 순간, 벨란데르는 노바디가 내뿜는 현실 왜곡장이 얼마나 강력한지 깨달았다.

'이런, 완전히 설득당했잖아. 저 녀석을 만나서 현실적인 대책을 마련하려고 했는데.'

그때, 벨란데르 옆으로 바마퉁이 나타났다.

바마퉁은 벨란데르를 보고 깜짝 놀랐지만, 곧 노바디를 향해 고개를 돌렸다. 그리고 속삭였다.

"나, 해 볼게."

그 말에 노바디가 활짝 웃었다.

'저 녀석도 현실 왜곡장에 걸려든 거야.'

벨란데르는 표정과 분위기로 둘 사이에 있었던 일을 추측했다.

고형덕은 담배를 물었다. 불을 붙이진 않았다. 곧 저 답답한 방으로 들어가 몇 시간이고 이어지는 교육을 받아야 한다.

"에이, 옷을 벗어야 하나."

고형덕은 담배를 휴지통에 던져 넣었다.

특수본으로 차출되었다가 돌아온 고형덕을 기다리는 명령은 잠입 수사였다.

피가 끓는 흥분은 곧 가라앉았다. 잠입 수사 앞에 요상한 단어 하나가 붙어 있었던 것이다. '페플' 잠입 수사를 설명하는 팀장의 말이 길어질수록 눈꺼풀은 무거워졌고, 하마터면 그 앞에서 입이 찢어져라 하품을 할 뻔했다.

그 긴 설명을 줄이면 페플로 들어가라는 뜻이었다.

페플이라는 가상현실이 확장되면서 다양한 영역을 집어삼켰고, 그로 인해 범죄자들도 그 쓸 만한 도구를 교묘하게 사용하기 시작했다.

시공간의 제약이 거의 없는 페플에서는 직접 만나서 은밀한 이야기를 나눌 수 있을 뿐 아니라, 불법적으로 취득한 이익을 합법화하는 통로로 페플을 이용할 수 있었다. 특히 고가에 팔리는 페플 아이템은 돈세탁의 수단으로 이용되고 있지만 관련 법안이 제대로 정비되지 않아 사법기관도 손을 놓고 있는 셈이었다.

자연스럽게 경찰도 인력의 일부를 페플에 투입하기 시작했다. 문제는 현장에 익숙한 수사관들이, 젊은 아이들이나 접속해서 싸우면서 노는 페플 접속을 꺼린다는 점이었다. 일선 경찰들은 페플 접속을 일종의 좌천이나 대기 발령으로 간주했다.

평생 롤플레잉 같은 온라인 게임을 접하지 않고 오로지 범죄자 검거에 혼신의 힘을 다하던 경찰관에게 페플은 도저히 이해할 수 없는 세계였다. 그 때문에 투입 전에 페플 그룹의 전문가를 초청하여 일정한 교육을 받게 했는데, 그 또한 효과는 미지수였다.

세미나실 분위기는 무거웠다. 각 경찰서에서 명령을 받고 이곳으로 온 사람들은 서로를 못 본 척했다. 경쟁에서 밀려난 패잔병 특유의 분위기 때문이었다.

의자에 앉은 고형덕은 책상 위로 구둣발을 올리고 깍지 낀 손으로 뒤통수를 받쳤다. 다른 경찰관들도 하나둘씩 고형덕처럼 온몸으로 이 교육이 싫다는 티를 내기 시작했다.

그때, 문을 열고 강사가 들어왔다. 30대 초반, 혹은 중반으로 보이는 남자였다.

경찰관들의 불량한 자세를 본 그 남자는 얼굴이 일그러졌으나 곧 무심한 표정을 지었다.

"저는 페플 그룹 경영지원부문에서 나온 양현섭입니다. 오늘 여러분께 페플이라는 새로운 세상에 대해 알려 드릴 겁니다.”

양현섭은 뛰쳐나가고 싶은 마음을 꾹 누르며 말했다.

세와타트에서 벌어진 그 사건으로 인해 당분간 저 무뚝뚝하고 재수 없는 경찰관들 교육을 담당해야 했다. 노바디라는 캐릭터가 언데드 몬스터인 데스나이트가 된 사건은 다행히 잘 해결됐지만 내부적 문책을 피할 수는 없었다. 맡은 지역에서 터진 사건은 1차적으로 게임 매니저에게 책임이 있었던 것이다.

양현섭은 한숨을 내쉬었다.

페플 교육인데 정작 여기에는 커넥터가 한 대도 없었다.

페플은 사실 따로 교육이 필요하지 않다. 누구든 커넥터에 들어가서 그 압도적인 세상을 경험하면 저절로 알게 된다. 접속하지 않고 그 세계를 알려고 하기 때문에 교육은 어렵고 지루해진다.

누가 이런 교육과정을 만들었는지 몰라도 양현섭은 속으로 욕을 해 댔다. 예산도 배정하지 않고 교육을 받게 하다니. 저 경찰관들의 태업 행위도 이해할 만했다.

양현섭은 핸드폰을 꺼내어 전화를 걸었다.

“나야. 지하 테스트룸, 비어 있어? 응, 대략 서른 명인데, 맞아. 곧 갈 테니까 세팅 좀 부탁해.”

후배와의 통화를 끝낸 양현섭은 씩 웃으며 경찰관들을 바라보았다.

싱크

"지금부터 한 시간 후, 페플 그룹 경영지원부문 본사 건물 앞에서 봅시다. 거기 오지 않으면 재교육을 받아야 할 겁니다. 미리 말하지만, 이 기회를 놓치면 여러분은 페플의 진가를 절대 알 수 없을 겁니다."

그렇게 말한 양현섭은 수군대는 경찰관들을 뒤로하고 복도로 나왔다. 속이 다 후련했다.

고형덕은 헬멧처럼 생긴 커넥터를 만지작거렸다. 독서실처럼 플라스틱 칸막이가 세워져 있고, 각 사람은 자기만의 자리가 있었다. 그리고 자리마다 커넥터가 한 대씩 놓여 있었다.

"거기 곰처럼 생긴 대머리 아저씨, 커넥터 만지지 말라고 했잖아요."

양현섭이 손가락으로 지적했다.

고형덕은 뒤를 돌아봤다.

"아니, 왜 뒤를 봐요? 아저씨잖아요. 커넥터, 내려놔요."

그제야 고형덕은 자신을 말한다는 사실을 깨달았다.

헬멧을 내려놓으면서도 기분이 무진장 나빴다. 곰처럼 생긴 대머리 아저씨? 저 새파랗게 어린 놈을 어떻게 골려 줄 수 있을까?

"임시 계정이 발급된 상태입니다. 그러니 접속을 하면 등록 절차를 건너뛰고 페플 세계로 들어갈 수 있을 겁니다. 당황하지 마십시오. 간혹 나이 드신 분들 중에는 어지럽다고 두통을 호소하는 분도 계신데, 그럴 경우 제게 알려 주시면 됩니다. 그러면 조치를 해 드리겠습니다. 자, 지금부터 페플로 들어가 봅시다. 커넥터를 쓰십시오."

그렇게 말한 양현섭은 콕핏형 커넥터로 들어갔다. 교육생들을 이끌기 위해서였다.

고형덕은 머리가 커서 헬멧이 들어가지 않거나 꽉 끼지 않을까 염려했지만 의외로 헬멧은 가변형이었다. 자연스럽게 늘어나면서 머리를 감싸는 느낌에, 고형덕은 속으로 감탄했다.

'음, 세계적인 기업이라 뭔가 다르긴 다르네.'

더 놀라운 건 다음 순간이었다.

앞이 깜깜해졌다가 섬광이 터졌는데, 정신을 차리니 산꼭대기를 이루는 엄청나게 큰 바위에 서 있었다.

발아래로 구름이 지나갔고, 그 사이로 굽이굽이 이어진 산등성이가 얼핏 보였다. 기암괴석 사이로 우뚝 솟은 검은 고목들, 아득히 깊은 계곡으로 흐르는 급류, 그 너머로 펼쳐진 광활한 대평원, 저 멀리 지평선과 맞닿아 있는 것 같은 푸른색의 바다까지.

"이야!"

고형덕은 탄성을 터트렸다.

주위에 있는 다른 사람들도 반응은 비슷했다. 그들 중 일부는 깜짝 놀라는 바람에 주저앉기도 했다.

구름 한 덩이가 빠르게 다가왔다.

교육생들은 그 구름을 바라보았다.

구름 위에는 양현섭이 서 있었다. 마치 손오공이 근두운을 타고 날아다니는 것처럼.

"어떻습니까?"

양현섭은 씩 웃었다. 부잣집 도련님이 못사는 친구들을 집으로 데려왔을 때나 지을 법한 표정이었다.

"이런 게 있을 줄은 몰랐어."

"나도."

"이러니 아이들이 미치는 거지."

다양한 반응이 쏟아졌다.

고형덕은 허리를 굽혀 돌멩이를 하나 주워서 만졌다. 현실이라고 해도 될 만큼 감촉이 생생했다. 집중하여 살펴보지 않으면 진짜 현실인지 아니면 가상현실인지 분간하기 어려울 것 같았다.

"대머리 곰 아저씨."

양현섭이 딴짓하는 고형덕을 지목했다.

'저 새끼가 또 그러네!'

눈살을 찌푸리며 양현섭을 노려본 고형덕이 그 돌멩이를

던졌다. 야구공처럼 맹렬하게 회전한 돌멩이는 양현섭의 콧대를 때렸다. 뒤로 밀린 양현섭은 구름 밖으로 기울어지더니, 저 아래로 추락했다.

교육생들이 입을 쩍 벌리며 고형덕을 쳐다봤다. 한 사람이 박수를 치자 모두가 환호했다. 잘난 척하는 강사를 돌멩이로 맞힌 게 그들도 기분 좋았던 것이다.

그때, 뜨거운 기운이 느껴져 고형덕은 인상을 찡그렸다. 주위 사람들이 뒤로 물러나는 게 보였다. 게다가 교육생들의 키가 커진 느낌이었다. 그래서 가까운 곳에 있는 사람에게 물어보려 했는데, 입에서는 거친 울음이 터져 나왔다.

"……곰이야, 곰."

한 사람이 말했다.

고형덕은 무슨 일이 벌어졌는지 깨달았다. 바로 자기가 곰이 된 것이다.

양현섭이 보였다. 내려앉아야 정상인 콧대는 그대로였다. 돌멩이를 맞아도 현실처럼 물리적인 충격은 없는 모양이었다. 아니면 금세 회복되었거나.

교육이 끝날 때까지 고형덕은 곰 신세에서 벗어나지 못했다. 화가 나서 발톱을 세워서 할퀴려 했지만 마음대로 움직일 수가 없었다. 위협적인 공격은 아예 불가능했다.

산봉우리, 호숫가, 도시의 광장 그리고 화산 분화구 등 다양한 장소를 투어한 후 교육은 끝났다.

양현섭은 교육생들을 돌려보낸 후, 아직도 네발로 어슬렁거리는 고형덕 앞으로 다가왔다. 양현섭이 두 손을 들어 문양을 그리자 고형덕은 드디어 사람으로 돌아왔다.

몸을 살핀 고형덕은 더 이상 화를 내지 않았다. 신기하다는 생각 때문에 분노가 사라진 것이다.

"아저씨는 재능이 있어요."

"무슨 재능?"

양현섭의 목소리를 듣자 다시 성질이 났다.

"교육생들 대부분이 걷는 것도 어려워해요. 아저씨처럼 돌멩이를 잡아서 정확히, 아주 세게 던지는 건 사실상 불가능해요. 페플은 기계지만 사람마다 적응도가 조금씩 다르거든요."

"그래?"

고형덕은 칭찬에 약한 곰이었다.

"만약 일이 생겨서 경찰을 그만두게 된다면 저를 찾아오세요. 게임 매니저로 채용해 드릴게요."

칭찬인지 악담인지 헷갈렸다. 초면에 칭찬하는 사람은 거의 없다. 칭찬도 사실은 비웃음일 가능성이 높다. 고형덕은 자신만만한 양현섭을 보며 말했다.

"만약 일이 생겨서 사람을 죽이게 된다면 내게 연락해라. 내가 널 조용하고 따뜻한 교도소로 책임지고 보내 줄 테니까."

"한마디도 안 지네요."

양현섭은 웃으며 교육과정을 끝냈다.

요란한 초인종 소리에 눈을 뜨고 아파트 현관문을 연 고형덕은 어마어마한 크기의 박스를 보고는 뒤로 물러섰다. 부스스한 머리카락을 손가락으로 가라앉히면서 그 박스를 들고 온 사람들을 살폈다. 모자와 조끼에 모두 페플 로고가 새겨져 있었다.

"고형덕 씨죠?"

"그렇습니다만."

"어디에 설치해 드릴까요?"

"이게 뭡니까? 난 주문한 적 없는데요."

"저희는 배송을 할 뿐입니다. 확인은 페플 디바이스 센터로 하시면 됩니다."

"잠깐만 기다려요."

고형덕은 얼른 핸드폰을 가져와서 페플 디바이스 센터에 전화를 해서 어찌 된 일인지 알아봤다.

페플 디바이스 센터 직원들의 응대는 훌륭했다. 잠시 후, 고형덕은 콕핏형 커넥터, 줄잡아 수천만 원에 이르는 이 값비싼 장비가 왜 자기 집으로 왔는지 알 수 있었다.

교육생 평가에서 1위를 차지했고, 그로 인해 커넥터를 공짜로 받게 된 것이다. 페플 그룹이 내건 상품이었는데, 교육생 중 누구도 그 사실을 몰랐던 것이다. 아마도 양현섭이라는 그 강사가 높이 평가를 한 덕에 이런 횡재가 생겼다고 고형덕은 생각했다.

"저쪽에 설치하면 됩니다."

고형덕은 소파와 베란다 사이의 공간을 가리켰다.

곧 유선형의 멋진 커넥터가 설치되었다.

혼자 남은 고형덕은 팔짱을 낀 채 이 비싼 기계를 바라보았다. 팔면 얼마나 받을까 생각을 하던 찰나, 전화가 왔다. 팀장이었다. 무시하려다가 나중에 무슨 소리를 들을지 몰라서 받았다.

"네, 접니다. 아, 맞습니다. 조금 전에 받았습니다. 아, 운이 좋았을 뿐입니다. 교육 평가 1위는 별 의미 없습니다. 네? 아, 알겠습니다. 그렇게 하겠습니다. 네, 네, 들어가십시오."

전화를 끊은 고형덕은 입맛이 썼다.

경찰이라는 조직은 저런 기계를 구입하여 수사관에게 지급하지 않는다. 기본 장구류도 제대로 갖추지 못한 곳이 많다. 저 빌어먹을 팀장은 페플 그룹이 준 커넥터를 가지고 지가 생색을 내고 있었다.

팀장의 말대로 곧 퀵 서비스가 도착했다. 노란 봉투를 받아다가 소파에 앉아서 뜯었다. 안에는 페플에 접속해서 살펴야 할 사람들의 명단이 들어 있었다.

그중 이름 하나가 눈에 띄었다.

"불곰 이 새끼."

바로 최상진이었다.

사채업계에서 놀던 놈이 이제는 페플이라는 신세계로 진출한 모양이었다. 최상진은 그 명단에서도 꽤 높은 곳에 있었다. 게다가 고형덕이 페플에서 집중적으로 추적하고 염탐해야 할 세 명의 범죄자 중 하나였다.

비열하게 웃는 최상진 사진을 보니 그 꼬맹이가 생각났다.

최상진 밑에 있는 아이들 셋을 박살 낸 김현이라는 녀석 방에도 저런 커넥터가 놓여 있었다. 페플에 들어가면 현실과 다른 그 녀석을 볼 수 있을 것이다.

처음으로 페플에 대해 기대감이 생겼다.

고형덕은 씻지도 않고 커넥터로 들어갔다. 그리고 접속했다. 교육받은 대로 계정을 만들었다.

이름은 홍길동으로 택했다.

젊을 때는 누구나 삶이 영원히 계속되리라 생각한다. 언젠가 죽음이 다가와 인생이 끝장나 버린다는 사실을 주변으로부터, 교통사고 소식을 전하는 뉴스로부터 꾸준히 알게 되어도 하루하루 살아가면서 '나는 아니야.'라 확신하는 것이다.

그 은근한 믿음은 나이가 들면서 천천히, 때로는 급속도로 깨지고 무너진다. 육체가 배반하기 시작하면 두 번째 사춘기, 중년의 위기가 시작된다.

그러나 아직 인생의 쓴맛을 논하기엔 이르다. 친구들이 하나둘씩 유명을 달리하고, 먼저 간 자들이 남은 자들보다 훨씬 많은 인생의 후반부, 결말에 이르러서야 인생이 얼마나 허무한지 알게 된다.

노인이라 불릴 뿐 아니라 스스로 노인이라는 사실을 자각하면 사람은 둘로 나뉜다.

어떻게든 죽음이라는 급류에 떠내려가지 않으려고 발버둥을 치는 부류와, 어차피 끝날 삶 아등바등 살지 않고 그 흐름에 자신을 맡기며 남은 시간이나마 마음 편히 즐기려는 늙은 이들 사이의 간극은 상상을 초월한다.

처용은 철림이라 불리는 숲 깊은 곳 바위에 앉아 고개를 들어 하늘을 꿰뚫어 버릴 듯 우뚝 서 있는 철목을 올려다보았다.

"우라지게 높구나."

저 망할 나무를 가만히 보고 있노라면 천무관 미국 서부지부 설립 10주년 기념식에 참석하려고 캘리포니아로 갔다가 들른 세쿼이아국립공원에서 본 제너럴 셔먼이 떠오른다. 이유는 모르지만 당시 현기명은 그 붉은 삼나무를 처음 봤을 때 베고 싶다는, 쓰러뜨리고 싶다는 충동을 느꼈다.

손을 뻗어 철목의 수피를 만졌다. 차갑고 단단해서 과연 철목이라 불릴 만했다.

처용은 주위를 둘러봤다. 제너럴 셔먼 같은 놈들이 셀 수도 없이 많았다. 이곳이라면 한두 그루 베고 무너뜨려도 누가 뭐라고 할 사람은 없을 것이다.

그때, 커다란 가슴을 아슬아슬한 비키니 수영복 같은 것으로 가린 여자 두 명이 철목 사이로 나타났다. 손에 든 방패는 작고 가볍지만 그래도 꽤 고가였다. 초보자가 지니기 힘든 무구였다.

처용은 즉시 일어나 여자들 앞으로 다가갔다.

"안녕, 귀요미들."

"뭐래?"

둘 중 섹시한 여자가 눈을 부라렸다. 귀여운 쪽은 한 걸음 뒤로 물러서면서 검 자루에 손을 올렸다.

"이런 곳에서 만난 것도 인연이라면 인연인데, 쌍화차나 한 잔 마시면서 삶에 대해 진지한 이야기를 나눠 보는 건 어떨까?"

그 말이 끝나자마자 검이 가슴으로 파고들고 방패가 얼굴을 뭉갰다. 두 여자는 퀘스트 때문에 철림에 왔을 뿐, 라마간에서 이제 막 페플을 경험한 초보자가 아니었다.

레벨 1이었던 처용은 그 자리에서 죽었다.

잠시 후, 되살아난 처용은 허리에 손을 올리고 껄껄 웃었다.

처음 페플에 접속했을 때가 생각났다. 외손녀 홍유정과 이근상의 도움을 받아 캐릭터라는 게 무엇인지, 이름과 외양을 어떻게 정해야 하는지 따위를 미리 배웠지만 실전은 또 달랐다.

이름을 정하는 데 무려 세 시간이 걸렸다. 고민을 거듭한 끝에 현기명은 처용이라는 이름을 택했다. 그가 천무도에서 자랑스러워할 뿐 아니라 진심으로 즐기는 무술의 별칭이 바로 처용무였던 것이다.

과거에는 우락부락한 이목구비에 피부가 붉은 탈을 쓰고 익혀야 했던 처용무는 오랫동안 꾸준히 익힐수록 온갖 병에서 자유로워지는 장생지무로도 꽤 명성이 높았다. 정통 역사학자는 인정하지 않지만 고려 시대에는 왕은 물론 귀족들까지 처용무를 익혔다는 기록이 야사에 남아 있었다.

외모 결정은 쉬웠다. 신성일과 남궁원, 둘 중 하나를 택하면 되는 문제였다. 현기명은 젊은 시절의 남궁원이 자신에게 더 어울린다고 확신했다. 위엄과 품격을 동시에 갖춘 남자라고 생각했던 것이다.

처용에게 페플은 또 다른 시작이었다.

라마간에서 어리바리 헤매기는 했지만 새로 갖게 된 몸은 매우 유연하고 날렵했다. 나이가 들어 녹슬기 시작한 관절과 약해진 근육으로 불편한 몸이 아니었다. 아마도 페플의 주 사용충인 젊은이의 몸에 맞게 각종 수치를 조정한 모양이었다.

외모에 대한 자신감은 잊었던 정열을 불러일으켰다.

처용은 점점 천무관 노관장, 천무도의 계승자라는 사회적 지위와 상관이 없는 새로운 인물로 변해 갔다. 페플에서는 20대 초반의 청춘처럼 무슨 일이든 시도할 수 있었다. 수십 년 만에 낯선 여자에게 다가가서 말을 걸기도 했고, 처음 보는 사람에게 시비를 걸기도 했다.

무엇보다 좋은 점은 페플이 현실과 비슷하다는 사실이었다. 물고기가 물을 떠나서 살 수 없듯, 처용은 천무도를 펼쳐 보았다. 뻣뻣한 몸을 유연하게 만드는 데 시간이 좀 걸렸지만 과정은 물론 결과까지 나쁘지 않았다. 아니, 만족스럽기까지 했다.

누가 페플을 설계했는지 몰라도 무술에 조예가 깊은 사람이 분명했다. 설계자는 기가 무엇인지 알고 있었다. 처용은 페플에서도 기를 모을 수 있었고, 필요하면 한꺼번에 뿜어낼 수도 있었다. 천무도의 무술을 페플에서도 펼칠 수 있다는 뜻이다.

해머를 손에 쥔 남자가 다가왔다.

처용은 씩 웃었다. 북유럽 전사처럼 옷을 입고 장신구를 매단 저 녀석은 이근상이었다. 저 건장한 사내를 보면 현실의 이근상을 상상하긴 어렵다. 이곳 페플은 각자의 꿈이 이루어지는 공간이었다.

"찾았느냐?"

"그게, 어디 있는지 알 수가 없습니다. 메시지를 보내도 답이 없구요. 그리고 좀 이상합니다. 분명히 노바디가 라마간에서 유명했거든요. 라마간 시민이라면 모두가 다 알 만큼요. 그런데 오늘 가서 물어보니 NPC는 누구도 노바디가 누군지 몰랐어요. 도시 전체가 노바디를 잊어버린 것 같아요."

"NPC는 또 뭐냐?"

처용의 눈이 가늘어졌다. 처용은 줄임말이나 자기가 이해 못 하는 표현을 대단히 싫어했다.

"……저와 노관장님처럼 진짜 사람이 아니지만 여기서는 사람처럼 보이는 사람들을 NPC라고 부릅니다."

레몬 씹은 표정으로 토르가 답했다. 바깥 세계의 현기명도 상당히 까다롭지만 페플의 처용은 가끔 너무하다 싶을 만큼 막무가내였다.

"그들이 짜고 노바디에 대해 알려 주지 않을 수도 있겠지."

"저도 그렇게 생각합니다."

토르는 처용의 심기를 거스르고 싶지 않았다.

"이 철목, 쓰러뜨릴 수 있을까?"

처용은 철목을 만지작거렸다.

"이름이 널리 알려진 게이머 몇 명이 철목을 쓰러뜨린 적은 있습니다만, 그들은 마룬타 대륙에서도 손가락에 꼽힐 만큼 레벨이 높습니다."

토르는 '네임드 유저', 혹은 '네임드 게이머'라는 표현을 쓰려다 재빨리 풀어서 설명했지만 레벨을 놓치고 말았다.

"레벨?"

처용이 토르를 힐끔 쳐다봤다.

"그, 그게, 경험치가 쌓이면 레벨이 올라가고, 레벨이 올라가면 속성을 높여서 특정한 능력을 키울 수 있습니다. 어르신, 제 설명이 좀 어렵지요?"

토르는 그 예리한 눈빛이 화살처럼 날아와 몸에 박히는 느낌을 받았다.

"알긴 아는구나."

"별로 신경 쓰지 않으셔도 됩니다. 페플은 누구나 쉽게 즐길 수 있으니까요. 레벨이나 속성치 성장도, 내버려 두면 페플이 알아서 할 겁니다."

"음, 따로 할 건 없다는 거지?"

"네, 어르신."

토르는 소매로 땀을 닦았다.

"넌 얼마나 강하냐? 그 레벨이라는 걸로 따지면 말이다."

"전 레벨이 153입니다."

토르는 해머를 천천히 들어 올리며 답했다. 페플 곳곳에 고레벨 게이머들이 우글거리기 때문에 자랑스러워하기는 힘들지만, 이제 막 라마간에서 페플을 시작한 처용 앞에서는 좀 건방져도 될 만한 레벨이라고 토르는 속으로 생각했다.

"자신 있는 모양이구나."

"어느 정도는요."

"한번 해보자."

"네?"

"너와 나. 여기서."

처용은 실로 오랜만에 힘을 줄이지 않고, 온몸으로 처용무를 추기 시작했다.

지긋지긋한 형벌은 흥미진진한 레포츠가 되었다.

노바디가 슬쩍 한국인 최다 강하 기록을 페플에서 갱신할지도 모르겠다고 내비치자 흥분한 벨란데르가 관련 기록을 찾아냈고, 곧 입이 떡 벌어지는 스카이다이빙 영상을 가져왔다. 공중에서의 몸놀림에 익숙해진 바마퉁도 무언가 의미 있는 일을 하고 싶어 하는 눈치였다.

자연스럽게 경쟁이 붙었다.

국내 최다 강하 횟수를 가진 스카이다이버의 경험은 대략 2천5백 번이지만 노바디는 푼둠 덕분에 3천 번을 돌파했다. 벨란데르와 바마퉁마저도 2천 번을 훌쩍 뛰어넘은 베테랑이었다. 비행기를 타고 고공으로 올라가야 뛸 수 있는 스카이다이빙을 이곳 페플에서 마음껏 즐긴 셈이었다.

세 사람이 동시에 공중에서 나타났다.

노바디는 아치 자세를 취하며 중심을 잡았다. 곧 벨란데르와 바마퉁이 노바디를 향해 천천히 다가왔다. 노바디가 내민 손을 두 사람이 잡자 원이 완성되었다.

포메이션은 계속 바뀌었다.

대략 1분 정도의 자유낙하 후, 현실 속 스카이다이버는 낙하산을 펴지만 여기서는 충돌로 끝이 난다. 한 시간에 대략 쉰 번 낙하하고, 땅에 떨어져 죽는다. 네 시간이면 무려 이백 번의 경험이 쌓인다. 꼬박 열두 시간을 투자하면 육백 번이라는 강하 횟수를 기록하는 셈이다.

세 사람은 이제 공중에서 자유자재로 놀 수 있었다. 소극적인 바마퉁마저도 배럴 롤과 백 루프까지 마음껏 구사할 수 있었다.

"우리, 진짜로 스카이다이빙을 해 보는 건 어때?"

벨란데르가 말했다.

"현실에서?"

노바디가 되물었다.

"응. 짜릿할 거야."

"교육을 받아야 올라갈 수 있을걸."

"맞아. 지루한 교육을 이수해야 비행기를 탈 수 있겠지. 휴우, 그런 건 딱 질색인데. 넌 어떻게 생각해?"

벨란데르는 바마퉁을 쳐다봤다.

"여기에서 익숙해져도 현실은 다를 거라고 난 생각해."

바마퉁이 속삭였다. 몸은 스카이다이빙에 익숙해진 지 오래였지만 마음은 여전히 소극적인 상태에 머물러 있었다.

벨란데르는 입술을 삐죽거렸다.

바마퉁과 이야기를 나누기만 하면 우울한 늪으로 빠져드는 기분이 든다. 단조롭고 시간 낭비 같은 교육만큼이나 싫은 녀석이었다. 어찌어찌하다가 같이 푼둠이라는 형벌을 받았기 때문에 함께 있는 것뿐이라고 벨란데르는 생각했다.

벨란데르가 냉정하게 고개를 돌려 노바디 옆으로 가 버리자 뻘쭘해진 바마퉁은 그냥 가만히 있었다.

벨란데르를 쳐다보던 바마퉁은 평소처럼 연습을 시작했다. 추영을 구름 형태로 만들고 거기에 힘을 주입하는 것이다. 목표는 낙하 속도를 줄이는 것이었다.

근두운처럼 외양은 그럴듯했지만, 추영을 통과해 버린 바마퉁은 이번에도 바위에 부딪혀 죽고 말았다.

수백 번이나 시도했지만 결과는 같았다.

바마퉁은 아무리 애를 써도 성공의 실마리조차 잡지 못해서 답답했다. 힘이 들 때마다 자신은 멍청해서 결코 푼둠에서 벗어나지 못한다는 부정적 생각이 강해졌다.

"괜찮아?"

어느새 노바디가 다가와 있었다. 그동안 노바디는 꾸준히 공간 이동술인 현섬을 수련하고 있었다.

"……응."

바마퉁은 튀어나오려던 말을 억지로 삼켰다. 할 수 없다, 난 안 된다 따위의 말을 해 버리면 노바디는 크게 화를 낼 것이다. 두 번 다시 그런 노바디를 보고 싶지 않았다.

"해 보고 싶은 게 있어."

"……뭔데?"

바마퉁은 덜컥 겁이 났지만 재빨리 숨겼다.

"추영을 조그만 구슬 형태로 뭉칠 수 있지?"

"가능해."

"그렇게 해 줄래? 내 앞으로 오도록 해 주면 더 좋고."

"그럴게."

바마퉁은 노바디가 무엇을 하려는지 전혀 몰랐지만 그 부탁대로 추영을 당구공처럼 작게 압축했다.

노바디는 손을 뻗어 추영을 가볍게 움켜쥐고 눈을 감았다.

낙하로 인한 몸의 진동 때문에 정신 집중은 굉장히 힘들었다. 조금만 균형이 흔들려도 몸은 요동쳤고, 또 멋대로 회전해 버렸다. 제대로 시도조차 못한 채 땅과 충돌했지만 노바디는 포기하지 않았다.

부활한 노바디가 바마퉁을 보며 고개를 끄덕였다. 바마퉁은 노바디를 위해 추영을 불렀다.

손바닥으로 추영을 감싼 노바디는 눈을 감았다. 이전보다는 손바닥을 통해 느껴지는 추영의 감촉이 선명해졌지만 그 내부 깊이 자리 잡고 있을 근원까지 내려가기엔 역부족이었다.

"휴우."

노바디는 한계를 느꼈다. 이렇게 집중이 힘겨운 상황에서 추영 깊은 곳까지 파고들기는 불가능에 가깝다.

"뭘 하려는 거야?"

바마퉁이 조심스럽게 물었다.

"널 도와주려고."

노바디는 희미하게 웃었다.

"뭐가 잘 안 되는 건데?"

그 미소에서 진심을 느낀 바마퉁이 또 물었다. 벨란데르와 달리, 노바디는 어떤 질문도 귀찮아하지 않았다.

"흔들려서 집중이 어려워. 계속 추락하니까 어쩔 수 없지. 아무래도 다른 방법을 찾아야겠다."

"흔들리지만 않으면 되는 거야?"

"일단은."

"바깥에서 하자."

"바깥에서?"

노바디의 얼굴을 본 순간, 바마퉁은 자기가 무슨 말을 했는지 깨닫고 당황했다. 접속을 끊어도 추영이 자신을 따라다니기 때문에 곤란해하는 노바디를 위해서 한 말이었는데, 노바디에게 어떻게 들릴지 생각하니 가슴이 덜컥 내려앉았다.

'날 사이코 똘아이로 생각할 거야.'

주워 담고 싶었다. 얼버무리고 싶었다. 그런데 아무런 생각이 나지 않았다.

다행히 노바디는 꼬치꼬치 캐묻지 않았다.

바마퉁이 불안과 후회로 자책하는 동안, 노바디는 조금 전 바마퉁이 한 말을 다른 의미로 받아들여 좀 더 깊이 생각하는 중이었다.

여기서 추락하는 몸은 균형을 잡았다고 해도 끊임없이 흔들린다. 그러나 바깥 페플 커넥터에 들어가 있는 몸은 지진이 발생하여 아파트 전체가 요동치지 않는 한 전혀 움직이지 않을 것이다.

오래전에 만들어진 영화 한 편이 생각났다. 독특한 액션으로 유명해진 영화 〈매트릭스〉에서 주인공 네오는 가상현실에서 모피어스와 온갖 격투 기술을 발휘하며 싸운다. 쿵후, 태권도, 복싱 등 갖가지 격투 기술을 다운로드받아서 익혔지만 네오는 모피어스를 이기지 못한다.

그때, 모피어스는 이곳 가상현실에서 강한 게 무엇을 의미하는지 묻는다. 근육의 힘이 세기 때문에? 헐떡거리는 호흡으로 들이마시는 공기가 진짜 공기냐고도 묻는다.

노바디는 그 장면을 확실히 기억할 수 없었다. 어쩌면 다른 영화나 소설과 섞여서 짬뽕이 되었는지도 모른다.

왜 그 부분이 떠올랐을까?

이유는 명확했다.

이곳 페플에서 아무리 몸이 흔들려도 진짜 몸은 커넥터 안에서 고요하다. 이 진동은 가짜다. 얼마든지 우회하거나 초월할 수 있다. 고정되어 있거나 바꿀 수 없는 감각이 아니라는 뜻이다.

'나는 지금 어디 있을까? 불꽃망치 일족의 도시 투월령 지하 깊숙한 공간에서 추락하고 있을까, 아니면 내 방 붉은 소파 옆에 놓인 커넥터 안에 들어가 있을까?'

서서히 귀를 스치는 바람 소리가 줄어들었다. 가슴과 배에서 크게 느껴지던 공기저항도 확연히 감소했다. 외부감각이 둔해질수록 정신은 예리해졌다.

노바디는 손바닥으로 감싼 추영을 훨씬 생생하게 느낄 수 있었다. 추영 내부 깊숙한 곳에 자리 잡은 기운이 느껴졌다. 철목에서처럼, 붉은 곰에서처럼, 상추의 씨앗에서처럼 거기에서도 복잡한 기운들이 춤을 추고 있었다.

노바디는 룬트란 왕국의 궁전에서 열린 무도회에서 춘 춤을 떠올렸다. 실력을 발휘하는 대결인 동시에 상대에게서 매력을 끌어내는 독특한 스타일의 움직임이 바로 춤이었다.

노바디는 추영의 내부 깊숙한 근원을 가볍게 건드렸다. 그건 노바디가 추영과 함께 추는 춤이었다. 바마퉁이 보다 쉽게 장벽을 넘도록 돕기 위해, 추영을 자극하기 위한 춤이기도 했다.

서서히 반응이 왔다.

추영 내부가 커지는 느낌이었다. 봉오리가 활짝 열리며 짙은 향기가 퍼져 나가는 것만 같았다.

그때, 바마퉁의 비명이 들렸다.

노바디는 강렬한 집중 상태에서 끌려 나왔다. 정신을 차린 노바디의 눈에…… 상상도 못 한 것이 보였다.

바마퉁의 등에 새하얀 날개가 달려 있었다. 몸을 다 덮을 만큼 커다란 날개가 위아래로 힘차게 펼쳐지자 하강 속도가 확 줄어들었다. 갑자기 날개가 생기는 바람에 당황한 바마퉁은 어쩔 줄 몰랐다.

"바마퉁!"

노바디가 외쳤다.

바마퉁이 날개를 퍼덕이며 다가와 두 손을 노바디의 겨드랑이로 넣어 어깨를 꽉 잡았다. 노바디는 낙하 속도가 줄어들면서 몸이 무거워졌다. 오랜만에 이곳 페플에서 느껴 보는 자연스러운 중력이었다.

노바디는 저 아래로 빠르게 추락하는 벨란데르를 볼 수 있었다. 할 말을 잃은 벨란데르는 위를 쳐다보다가 땅에 충돌했다.

"마, 말도 안 돼. 이, 이건 내, 내가 꿈으로 그리던, 던 바, 바로 그 날개야. 내, 내가 꾸, 꿈꾸던 날개라구."

횡설수설하던 바마퉁은 기절해 버렸다. 날개는 흐릿해지더니 회백색의 안개 추영으로 흩어졌고, 노바디는 물론 바마통까지 추락하기 시작했다. 1천 미터에서 떨어지나 100미터 높이에서 떨어지나 결과는 마찬가지였다.

노바디는 더 이상 답답하지 않았다. 드디어 푼둠에서 빠져나갈 방법을 찾아낸 것이다.

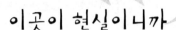

이곳이 현실이니까

노바디는 미끄러운 연황빛 바위에 누워 까마득히 높은 천
장을 올려다보고 있었다.

천장은 암갈색 하늘 같았다. 천장 곳곳에 박힌 크고 작은
야명석은 총총한 별빛처럼 반짝이고 있었다. 지하 깊숙한 곳
에 이처럼 광활한 공간이 있다니. 직접 내려와서 보지 않았
다면 믿을 수 없었을 것이다.

노바디는 숨을 헐떡거리는 바마퉁을 쳐다보며 엄지를 추
켜올렸다. 바마퉁이 없었다면 결국 포기하고 캐릭터 삭제를
택했을 것이다.

볼이 붉게 물든 바마퉁은 천천히 고개를 끄덕였다. 곧 등
에 달린 커다란 날개 '추익'은 흩어져 빛의 안개 추영으로 돌

아갔다.

노바디는 몸을 일으켰다. 실로 오랜만에 중력을 느껴서인지 몸이 몇 배는 무거워진 느낌이었다. 탑처럼, 때로는 빌딩처럼 서 있는 석회질 돌기둥이 밀림처럼 노바디 일행을 에워싸고 있었다. 노바디와 바마퉁, 벨란데르가 있는 곳은 석림의 중심이었다.

바마퉁도 일어섰다.

벨란데르만 누워 있었다.

노바디가 벨란데르 옆으로 걸어갔다.

"괜찮아?"

"참 빨리도 묻는다."

벨란데르가 몸을 틀자 부러진 다리가 보였다.

노바디는 녹색 약병과 붕대를 꺼내어 벨란데르에게 건넸다. 그동안은 추락으로 인해 즉시 죽었기 때문에 회복을 위한 물약을 복용할 이유가 없었다.

벨란데르의 회복을 기다리는 동안, 노바디는 근처 돌기둥을 타고 꼭대기로 올라갔다. 30미터나 되는 돌기둥 위에 서자 어디에 출구가 있는지 보였다. 저 높은 곳에서 떨어질 때는 방향이 확실하지만, 일단 땅으로 내려온 후에는 석림 때문에 출구의 위치를 파악하기 어려웠다.

노바디가 내려오자 벨란데르가 다가와 속삭였다.

"저 녀석이 추영으로 날개를 만든 거지?"

싱크

"봤잖아."

"……어떻게 한 거야?"

"직접 물어봐."

노바디는 벨란데르가 바마퉁을 못마땅해한다는 사실을 알고 있었다. 바마퉁은 그런 벨란데르를 무서워했다. 이야기를 나눠 보면 서로를 잘 이해할 수 있을 것이다.

벨란데르는 바마퉁을 쳐다봤지만 곧 고개를 돌려서 외면했다. 어떻게 날개를 만들어 낼 수 있었는지 알아내고 싶은 호기심과 자존심이 맹렬하게 충돌하고 있었다.

피식 웃은 노바디는 바마퉁 앞으로 걸어갔다.

"추영으로 날개, 다시 만들 수 있지?"

"할 수 있긴 한데, 왜?"

"저기 천장을 살펴보고 싶어서. 출구가 있다면 거기로 올라가면 편할 거야."

"알았어."

바마퉁은 노바디의 도움을 받아서 추영의 힘이 폭발적으로 증가했던 경험을 떠올렸다. 곧 추영은 뭉게뭉게 커지다가 3미터나 되는 기다란 날개의 형체를 이루기 시작했다. 추영은 바마퉁의 등에서 하얀 날개 추익으로 변했다.

곧 날개가 움직였다. 부드러우면서도 힘이 있는 날갯짓에 바람이 불었다. 바마퉁은 공중으로 떠올랐다.

그 장면에 벨란데르는 할 말을 잃었다.

양손을 뻗어 노바디의 가슴에서 깍지를 낀 바마퉁이 위로 날아올랐다. 노바디에게 신경 쓰느라 아래를 제대로 보지 못한 바마퉁의 발에 살짝 부딪친 돌기둥 하나가 무너지자 도미노처럼 붕괴가 이어졌다. 아래에 있던 벨란데르는 고함을 지르며 몸을 피했다.

손을 뻗으면 천장에 닿을 만큼 올라갔으나 어디에도 출구는 없었다. 이음새도 발견하지 못했다. 푼둠이라는 처벌은 아무래도 드워프 특유의 마법과 관련이 있는 모양이었다.

노바디는 현섬을 떠올렸다. 드워프에게도 공간 이동술이 있었던 것이다.

"내려가자."

"응."

바마퉁이 빠르게 하강하는데, 갑자기 공중에서 벨란데르가 나타났다. 벨란데르는 고함을 지르며 추락하기 시작했다. 바마퉁은 벨란데르 근처로 갔고, 노바디가 벨란데르의 팔을 꽉 잡았다.

"어떻게 된 거야?"

노바디가 물었다.

"……몰라서 물어?"

단단히 화가 난 벨란데르.

땅이 가까워지자 노바디도 상황을 알아차렸다. 웃음이 터질 뻔했다. 석림을 이루는 돌기둥들 수백 개가 무너져 크고 작은 바위들이 산사태라도 난 것처럼 여기저기 쌓여 있었다. 벨란데르는 저 붕괴로 인해 한 번 더 죽었고, 공중에서 되살아난 것이다.

바마퉁은 아예 출구라 할 수 있는 동굴 쪽으로 날아갔다. 바마퉁 덕분에 통과하려면 오르락내리락 고생깨나 해야 하는 지형을 쉽게 지나간 셈이었다. 노바디가 고맙다고 하자 바마퉁은 씩 웃으며 아무것도 아니라고 답했다.

'쳇.'

벨란데르는 그 태연한 행동이 눈꼴시어 쳐다보고 싶지도 않았다.

문제는 무시할 수 없다는 점이었다. 언제든 원할 때마다 날개를 만들 수 있다면 바마퉁이라는 멍청한 드워프는 겨우 화염이나 뿜을 줄 아는 자신보다 훨씬 더 유용할 테고, 따라서 훨씬 더 필요한 사람이 될 것이다.

불의 정령 파르노엘과의 계약으로 인해 한껏 높아졌던 자존감은 여지없이 무너졌다. 저 멋진 날개에 비하면 불도마뱀은 아무것도 아니다.

'슈뢰딩거.'

–네, 오빠.

오빠라는 호칭도 지금은 마음에 들지 않았다.

'넌 날 수 없지?'

–저도 날 수 있어요.

'정말?'

벨란데르는 반색했다. 역시 불의 정령이다! 그러면 그렇지, 자신이 저 난쟁이 똥자루보다 못할 리가 없다.

—오빠가 충분히 강해지면요.

'……뭐? 내가 약해서 못한다는 거야?'

—네, 오빠.

천진난만한 불의 정령의 대답.

'얼마나 강해져야 하는데?'

—지금 있는 마력보다 백 배는 늘어나야 할 걸요.

'백 배나?'

—그리고 레벨 7이 되어야 해요.

'그거야 쉽지.'

몬스터 몇 마리만 잡으면 레벨 7은 하루 만에도 가능하다.

—오빠의 레벨 말구요. 제 레벨요. 전 아직 레벨 1이잖아요.

'네 레벨은 어떻게 올려?'

벨란데르는 한시라도 빨리 강해지고 싶었다. 바마퉁에게만은 절대 지고 싶지 않았다.

—불사조의 알이 있어야 해요.

'……그 골동품 가게에서 본 빨간색 알처럼 생긴 보석?'

—네. 불사조의 알을 먹으면 레벨 2가 될 수 있어요.

'음, 알았다.'

벨란데르는 한숨을 내쉬고 말았다.

그때, 바마퉁이 쉬도록 충분히 기다렸던 노바디가 말했다.

"가자."

노바디는 선두로 나섰고, 중간은 벨란데르, 마지막이 바마퉁이었다.

벨란데르는 그 대열도 마음에 들지 않았다. 약자 취급을 받는 느낌이었다. 그렇다고 바마퉁에게 자리를 바꾸자고 말하고 싶지도 않았다. 예민하게 반응한다는 인상을 주고 싶지 않았던 것이다.

'날개라니. 반칙이야, 반칙.'

벨란데르는 속으로 투덜거리며 좁은 동굴을 걸었다.

앞과 뒤가 바뀌었다.

벨란데르는 여전히 기분이 나빴다. 바마퉁이 선두로 나왔다. 노바디가 바마퉁을 앞에다 세웠던 것이다. 추익은 울퉁불퉁한 지하 동굴에서 매우 유용했다.

미끄럽고 커다란 바위들이 때로는 붙어 있고, 때로는 그 사이로 급류가 흘렀다. 훌쩍 뛰어넘을 수 있을 만큼 틈이 좁을 때도 있지만, 아래로 내려가 세차게 흐르는 지하수를 위험하게 건너야 할 때도 많았다.

바마퉁은 날개를 퍼덕이면서 그 수고를 덜어 주었다. 노바디는 흔쾌히 바마퉁에게 자기 몸을 맡겼다. 벨란데르는 그럴 마음이 조금도 없었다. 고생을 하다가 죽는 한이 있더라도 위험을 감수했던 것이다. 그 때문에 몇 번이나 급류에 휘말려 떠내려가서 죽었다.

한 번은 동굴 천장에 붙어 있던 날카로운 종유석들이 조그만 진동에 반응하여 아래로 떨어졌다. 벨란데르는 그냥 또 죽는구나 싶었다. 워낙 자주 죽어서 별로 놀라지도 않았는데, 날개를 펼친 바마퉁이 노바디와 자신을 잡고 앞으로 빠르게 날아가는 바람에 피할 수 있었다.

바마퉁이 기지를 발휘할 때마다 노바디는 큰 소리로 칭찬했다.

"잘했어!"라는 말을 들으면 바마퉁은 얼굴을 붉히면서도 눈에는 만족감이 어렸다. "역시!"는 바마퉁으로 하여금 좀 더 창의적이고 적극적으로 행동하도록 만드는 자극제였다. "최고야!"는 바마퉁이 자신의 위치를 잊고 마치 팀의 리더인 것처럼 우쭐거리도록 만든다고 벨란데르는 생각했다.

속내와는 반대로 입으로는 바마퉁을 칭찬했다.

"우와!"

"추영이라고 했지? 대단한데."

"너 없으면 정말 불편했겠다."

마음에 없는 말을 할수록 벨란데르는 속이 상했다. 핑계를 대고 몇 번이나 접속을 끊고 싶었지만 자존심 때문에 그럴 수 없었다. 다른 사람들을 속일 수는 있어도 자신만은 속일 수 없다. 이 상황에서 도망치는 일만은 하고 싶지 않았다.

바마퉁에게도 약점이 있었다.

지나치게 겁이 많았다. 스켈레톤 병사 몇 마리가 땅을 뚫고 올라왔을 뿐인데 바마퉁은 비명을 질러 댔다. 그 행동에 벨란데르는 속으로 활짝 웃었다. 아무리 멋진 날개를 가져도 저런 멘탈이라면 걱정할 필요는 없다.

곧 바마퉁이 전투에 적합하지 않다는 사실이 밝혀졌다.

바마퉁은 실제로 싸우지 않고 뒤에서 돕는 역할에 익숙했다. 엠모르타처럼 독을 뿜어내는 몬스터를 상대할 때면 바마퉁의 추영이 큰 역할을 담당하지만, 잡몹이라 불리는 평범한 몬스터에게는 무용지물이었다. 조그만 벌레를 밟기만 해도 화들짝 놀라는 모습은 가관이었다.

벨란데르는 자신감을 되찾았다.

동굴은 조금씩 넓어졌다. 천장은 평평해졌고, 벽도 직각이 되었다. 드워프의 손길이 더 짙게 밴 통로로 변한 것이다.

노바디가 고개를 돌려 벨란데르를 쳐다봤다.

"맞아. 투월령 입구로 가던 그 길과 비슷해."

벨란데르가 말했다.

통로는 어마어마하게 넓은, 수십 대의 트럭이 한꺼번에 달려도 될 만한 도로로 넓어졌고, 공중에는 이리저리 얽힌 구름다리들이 거미줄처럼 이어져 있었다. 드워프 특유의 건축

물이 통로 양쪽에 세워져 있지만 드워프는 흔적도 찾을 수 없었다.

"아!"

가장 먼저 도시를 내려다본 바마퉁이 탄성을 터트렸다. 바마퉁 옆에 선 벨란데르와 노바디도 입을 벌린 채 위용을 자랑하는 지하 도시를 바라보았다.

구조는 투월령과 비슷했다. 중앙에 궁전이 자리 잡고 있고, 그 궁전을 중심으로 사방으로 뻗어 나간 수로가 도시 곳곳으로 연결되어 있었다. 붕괴된 시계탑, 무너진 다리들, 불탄 흔적이 이 거대한 도시가 버려졌다는 사실을 알려 주었다.

"여긴 네후령이야."

바마퉁이 중얼거렸다.

"네후령?"

노바디가 물었다.

"투월령에 있을 때 들은 적이 있어. 투월령 이전에 불꽃망치 일족이 살았던 도시가 바로 네후령이었어. 왜 네후령을 버렸는지에 대해선 들은 적이 없어. 그저 재앙이 일어나는 바람에 네후령을 버릴 수밖에 없었다는 이야기뿐이었어."

재앙이라는 말이 음산하게 울려 퍼졌다.

"들어가지 않는 게 좋겠다."

벨란데르가 말했다.

"아니, 들어가야 돼."

바마퉁이었다.

"……재앙으로 드워프도 버린 도시라면서?"

벨란데르는 짜증을 내지 않으려 애를 썼다.

"저 중앙에 누클레룸이 있기 때문이야."

"누클레룸은 중앙 화로잖아."

노바디였다.

"맞아!"

이제 바마퉁은 벨란데르 대신 노바디를 쳐다보며 말을 이었다.

"누클레룸은 살아 있을 거야. 누클레룸이 작동을 멈추면 수로가 말라 버렸을 테니까. 도시의 중앙 화로 누클레룸으로 가면 페투라가 있어. 페투라를 이용하면 이곳을 벗어나 투월령으로 갈 수 있을 거야. 페투라는 불꽃망치 드워프 일족뿐 아니라 다른 드워프 일족도 사용하는 포탈이니까."

"포탈이라면?"

"공간 이동 문이야. 페투라를 열면 투월령의 누클레룸으로 바로 갈 수 있어."

"위치는 알고 있지?"

"눈 감고도 갈 수 있어."

바마퉁은 자신만만했다. 네후령과 투월령은 쌍둥이 도시라고 해도 될 만큼 구조가 비슷했다. 그러니 중앙 화로의 위치도 같을 것이다. 작동 방법도 같을 테니, 페투라를 조정하여 열기만 하면 투월령으로 돌아갈 수 있을 것이다.

"벨란데르."

노바디는 벨란데르의 의견을 묻고 있었다.

그 질문에 무척 반가웠지만 내색하지 않고 그저 어깨를 한 번 으쓱 올린 벨란데르가 말했다.

"포탈이 있다면 당연히 가야지."

"내가 앞장설게."

바마퉁은 처음 만났던 당시를 떠올리기 힘들 만큼 적극적 이었다.

"바퀴벌레다."

벨란데르가 바마퉁 바로 앞을 가리켰다.

"엄마!"

뒤로 훌쩍 물러서는 바마퉁.

"농담이야, 농담. 벌레가 그렇게 무서워? 좀비나 데스나이 트가 나타나면 기절하겠다, 너. 그런 정신으로 페플을 어떻게 돌아다녀? 아무튼, 너무 기분 나빠하지 마. 우린 팀이잖아."

벨란데르가 실실 웃으며 앞으로 나섰다.

봄 햇살은 따뜻했다.

길거리를 오가는 사람들의 옷차림은 가볍고, 그들의 표정

역시 밝았다. 김현은 절로 신이 났다. 자신도 모르게 노래를 흥얼거렸는데, 제목은 기억나지 않았다. 천무관으로 가는 길로 쭉 서 있는 벚나무들은 곧 꽃망울을 터트릴 기세였다.

"날개가 생기다니."

김현은 피식 웃었다.

추영의 잠재력을 가볍게 건드렸을 뿐인데, 그런 결과가 나올 줄은 상상도 못 했다.

근두운은 처음부터 잘못된 접근 방식이었다. 바마퉁에게 근두운이라는 구체적 형태를 강조한 게 패착이었다. 바마퉁의 마음 깊은 곳에는 손오공의 구름이 아니라 새하얀 날개가 자리 잡았던 것이다.

바마퉁의 변화는 놀라웠다.

김현은 바마퉁이 잘 웃을수록 기분이 좋았다. 그 이유를 곰곰이 생각해 봤는데, 소심하고 겁이 많은 그 성격이 4년 전 자신을 닮았기 때문이라는 결론에 이르렀다. 쉽게 기가 죽어서 왕따를 당하고 말았던 과거가 바마퉁의 모습으로 나타난 셈이다.

추영의 성장과 더불어 바마퉁도 계속 달라질 것이다. 그 사실이 김현의 마음을 뿌듯하게 만들었다.

벨란데르와 바마퉁의 관계가 아직 어색하고 힘든 부분이 있지만 시간이 해결할 거라고 김현은 확신했다.

그때, 비명이 들렸다. 걸어가던 사람들 중 몇 명이 좁은 골목을 쳐다봤으나 곧 모른 척하고 제 갈 길을 갔다.

김현은 어차피 가는 방향이라서 골목 쪽으로 다가가서 안을 살폈다. 예상대로 불량해 보이는 고등학생 네댓 명이 허약한 중학생을 붙잡고 괴롭히는 중이었다.

고민할 필요도 없었다. 김현은 성큼성큼 골목 안으로, 전봇대 쪽에 모여 있는 사람들을 향해 걸어갔다.

"오호, 손님이 한 분 더 오셨네."

침을 탁 뱉으며 한 녀석이 김현 쪽으로 다가왔다.

김현은 앞으로 다가서며 주먹을 뻗었다. 천무삼권 중 중위경근이었다. 저런 녀석과 말을 섞고 싶지도 않았다. 병원비를 낼 만큼 부자가 아니라서, 힘은 줄였다. 주먹이 명치에 닿자 그 녀석은 신음을 흘리며 서서히 무너졌다.

김현은 손가락으로 녀석의 이마를 밀어 쓰러뜨렸다.

"뭐야, 이 새끼!"

중학생을 놓아두고 김현을 향해 달려오는 불량배들.

김현은 시위현동으로 그들 사이에서 그림자처럼 움직이다가 슬쩍슬쩍 주먹을 뻗어 두 명을 제압했다. 겁을 먹은 한 명은 뒷걸음치더니 골목 안쪽으로 도망쳤다.

돈을 빼앗긴 중학생은 보이지 않았다. 고맙다는 인사를 기대하진 않았지만 기회만 생기면 그냥 내빼는 모습에 조금 씁쓸했다. 괜히 끼어들었나 싶기도 했다.

김현은 쓰러져 신음을 흘리는 놈들 앞에 쭈그리고 앉았다.

주머니를 뒤져 지갑을 꺼냈다. 인근 고등학교 학생이었고, 김현과는 동갑이었다. 주머니에서 담배와 라이터도 나왔다. 스위스 칼도 있었다.

"씨발 새끼."

얼굴이 우락부락한 녀석이 고개를 들어 김현을 노려보았다.

김현은 지갑으로 녀석의 얼굴을 내리쳤다. 처음엔 장난스럽게, 나중에는 힘을 담아서. 그 독기 어린 표정을 보자 머리가 지끈 아팠다. 옛날에도 저런 얼굴을 본 적이 있었다.

어떻게 해야 이런 깡패의 마음을 뜯어고칠 수 있을까? 반쯤 죽여 놓으면 두 번 다시 이런 짓을 하지 않을까? 지금 자신에게는 그런 힘도 있고, 실행할 의지도 있다.

'에이, 귀찮아.'

의지는 봄날의 온기에 녹아내렸다.

천무관으로 가기 위해 몸을 일으킨 김현은 이쪽으로 달려오는 사람들을 발견했다. 손에 각목과 쇠 파이프를 하나씩 쥔 놈들이었다. 조금 전 달아난 깡패가 선두에 있었다. 패거리를 불러온 것이다.

김현은 담벼락을 등졌다.

불량 학생들이 김현을 에워쌌다.

붕.

각목이 날아왔다.

파이프는 다리를 노렸다.

좁은 골목인 데다 수가 꽤 많아서 천무삼권을 원활히 펼치기가 어려웠다. 엉겁결에 손을 들어 올렸다가 각목에 박힌 못에 손등 피부가 길게 찢어졌다. 거기서 피가 흘러내렸다.

"이 새끼, 오늘 뒈졌어. 어디서 까불어? 우리가 누군지 몰라?"

"누군데?"

김현은 달아날 방법을 생각하며 말했다.

"허, 적룡회를 몰라? 이 근처는 우리 적룡회가 다 접수했다는 걸 모른다는 거야?"

"적룡회?"

어디서 들어 본 이름이었다.

아, 맞다! 왕세자 론투엘을 노리던 길드가 바로 적룡회였다.

"페플의 그 적룡회?"

"이제 기억난 모양이야? 하지만 늦었어. 죽여 버려!"

놈들이 한꺼번에 달려들었다.

김현은 적잖이 놀랐다. 검제 남궁현도를 동원했음에도 타임어택 퀘스트에 실패한 그 멀쩡한 길드에 저런 깡패들이 소속되어 있다니. 하긴, 이근상도 정신 차리기 전에는 거기 있었다.

한 놈을 발로 차서 기절시켰지만 열 명이나 되는 사람들이 휘두르는 각목과 쇠 파이프는 위력적이었다. 담이 높고 놈들이 가까이 있어 달아나기도 쉽지 않았다.

'사라겐의 수부만 있으면 간단한데.'

놈들도, 골목도, 그 너머 건물도 흐릿해지는 순간, 김현은 깜짝 놀랐다. 손에 익숙한 감촉이 느껴졌던 것이다. 손도끼가 들려 있었다.

김현은 사라겐의 수부를 휘둘러 각목을 부수고 쇠 파이프를 날려 버렸다. 그리고 도끼를 거꾸로 들어 단단한 자루로 놈들을 쓰러뜨렸다.

이번엔 누구도 도망치지 못했다. 골목 바닥은 신음을 흘리는 깡패들로 발 디딜 틈도 없었다.

한 녀석이 힘겹게 고개를 들어 사라겐의 수부를 쳐다보았다. 손도끼가 어디서 나왔는지 알 수가 없었던 것이다.

"적룡회든 백룡회든 더 이상 내 눈에 띄지 마라."

김현은 골목 밖으로 나갔다.

계관은 조용했다.

페플에 푹 빠진 현기명 덕분에 김현은 이 아담하고 튼튼한 수련실을 독차지할 수 있었다. 언제든 와서 몸을 풀고 땀을 흘리며 수라부월공과 천무삼권 그리고 무극심법을 수련할 수 있다는 사실 때문에 행복하기까지 했다. 보통은 오후 5시 무렵에 와서 한두 시간 집중적으로 땀을 빼고 집으로 돌아갔다.

수련실 마룻바닥 중앙에 앉은 김현은 앞에 내려놓은 사라겐의 수부를 노려보았다.

약간 흰 암갈색의 나무 자루, 단단한 도끼머리 그리고 아름다운 문양이 그려진 예리한 날까지. 분명히 사라겐의 수부였다. 현실에 사라겐의 수부와 닮은 손도끼가 어디엔가 있을지도 모르지만, 골목에서 깡패들에게 에워싸였을 때 손아귀 사이에 저절로 나타날 수는 없다.

사라겐의 수부는 페플에서 왔다.

문득 안진후가 생각났다.

사라겐의 수부를 보여 주면 안진후는 그 똑똑한 머리로 갖가지 이유와 이런 현상으로 인해 벌어질 다양한 결과를 장황하게 말할 것이다. 안진후는 하나의 사물을 통하여 거기 담긴 보편적인 원리나 법칙을 찾는 데 익숙한 사람이었다.

"난 아니야."

김현은 분석보다 활용에 관심이 많았다. 사라겐의 수부를 페플에서 이곳으로 가져올 수 있다면, 다른 것도 가능하지 않을까?

심호흡으로 마음을 가라앉힌 김현은 기를 고요히 퍼트리면서 접속을 시도했다. 한옥 특유의 천장과 벽이 흐릿해지자 동굴 벽이 나타났다. 김현은 그 상태에서 인벤토리 창을 열었다. 무엇을 가져올까 생각하던 김현은 골드를 꺼냈다.

샛노란 금화들이 마룻바닥에 수북이 쌓였다. 1천 골드였다. 순금이라면 저 금화의 가치는 얼마나 될까? 순금이 아니라고 해도 금이 어느 정도 포함되어 있을 테니, 녹여서 금으로 만들면 상상을 뛰어넘는 액수가 될지도 몰랐다.

금화를 인벤토리 창으로 넣은 김현은 녹색의 물약을 꺼냈다. 손등에 난 상처를 슬쩍 내려다본 그는 물약을 바르고 일부는 마셨다. 페플에서보다 맛은 더 예민하게 느껴졌다.

"우와."

녹색 물약의 효과는 현실에서도 통했다. 손등에 난 상처가 빠르게 아물었던 것이다.

김현은 짜릿한 전율을 느꼈다.

페플과 이곳은 하나였다. 페플의 물약이 여기서도 상처를 치료했다. 금화는 물론 페플의 무기 역시 이곳으로 가지고 나올 수 있었다.

그렇다면 여기 물건을 페플로 가져갈 수 있을까?

"해 보자."

김현은 주위를 둘러봤다. 적당한 물건이 보이지 않았다. 탈의실과 붙어 있는 샤워실 쪽으로 가서 수건 한 장을 가져온 그는 바닥에 앉아 접속을 시도했다.

인벤토리 창을 띄워 놓고 수건을 그 창으로 넣으려 했는데, 놀랍게도 인벤토리 창의 빈칸에 수건이 들어가 버렸다. 인벤토리에 들어가 있으니 페플에서는 얼마든지 수건을 꺼내어 쓸 수 있을 것이다.

물건을 페플에서 가져올 수 있다. 또, 물건을 페플로 보낼 수도 있다.

김현은 안진후가 들려준 이야기를 떠올렸다. 싱크 현상에 대해 설명할 때, 안진후는 침이 튈 만큼 흥분했었다. 이제야 그 감정을 이해할 수 있을 것 같았다. 안진후는 싱크 현상으로 인해 어떤 일이 벌어질지 이미 예감하고 있었던 것이다.

싱크 현상에 대해 정부는 알고 있을까?

최영우 교수 같은 사람들은 얼마나 많을까?

자신처럼 물건을 옮길 수 있는 사람들의 수는 얼마나 될까?

머리가 복잡할 만큼 다양하고 예리한 질문들이 쏟아졌다.

김현은 고개를 흔들어 그 의문을 한쪽으로 치웠다. 자신이 감당하기 힘든 질문이었다. 학교를 정상적으로 다녔다고 해도 고등학교 2학년에 불과한 자신이 그 어마어마한 질문에 대한 답을 가지고 있을 리 없다. 안진후 같은 천재가 고민할 문제인 것이다.

"지금 내가 할 수 있는 건, 강해지는 거야."

사라겐의 수부까지 인벤토리 창에 넣은 김현은 몸을 일으켜 마보 자세를 취했다.

크고 작은 돌을 정교하게 쌓아서 만든, 한때는 견고했을 아치형 다리는 처참하게 무너져 있었다. 꽤 깊은 물길이 붕괴된 다리 사이로 천천히 흐르고 있었다.

노바디는 고개를 돌려 바마퉁을 쳐다봤다.

"부탁한다."

"알았어."

바마퉁은 즉시 추익을 만들었다. 하얀 날개가 펼쳐지자 낮이 짧은 겨울의 저녁 같은 분위기를 뚫고 빛이 사방으로 뻗어 나갔다. 천사가 이곳에 나타난 느낌이었다.

팔짱을 낀 채 불편한 시선으로 바마퉁을 쳐다보는 벨란데르는 한쪽 옆에 서 있었다.

날아오른 바마퉁이 다가오자 노바디는 바마퉁의 발목을 두 손으로 꽉 잡았다.

"준비됐어?"

"오케이."

바마퉁은 추익의 힘을 배로 늘렸다. 시간이 날 때마다 추익을 정교하게 컨트롤하기 위해 애를 썼는데, 확실히 효과가 있었다.

노바디는 공중으로 떠올랐다. 5미터 높이에 이르자 바마퉁은 앞으로 날아갔다. 아래로 잔잔한 수로가 보였다. 노바디는 고개를 들어 전방을 주시하는 바마퉁의 얼굴을 바라보았다. 이 순간만큼은 벌레에도 겁먹는 소심쟁이가 아니었다.

맞은편에 사뿐히 착지한 노바디는 사라겐의 수부를 뽑아 음산한 도시를 살폈다. 언제 어디서 몬스터가 나타나 습격할지 몰라서였다.

바마퉁은 벨란데르 앞으로 날아갔다.

벨란데르는 바마퉁을 쳐다보지도 않고 물 쪽으로 걸었다. 발목이 물에 잠겼고, 곧 무릎과 허벅지까지 물속으로 들어갔다.

"벨란데르?"

"고소공포증이 있어서 말이야. 헤엄치는 게 나을 것 같다."

벨란데르는 아예 물로 뛰어들었다.

바마퉁은 난처한 얼굴로 노바디를 쳐다봤다. 노바디는 웃으며 그냥 오라고 손짓했다. 위로 날아가면서 벨란데르를 살핀 바마퉁은 노바디 옆에 내려섰다.

"벨란데르는 날 싫어해."

"기질적으로 안 맞는 부분이 있는 것뿐이야."

"기질적으로?"

"넌 약간 수동적이잖아. 벨란데르는 하고 싶은 건 해야 직성이 풀리는 사람이야."

"……아, 그렇구나."

느릿느릿 흘러나오는 바마퉁의 목소리. 노바디는 굵고 하얀 인절미가 만들어지는 과정을 떠올렸다. 가끔은 자신도 바마퉁과 이야기를 나누면 몸이 축 가라앉는 느낌을 받았다.

자유형으로 멋지게 운하를 건너던 벨란데르는 수면에서 반짝이는 보석을 발견했다. 어떤 보석이 둥둥 떠서 다가오나 싶었는데, 왠지 꽤 많은 보석들이 자신을 향해 다가오는 것 같았다.

5미터 남짓 접근한 보석이 고양이의 눈을 닮았다는 사실을 안 순간, 벨란데르는 기겁했다. 팔다리의 자세가 흐트러져 물이 입으로 쏟아져 들어갔다.

"어?"

바마퉁이 벨란데르를 가리켰다.

벨란데르를 소리도 없이 포위한 악어 떼를 뒤늦게 발견한 노바디는 사라겐의 수부를 쥐고 당장 다리로 달렸다.

벨란데르가 소환한 불의 정령 슈뢰딩거가 수면으로 올라온 악어를 향해 화염을 뿜었지만 살짝 물속으로 들어가기만 하면 불의 힘에서 벗어날 수 있었다. 벨란데르는 그란투모스를 뽑으려 했지만 물속에서는 그 일 또한 쉽지 않았다.

노바디가 무너진 다리 끝까지 달려서 힘껏 도약했다. 입을 쩍 벌리고 벨란데르의 등을 노리는 악어 대가리 위에 착지한 노바디는 자연스럽게 수라부월공의 동령고송으로 악어의 이마를 손도끼로 찍었다. 그리고 옆으로 몸을 날려 다른 악어의 이마를 딛고 섰다.

"빨리."

노바디가 말했다.

벨란데르는 정신을 차리고 수영을 했다.

다섯 마리의 악어를 사라겐의 수부로 처리한 노바디는 악어 떼에 포위됐다. 수백 마리가 날카로운 이빨을 드러내며 천천히 다가왔다. 노바디는 바마퉁을 쳐다봤다. 추익을 펼쳐서 날아온다면 손쉽게 악어 떼에서 벗어날 수 있을 것이다.

수면을 가득 채운 악어 떼를 본 바마퉁은 벌벌 떨고 있었다. 추익은 이미 사라졌다.

"뭐 해? 노바디를 구해 줘! 당장!"

수로에서 빠져나온 벨란데르가 소리쳤다. 옷에서 물이 흘러내렸다.

겁을 먹고 눈을 감아 버린 바마퉁은 곧 손으로 귀를 막았다.

벨란데르는 할 말을 잃고 고개를 돌렸다.

그란투모스를 뽑은 그는 조금 전 노바디가 한 것처럼 다리 쪽으로 내달렸다. 노바디를 돕기 위해서였다.

벨란데르와 바마퉁을 살핀 노바디는 입술을 깨물었다. 여기서 자신과 벨란데르가 악어 떼에게 물어뜯겨 죽기라도 하면 바마퉁이 설 자리가 사라질지도 모른다. 날개를 만들어 내 품둠을 멋지게 돌파했던 바마퉁이 수치심 때문에 스스로 어디론가 가 버릴 수도 있다.

'그럴 수는 없지. 해보자.'

노바디는 공중으로 뛰어올랐다가 내려서며 죽어서 뒤집어진 악어의 허연 배를 강하게 밟았다.

펑!

죽은 악어는 수면 아래로 가라앉았다. 그와 함께 주위로 꽤 강한 물결이 동심원을 연달아 그리며 퍼져 나갔다. 그 충격에 담긴 기이한 힘이 흉폭한 악어들을 휘감자, 가까이 있는 놈들부터 정신을 잃고 몸을 뒤집었다. 그 현상은 곧 악어 떼 전체를 덮쳤다.

운하에는 수백 마리의 악어가 배를 드러낸 채 둥둥 떠 있었다.

노바디는 악어를 징검다리 삼아 물가로 나왔다. 다리 위에 서 있던 벨란데르는 노바디가 있는 곳으로 달려왔다.

"어떻게 한 거야?"

"운이 좋았어."

"저걸 한 방에 다 죽인 거잖아."

"몇 마리만 죽고 나머지는 기절했을 거야. 봐, 깨어나잖아."

노바디는 손가락으로 몸을 뒤집어 얼떨떨한 눈으로 주위를 살피는 악어를 가리켰다. 근처에 있던 놈들도 마찬가지였다.

처음으로 수면에서 펼친 타각의 위력은 만족할 만큼 강했다. 비록 악어 떼를 몰살시키는 수준은 아니지만 광범위 스턴 효과를 발휘할 수 있으니, 가끔 사용하면 전투를 유리한

국면으로 이끌 수 있을 터였다.

"저 녀석, 어떻게 할 거야?"

벨란데르가 눈짓을 보냈다. 주저앉아 고개를 푹 숙인 바마퉁 때문이었다.

"어쩌긴. 한 팀인데."

바마퉁 앞으로 걸어간 노바디는 그 옆에 앉았다. 아무 말도 하지 않았다. 그냥 가만히 있었다. 바마퉁이 먼저 입을 열 때까지.

혀를 차던 벨란데르는 슈뢰딩거를 불러 옷을 말렸다.

"미안해."

힘이 빠진 목소리로 바마퉁이 나직하게 말했다.

"뭐가?"

"……난 겁쟁이야. 저런 걸 보면 몸이 굳어 버려."

"여기 들어와서 몬스터 한 번도 죽인 적 없지?"

"그, 그걸 어떻게 알았어?"

바마퉁의 눈이 휘둥그레졌다.

"왜 죽이지 않았는지 물어봐도 될까?"

"모, 모르겠어."

바마퉁은 당장 접속을 끊고 싶지만 노바디에 대한 미안함 때문에 그럴 수 없었다. 어디론가 숨고 싶은 마음은 점점 커지고 있었다.

"이곳이 현실이니까."

차분한 노바디의 말에 바마퉁은 움찔 몸을 떨었다. 듣는 순간, 진실에 몸이 먼저 반응했다.

삼겹살을 즐겨 먹는 사람이라고 해도 보통 돼지를 직접 죽이지는 않는다. 깔끔하게 포장된 돼지고기를 사다가 불판에 구워서 먹을 뿐이다. 닭도, 소도 마찬가지였다. 분업이 고도로 발달된 현대사회에서 동물을 직접 죽이는 일은 흔치 않다.

바마퉁에게 페플은 현실이었다. 그 때문에 몬스터라고 해도 죽이기가 쉽지 않았다. 전투가 벌어지면 주로 뒤로 물러나 동료를 돕는 역할에 만족했다. 적성에도 맞았다. 그러나 끔찍하게 생긴 몬스터를 가까이서 보면, 돕는 일조차 하기 힘들었다.

노바디는 씩 웃었다.

"나도 처음 페플을 시작했을 때 사냥 같은 건 하지도 않았어. 기존 방식대로 움직이지 않는다는 이유로, 이런 곰 인형 탈 같은 걸 썼다는 이유로 초반엔 자주 죽기도 했고."

"그런 일이 있었어?"

바마퉁이 고개를 들었다.

노바디가 바마퉁을 정면으로 바라보며 말했다.

"난 네게 어떤 사정이 있는지 몰라. 그걸 꼬치꼬치 캐묻고 싶지도 않아. 누구에게나 아픈 비밀이나 기억이 있으니까. 다만, 페플을 통해 네가 자유로워지기를 바랄 뿐이야. 페플에 갇히는 게 아니라."

"나는……."

바마퉁은 다시 고개를 푹 숙였다.

"난 4년 동안 방에 처박혀 있었어. 중학교 1학년 때 학교를 그만뒀으니까. 나도 자세한 이야기는 하고 싶지 않아. 사실, 기억이 잘 나지 않거든. 아무튼 4년 만에 페플을 접했고, 페플 덕분에 방을 벗어나서 자유롭게 밖을 나다닐 수도 있게 됐어. '내가 할 수 있으니까, 너도 할 수 있어.' 따위의 말은 안 할 거야. 하기 싫은 일은 안 하면 돼. 모두가 몬스터를 죽일 필요는 없잖아. 전쟁터에 나가는 병사가 있으면 뒤에서 환자를 치료하는 의사도 있으니까. 난 네가 하고 싶은 마음이 있는데도 시도해 보지도 않고 포기하는 일만은 없기를 바랄 뿐이야."

몸을 일으킨 노바디는 벨란데르와 바마퉁 모두에게 말했다. 한 시간 휴식을 갖자고.

세 사람은 접속을 끊었다.

하루에 한 번 사람이 들어와서 청소하기 때문에 방은 깨끗했다. 박용준은 침대에 걸터앉아 조그만 창을 통해 바깥 하늘을 쳐다보았다. 구름은 천천히 흘러가고 있었다.

노바디가 한 말이 머릿속을 맴돌고 있었다. 그 말을 듣기

전까지 생각해 본 적이 없는 이야기였다. 그 때문에 마음이 갑갑했다.

"그래, 여긴 내게 현실이 아니야."

박용준은 방을 둘러봤다.

철제 침대, 푹신한 매트리스, 항상 물이 채워져 있는 주전자와 물컵, 책 몇 권이 놓인 테이블. 일반적인 정신병원 병실 수준을 고려하면 이 방은 호텔 스위트룸이라고 해도 과언이 아니지만, 박용준에게는 감옥이나 마찬가지였다.

페플은 그에게 탈출구였다. 이 현실에서 벗어날 수 있는 유일한 통로였던 것이다.

"할 수 있었는데."

박용준은 후회했다. 그냥 날개를 펴고 날아가서 악어 떼에 둘러싸인 노바디를 구했다면 그 무뚝뚝한 벨란데르에게도 인정을 받았을 텐데. 이러니 이 조그만 방에 갇혀 있는 것이다.

똑똑. 노크 소리였다.

"네."

문을 열고 들어온 사람은 간호사였다.

"어? 밖에 나와 있네? 어머니가 면회 오실 걸 미리 알고 있었나 봐. 어떻게 할까? 나갈래, 아니면 내가 전해 드릴까?"

"오늘은 나갈게요."

박용준의 말에 간호사는 몇 초 동안 아무 말도 못 했다.

엄마가 아무리 자주 찾아와도 아들은 거들떠보지도 않았

다. 엄마가 정성들여 준비한 도시락도 무시하기 일쑤였다. 그런 박용준이 엄마를 만나겠다니. 무언가 변화가 생긴 모양이었다.

"그럼, 제3면회실로 와. 어머니를 거기로 모셔 올 테니까."

"알았어요."

박용준은 후회하지 않으려고 애를 썼다. 옷을 갈아입고 복도로 나섰는데, 간호사를 찾아가서 생각이 바뀌었다고…… 만날 생각이 사라졌다고…… 이야기를 하고 싶었다.

'아니야. 오늘만은 피하지 않아.'

박용준은 제3면회실로 들어섰다. 커다란 테이블이 놓인 그 방에는 엄마가 앉아 있었다. 엄마를 본 순간 눈물이 핑 돌았다.

"용준아!"

엄마가 일어났다.

박용준은 엄마 맞은편에 앉았다. 얼마나 엄마가 보고 싶었는지 가슴이 떨리고 다리가 후들거렸다. 반면에 죽이고 싶을 만큼, 밖으로 뛰쳐나가고 싶을 만큼 엄마가 밉기도 했다.

"엄마가 너 좋아하는 불고기, 갈비, 잡채 모두 해 왔어. 아주 맛있을 거야. 어서 먹어."

가져온 음식을 펼쳐 놓은 엄마가 말했다.

"나가면 안 돼?"

박용준이 물었다.

싱크

"응?"

애써 아들의 질문을 외면하는 엄마.

"여기서 나가고 싶어. 여기서 말이야. 난 아프지 않아. 엄마도 잘 알잖아."

평소와 달리 당당한 아들의 말에 엄마의 표정이 바뀌었다. 잔뜩 겁을 집어먹은 얼굴이었다.

"그런 말 하지 마, 용준아. 아빠가 아시면 널 지방으로 보낼 수도 있어. 그러면 난 널 찾아오지 못할 수도 있어. 그러니까, 그러니까 아무 말 하지 말고 여기 있어. 여기가 제일 안전해."

엄마의 이목구비가 일그러졌다. 공포가 집어삼킨 얼굴이었다.

박용준은 저 얼굴이 바로 자신의 얼굴이라고 생각했다.

엄마를 위해서 살려면 엄마의 생각과 감정을 받아들여야 했다. 엄마의 얼굴을 그대로 받아들여, 자신의 얼굴로 만들어야 했다. 엄마는 아들에게 겁쟁이라는 저주를 유산으로 물려준 것이다.

짜증이 났다. 버럭 소리를 지르고 싶었다. 엄마가 새벽 시장까지 가서 재료를 사 올 만큼 공을 들인 음식을 모조리 엎어 버리고 싶었다.

박용준은 누구라도 저런 얼굴을 보면 화를 낼 수밖에 없다고 생각했다. 그 때문에 노바디가 더 고마웠다.

"앞으로 오지 마."

박용준은 면회실 밖으로 나갔다.

엄마는 아무 말도 못 했다.

방으로 돌아왔지만 마음은 무겁고 거북했다. 화를 낼 대상이 있다면 엄마가 아니라 이곳에 자신을 처넣은 그 인간이다. 욕을 한다면 그 인간에게 해야 한다. 엄마 역시 자신처럼 피해자이며, 잔뜩 겁에 질려 무엇을 어떻게 해야 할지 모르는 사람이니까.

같은 처지였다.

"추영."

박용준의 말에 투명한 색으로 따라다니던 추영이 빛을 발하며 나타났다. 방이 한결 밝아지자 기분도 조금 나아지는 느낌이었다. 페플의 추영이 어떻게 현실로 나올 수 있는지 이유는 알 수 없지만, 박용준은 환상이어도 추영이 곁에 있다는 사실이 좋았다.

추영은 뭉쳐지더니 바마퉁의 얼굴이 되었다.

박용준은 추영을 보며 웃었다. 추영은 살아 있는 생물처럼 외양을 자주 바꾸는데, 가끔은 추영이 그런 변화를 통해 자신에게 말을 하는 것 같았다.

추영이 또 바뀌었다. 이번엔 노바디였다. 동그란 곰 인형 탈 같은 얼굴이지만 직접 만나서 함께 있으면 누구도 비웃지 못할 분위기를 가진 노바디. 박용준은 마음이 울적해졌다.

허공에 떠 있는 노바디의 입술이 움직였다. 목소리는 당연히 들리지 않았다.

박용준은 그 입술을 읽었다. 같은 말이 반복되고 있어서 그리 어렵지는 않았다. 노바디의 얼굴을 한 추영의 말을 겨우 알아낸 박용준은 번개를 맞은 것처럼 몸을 떨었다.

"버릇이 될까 봐?"

박용준이 답을 맞히자 추영은 흩어졌다.

그 순간, 박용준은 마음을 굳혔다. 포기할 수는 없다. 노바디를 실망시키고 싶지 않았다. 자신을 인정해 준 유일한 사람이다. 아버지는 물론 엄마마저 버린 자신을 노바디는 굳게 잡고 있었다.

박용준은 커넥터로 향했다.

네후령의 거리는 음산했다.

석재를 쌓아 올려 세운 묵직한 건물의 나무 문은 차가운 돌풍에 쿵쿵 열렸다 닫혔다 했고, 길바닥 곳곳에는 정체를 알 수 없는 동물의 두개골과 갈비뼈가 뒹굴고 있었으며, 벽에는 썩은 화살과 녹슨 도끼 같은 전투 무기가 꽂혀 있었다.

한바탕 치열한 전투가 이곳에서 벌어진 모양이었다. 좁은 골목을 빠르게 지나가는 바람 소리가 윙윙, 그 으스스한 분위기를 가중시켰다.

"뭔가 나올 것 같지?"

벨란데르가 물었다.

"아마도."

노바디는 고개를 들어 건물 상공으로 올라가 주변을 정찰하는 바마퉁을 바라보았다. 새하얀 날개를 활짝 펼친 바마퉁이 근처에 무엇이 있는지 알아보겠다면서 자발적으로 날아오른 것이다.

"왜 저런 녀석에게 관심을 가지는 거야?"

벨란데르는 조심스럽게 물었다. 혹시 왕세자 론투엘로 인해 생긴 충돌이 재현될까 싶어 염려한 것이다.

"옛날의 나 같아서."

그 마음을 알아차린 노바디는 빙그레 웃었다.

"설마."

"내가 얼마나 대책 없는 겁쟁이였는지 넌 상상도 못 할 거다."

노바디는 4년 가까이 처박혀 있었던 방을 나서기 위해 문손잡이를 잡다가 공포로 기절해 버린 자신을 떠올렸다. 벨란데르는 그 이야기를 들어도 이해 못 할 것이다.

"말도 안 돼."

벨란데르는 노바디가 농담을 하는지, 진짜 경험담을 말하

싱크

는지 분간할 수 없었다. 누구보다도 적응이 빠르고, 누구보다도 용감하며, 누구보다도 끈기 있는 사람이 바로 노바디라고 그는 생각했다.

청명으로 사악한 기를 감지한 노바디가 소리쳤다.

"바마퉁, 조심해!"

바마퉁이 공중에서 방향을 트는 순간, 아래에서 날아온 검은 화살 일곱 대가 하얀 날개에 박혔다. 날개는 흩어졌고, 바마퉁은 추락했다. 다행히 5미터 아래에 건물 옥상이 있었다.

노바디가 사라겐의 수부를 뽑자 기다란 골목 양쪽에 들어선 건물의 문이 활짝 열렸다. 거기서 콤포들이 끝도 없이 밖으로 나왔다. 골목을 가득 채우고도 남았다. 창문마다 검과 도끼, 방패 따위를 든 몬스터들이 고개를 내밀고 노바디와 벨란데르를 노려보고 있었다.

노바디는 콤포를 보자마자 그 일을 떠올렸다. 벨란데르의 거짓말로 시작된 원정대가 라마간을 벗어났을 무렵, 콤포 무리가 습격해 왔다. 그때 처음으로 전투의 쾌감을 맛보았다.

네댓 마리라면 쉽게 처리할 수 있겠지만, 시야에 들어오는 녀석들만 합쳐도 수백이었다.

노바디와 벨란데르는 눈빛을 교환했다. 이런 상황에서 취할 행동은 하나뿐이었다.

노바디는 건물 벽을 걷어차며 공중으로 떠올랐다가 아래로 떨어지며 동령고송을 펼쳤다. 사라겐의 수부가 뿜어낸 강렬한 타격에 콤포 세 마리가 뒤로 날아갔고, 합쳐서 일곱 마리가 쓰러졌다.

벨란데르는 슈뢰딩거를 소환하여 불꽃 쇼를 펼쳤다. 슈뢰딩거가 뿜은 화염이 한데 모여 있는 콤포 열 마리를 덮쳤다. 몸이 뜨거워 달아나다가 더 많은 콤포의 몸에 불이 붙었다.

잘하면 정령의 불꽃이 놈들을 쓸어버릴 수도 있겠다고 기대했던 벨란데르는 곧 할 말을 잃었다. 콤포 놈들이 검과 도끼로 불이 붙어 고통스러워하는 동족을 죽인 것이다.

"쳇, 상관없어. 다 쓸어버릴 테니까."

벨란데르는 앞으로 달려들며 그란투모스를 휘둘렀다. 화염 공격은 슈뢰딩거에게 맡겼다.

노바디는 수라부월공과 천무삼권을 적절히 섞었다. 워낙 동작이 크고 위력이 센 초식으로 이루어진 수라부월공의 틈을 천무삼권이 메우자 공격과 방어가 철저할 뿐 아니라 균형까지 갖춘 새로운 무공처럼 보였다.

노바디는 점점 쌓이는 콤포의 사체 위로 올라가며 도끼를 휘둘렀다. 사방에서 놈들이 몰려들고 있었다.

멀리서 뿔피리 소리가 들렸다.

콤포 놈들이 뒤로 물러섰다.

고함과 비명이 줄어들자 쿵쿵 진동이 느껴졌다. 콤포와 닮았지만 덩치는 훨씬 큰 녀석이 다가오고 있었다.

평범한 콤보는 인간보다 오히려 작다. 대략 1미터 50센티미터 전후인 데 반해, 키가 무려 5미터에 달하는 저놈은 갑옷에 투구까지 제대로 착용하고 있었다. 손에는 한 방에 건물을 무너뜨릴 만큼 큰 해머를 쥐고 있었다.

"……콤포 막스야."

벨란데르가 중얼거렸다.

놈이 해머를 높이 들어 올렸다. 그 해머는 벨란데르를 향해 떨어졌다.

벨란데르는 다행히 먼저 몸을 피했다.

쿵, 돌을 깐 길바닥이 아래로 꺼졌다.

콤포 막스는 쥐 새끼처럼 잽싼 벨란데르가 마음에 들지 않는지 근처에 있던 콤포를 향해 해머를 내리찍었다. 운 나쁜 콤포 세 마리가 그 자리에서 죽었다.

노바디는 놈의 뒤로 돌아가 아킬레스건이 있을 법한 부위를 사라겐의 수부로 찍었다. 비명을 지른 놈이 해머를 놓치며 뒤로 넘어졌다. 해머에 깔려 또 몇 마리의 콤포가 목숨을 잃었다.

콤포 막스의 가슴으로 올라간 노바디는 사정 봐주지 않고 손도끼로 내리쳤다. 강철로 된 갑옷이 우그러졌지만 찢어지지는 않았다.

콤포 막스가 상체를 일으키려는 순간, 노바디는 투구와 갑옷 사이의 목덜미를 사라겐의 수부로 찍었다. 같은 곳을 세 번 연달아 내리찍자 놈은 잠잠해졌다.

노바디의 전투력에 압도당한 콤포들이 두세 걸음 물러섰다.

그 순간, 멀리서 날아온 화살이 노바디의 등에 꽂혔다. 또다른 화살은 허벅지에 박혔다. 아까 바마퉁을 추락시킨 궁수 놈들이 다시 활을 쏜 모양이었다.

노바디는 주위를 살폈다. 벨란데르는 죽었는지, 찾을 수도 없었다. 드워프가 버린 도시 네후령의 중심부로 쉽게 갈 수 있으리라 생각하진 않았지만 이렇게나 까다로운 몬스터가 막아설 줄은 몰랐다.

제법 규모가 있는 길드가 동원되어야 겨우 돌파가 가능할 만큼 콤포의 수가 많았다. 론투엘 왕세자를 노렸던 적룡회 같은 길드가 나서야 해볼 만한 퀘스트였다. 적룡회가 이곳으로 내려온다고 해도 쉽지 않을 만큼 놈들의 싸움 방식은 전략적이었다.

시야가 캄캄해졌다.

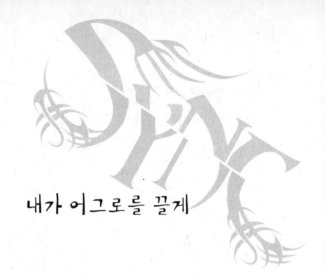

내가 어그로를 끌게

바마퉁은 미팅 룸에 들어섰다.

둥근 도넛 형태의 거대한 원목 테이블이 방 중앙에 놓여 있고, 세밀한 문양이 조각된 등 받침대가 눈에 띄는 의자 열두 개가 테이블을 둘러싸고 있었다. 전쟁과 농사 장면을 담은 중세풍의 태피스트리가 벽에 달려 있고 채광창에도 독특한 문양이 들어가 있을 뿐 아니라 곳곳에 방패와 검, 도끼 등의 무기가 장식되어 있어서, 엑스칼리버로 유명한 아서왕의 원탁 같은 분위기를 풍기고 있었다.

페플은 파티를 이룬 게이머들을 위해 미팅 룸이라는 공간을 제공했다. 게이머들이 마음껏 들어와 퀘스트 공략을 위해 의논할 수 있는 곳이 바로 미팅 룸이었다.

거기 벨란데르가 팔짱을 끼고 서 있었다.

바마퉁은 괜히 기가 죽었다. 높은 곳으로 날아올라서 주위를 꼼꼼히 살폈다고 확신했지만 결과적으로 콤포 떼의 습격을 알아차리지 못했다.

벨란데르가 고개를 들어 바마퉁을 쳐다봤다. 바마퉁의 몸이 움찔 떨렸다.

"찾아봤어?"

"……조금."

"말해 봐, 어떻게 하는 게 좋을지."

벨란데르는 묵직한 의자를 뒤로 빼고 앞으로 가서 앉았다.

바마퉁은 벨란데르가 한 그대로 의자에 엉덩이를 댔다.

"내, 내 생각엔 말이야, 그, 그러니까 내가 찾아낸 콤포 관련 퀘스트 내용에 따르면……."

"본론만 말해."

"으, 응, 알았어. 그러니까 나는, 그러니까 나는, 우리 힘으로는 어렵다고 생각해. 다, 다른 방법을 찾는 게 나을 것 같아. 위로 올라가는 방법은 또 있을 거야."

바마퉁은 겨우 준비한 말을 내뱉고 거칠게 숨을 쉬었다. 차마 고개를 들지는 못했다. 한심해하는 벨란데르의 눈빛을 본다면 정말이지 두 번 다시 페플에 들어올 수 없을 것 같았다.

벨란데르의 한숨 소리가 들렸다. 잔뜩 실망한 모양이었다. 바마퉁은 숨도 제대로 쉬지 못했다.

"내가 널 싫어하는 거, 알지?"

벨란데르가 말했다.

"……알아."

"왜 싫어하는지는 알아?"

"……아니."

바마퉁은 손가락을 꼼지락거렸다. 극도로 긴장하면 나오는 버릇 중 하나였다.

벨란데르는 고개를 흔들었다. 구제 불능이라고 생각했다. 노바디는 저 녀석에게 기대를 거는 모양이지만, 이번만큼은 노바디의 판단이 틀렸다. 저런 녀석은 괴롭힐 가치조차 없다. 같은 방에서 같은 공기를 마신다는 것만으로도 사람을 우울하게 만드니까.

무거운 침묵이 방을 가득 채웠다. 노바디가 미팅 룸으로 올 때까지 둘은 아무 말도 하지 않았다.

"분위기가 왜 이래?"

노바디가 들어오며 말했다.

"몰라."

퉁명스러운 벨란데르의 대답.

노바디는 배꼽을 내려다보는 듯한 바마퉁을 살폈다. 어느 때보다 소심하고 지나치게 신중한 태도였다. 아마도 조금 전 페플에서의 일 때문에 자책하는 듯했다.

노바디는 벨란데르를 쳐다보며 물었다.

"생각해 봤어?"

"이번 퀘스트의 핵심은 콤포 떼 뒤에 있는 콤포 렉스야. 콤포 놈들을 지배하는 왕이 있다는 거지. 여기저기 찾아봤더니 콤포 렉스를 죽이면 조무래기들은 그냥 흩어진대. 문제는 전투력이야. 놈들 수가 엄청나잖아. 아무리 생각해도 너와 나, 둘만으로는 역부족이야. 원군이 필요해. 레나세르 누나가 여기 올 수 있다면 가능성이 훨씬 커질 거야. 누나가 활을 쏘면 한꺼번에 수십 마리씩 녹아내릴 테니까."

벨란데르는 '너와 나' 그리고 '둘'을 강조했다. 일부러 바마퉁이 들으라고 크게 말한 것이다.

"다른 방법은?"

"없어."

단호한 답.

잠시 고민한 노바디는 바마퉁에게로 눈길을 옮겼다.

"네후령이 투월령과 구조가 비슷하다고 했지?"

"……응."

고개를 들고 대답했지만 곧 겁먹은 거북이처럼 움츠러드는 바마퉁.

"넌 투월령의 구조를 손바닥처럼 잘 알지?"

"아마도."

바마퉁은 벨란데르를 쳐다보지 않으려 애쓰며 고개를 들었다.

"그러면 콤포 떼 몰래 저 뒤에 있을 콤포 렉스에게 다가갈 비밀 통로 같은 것도 알고 있겠네?"

"있어! 지하 배수로는 거미줄처럼 뻗어 있어."

"그 배수로를 통하여 콤포 렉스가 있는 곳으로도 갈 수 있 겠지?"

"곳곳에 배수구가 있으니까 확인하면서 움직일 수 있을 거야."

"내가 어그로를 끌 테니까, 그동안 넌 벨란데르와 함께 배 수로로 내려가서 콤포 렉스를 찾아내어 죽여. 그러면 나머지 는 손댈 필요도 없어. 네후령의 중심부로 가는 길이 열린다 는 거지. 어때?"

노바디는 바마퉁에게 말한 다음, 고개를 돌려 벨란데르를 쳐다봤다.

벨란데르도, 바마퉁도 입을 열지 않았다.

그때, 바마퉁이 말했다.

"내, 내가 어그로를 끌게."

"말도 안 돼."

벨란데르였다. 겁 많고 정찰도 제대로 할 줄 모르는 녀석 에게 어그로를 맡겨? 그러면 백이면 백 전멸일 것이다.

"할 수 있어. 내가 그 녀석들의 관심을 끌 동안, 넌 벨……란……데르와 함께 콤포 렉스를 해치워."

"좋아, 그렇게 하자."

노바디는 바마퉁의 의견을 받아들였다.

바마퉁이 먼저 미팅 룸 밖으로 나가자, 벨란데르가 다가왔다. 불만에 찬 얼굴이었다.

"대체 무슨 생각이야?"

"바마퉁이 왜 싫은 거야?"

"그, 그건……."

허를 찔린 벨란데르는 대답할 말을 찾으면서 원탁에 걸터앉았다. 분명히 마음에 안 드는데, 입으로 말하려니 쉽지 않았다.

"추영 때문이지?"

그 말을 듣는 순간, 벨란데르는 자기가 바마퉁을 싫어하는 이유를 깨달았다.

노바디가 말을 이었다.

"그렇게 강력한 아이템을 가지고 있는데도 제대로 활용 못하는 게 꼴 보기 싫은 거잖아."

"맞아."

벨란데르는 솔직하게 인정했다.

"그러면 도와줘. 멋지게 사용할 수 있도록 말이야."

"우리가 왜 그래야 해?"

"보고 싶지 않아? 추영이 얼마나 강력할지 말이야. 바마퉁이 원하기 때문에 추영은 날개로 변했어. 그렇다면 바마퉁의 의지에 따라 추영은 다른 형태로도 변할 수 있겠지. 난 벨몽이 펼쳤다는 추영군무를 직접 보고 싶어. 물론 바마퉁의 추영은 다른 식으로 능력을 발휘하겠지만."

벨란데르는 노바디의 말에서 새로운 관점을 느꼈다.

노바디는 바마퉁이라는 겁쟁이가 불쌍해서 돕는 게 아니었다. 바마퉁이 지닌 추영이라는 아이템의 진정한 능력을 끌어내고 싶어 했다. 마치 탁월한 장인이 정성을 들여 도자기를 빚어내듯, 노바디는 바마퉁을 통하여 추영의 힘을 끄집어내고 싶은 것이다.

벨란데르 내면의 감정이 빠르게 바뀌었다. 바마퉁은 여전히 마음에 들지 않는 밥맛없는 녀석이지만, 더 이상 바마퉁과 관련된 일이 아니라는 사실을 깨달았다. 노바디의 눈은 바마퉁이 아니라 추영을 보고 있었다. 추영을 위해서 바마퉁을 돕고 있었다.

"만약 바마퉁이 추영에게 어울리지 않을 만큼 한심한 멍청이라면, 뭐, 추영이 자격을 갖춘 주인을 선택할 수도 있겠지."

노바디가 나직하게 덧붙였다. 눈두덩과 콧날이 만든 그늘 덕분에 노바디는 한층 더 냉혹해 보였다.

"아!"

벨란데르는 끓어오르는 투쟁심을 느꼈다. 노바디보다 더 효과적으로, 더 멋지게 작품을 만들고 싶었다. 운이 좋다면 추영의 주인이 될 수도 있을 것이다.

노바디는 그런 벨란데르를 바라보다가 인벤토리 창에서

수건을 꺼냈다. 질감과 촉감 모두 현실과 매우 유사했다.

"그건 뭐야?"

"만져 봐."

노바디는 수건을 벨란데르에게 던졌다.

"천무관?"

수건에 한자로 수놓인 '천무관'이라는 글자를 읽은 벨란데르가 눈을 동그랗게 뜬 채 노바디를 쳐다봤다.

노바디는 찬찬히 설명했다.

이야기가 끝날 무렵, 벨란데르는 입을 쩍 벌리고 있었다. 다물 수가 없었다.

싱크 현상으로 페플에서 얻은 능력이 현실로 이어진다는 사실은 놀랍지만 어느 정도 받아들일 수 있었다. 하지만 이제는 물건까지 두 세계 사이를 오갈 수 있다니.

경악할 만한 일이었다. 호들갑을 떨어도 될 현상이며, 학계가 뒤집힐 사건이었다.

그럼에도 차분한 노바디 덕분인지 벨란데르도 그리 흥분하지 않았다. 오히려 자유롭게 물건을 옮길 수 있는 능력을 어떻게 사용할까 생각하고 있었다.

좋은 아이디어가 떠올랐다.

"무엇이든 페플로 옮길 수 있는 거지?"

"너무 크지만 않으면."

"후후, 잠깐 접속을 끊고 기다려. 내가 퀵으로 보낼 게 있거든. 그걸 페플로 가져와."

"퀵으로?"

"아무튼 조금 있다가 봐."

벨란데르는 매우 진지했다.

혼자 남은 노바디는 주위를 둘러본 다음 웃기 시작했다. 그리고 손으로 얼굴을 주물렀다. 억지로 진지한 표정을 지었더니 경련이 일어날 것 같았다. 그래도 만족스러웠다.

어떻게 벨란데르를 설득할까 고민하다가 혹시나 하는 생각으로 시도했는데 의외로 결과가 괜찮았다. 역시 벨란데르는 무엇이든 경쟁해서 이기는 걸 좋아했다.

"앞으로도 종종 써먹어야겠다."

노바디도 미팅 룸을 나섰다.

몰려오는 콤포 떼를 보자 바마퉁은 왜 나섰는지 후회하기 시작했다. 가만히 있을걸.

다가온 콤포는 썩은 피부 사이로 뼈가 드러나 있고, 돼지 같은 코에서는 검은 진물이 흘러내렸으며, 검을 움켜쥔 손가락 끝에는 새까만 손톱이 길게 자라나 있었다. 운하에 몰려들어 노바디를 향해 아가리를 벌리던 악어도 콤포에 비하면 애완동물로 키울 수 있을 만큼 귀여웠다.

'할 수 있어. 넌 할 수 있어.'

심호흡을 한 바마퉁은 네후령의 버려진 건물에서 겨우 찾아낸 커다란 망치를 휘둘렀다. 그 타이밍이 지나치게 빨랐다. 망치는 선두에서 달려오는 콤포를 때리지 못했지만, 어그로를 끌기에는 충분했다.

콤포들이 괴성을 터트리며 돌진했다.

바마퉁은 눈을 질끈 감았다. 큰소리를 쳤는데도 이토록 허무하게 죽는구나 싶었다.

추영이 바마퉁을 중심으로 맹렬하게 회전하기 시작했다. 콤포 세 마리가 거기에 휘말려 서너 바퀴 돌다가 튕겨 나갔고, 돌벽에 처박혔다. 놈들은 바마퉁을 포위했지만 감히 달려들지는 못했다.

바마퉁은 깜짝 놀랐다. 추영 스스로 움직였기 때문이다.

또 한 번의 기회를 얻은 바마퉁은 추영의 회전이 멈추는 순간, 떨리는 손으로 꽉 잡은 망치를 위에서 아래로 내리쳤다. 망치가 정확히 콤포의 정수리를 때렸다. 퍽, 소리가 났다. 콤포의 대가리가 으스러졌고 피가 튀었으며 부서진 뇌와 두개골의 뼛조각이 망치에 묻었다.

그 적나라한 광경에 겁이 난 바마퉁은 망치를 놓쳤다. 추영도 이번에는 빛나는 소용돌이로 바마퉁을 보호할 수 없었다. 바마퉁의 마음이 무너져 내린 것이다.

콤포들이 바마퉁을 짓이기려는 순간, 뜨거운 불꽃이 콤포들 위로 쏟아졌다.

"잡몹 새끼들아, 형님이 오셨다."

옥상 난간에 서 있던 벨란데르가 그란투모스를 든 채 아래로 뛰어내렸다. 슈뢰딩거가 둥실, 벨란데르를 따랐다.

단숨에 다섯 마리의 콤포를 해치운 벨란데르는 바마퉁 옆에 섰다. 반쯤 정신이 나간 바마퉁을 보니 짜증이 치솟았다.

벨란데르는 그란투모스의 검면으로 바마퉁의 뒤통수를 때렸다. 그제야 바마퉁은 자기가 살아 있으며, 옆에 벨란데르가 있다는 사실을 깨달았다.

"어, 어떻게?"

"널 어떻게 믿어?"

"마, 맞아."

고개를 푹 숙인 바마퉁.

그란투모스를 휘둘러 콤포 두 마리의 대가리를 허공으로 날려 버린 벨란데르가 바마퉁을 쳐다보았다.

"내가 왜 널 싫어하는 줄 알아? 넌 화를 내지 않기 때문이야."

그 말에 바마퉁은 깜짝 놀랐다.

가능하면 사람들의 마음을 불편하게 하지 않으려 애를 썼다. 그 노력 덕분에 어떤 사람에게도 웬만해서는 화를 내지 않게 되었는데.

벨란데르가 그란투모스로 콤포가 모인 곳을 가리키자, 슈뢰딩거가 화염방사기처럼 불꽃을 뿜었다. 그 열기와 압력에 돌벽이 무너졌다. 바마퉁 뒤로 가서 기습을 노리던 콤포 다섯을 베어 버린 벨란데르는 바마퉁 곁을 지나며 속삭였다.

"지렁이도 밟으면 꿈틀거려."

지렁이만도 못하다는 뜻.

바마퉁은 할 말이 없었다. 스스로도 그렇게 생각했기 때문이다. 어떤 말을 들어도 화가 나지 않는다. 오히려 그 말에 수긍하고 받아들여 자신을 비난하고 깎아내린다.

그러나 힐끔 쳐다본 벨란데르가 한 말에 바마퉁은 자신도 몰랐던 내면의 꿈틀거림을 느꼈다.

"널 낳은 엄마가 불쌍하다."

벨란데르는 슈뢰딩거와 팀을 이뤄 콤포를 공격했다. 포위당하지 않으려고 담벼락 위를 달렸다. 슈뢰딩거가 힘을 다 써 버려 사라지면 소환 가능해질 때까지 신나게 도망치기도 했다. 콤포 떼는 괴성을 지르며 벨란데르를 쫓았다.

바마퉁은 텅 빈 길 위에 혼자 서 있었다. 벨란데르가 한 말이 귀에 쟁쟁했다. 꽉 쥔 주먹에 힘이 들어갔다.

자신을 바보 멍청이로 취급하는 건 얼마든지 괜찮다. 그러나 아무리 아들을 정신병원에 가둔 엄마라고 해도, 그 엄마를 불쌍하다면서 비난하자 바마퉁은 도저히 참을 수가 없었다.

'인정하기 싫지만, 난 그런 엄마를 사랑하니까.'

마음 깊은 곳에서 닫혀 있던 문이 활짝 열리고, 거기서 켜켜이 쌓아 올렸던 감정이 봇물처럼 터져 나왔다.

엄마를 협박하여 아들을 정신병원에 가두게 만든 장본인, 바로 아버지를 향한 증오가 가장 먼저 튀어나왔다. 멀쩡한데도 정신병원에 갇힌 자신을 비웃는 의사들, 간호사들을 향한 분노가 그 뒤를 이었다. 온갖 종류의 파괴적이고 부정적인 감정이 판도라의 상자에서 튀어나온 재앙처럼 마음 밖으로, 몸으로, 얼굴로 뿜어져 나왔다.

추영이 그 감정에 반응했다. 소용돌이는 급격히 커졌고, 돌담을 허물고 벽돌을 띄울 만큼 격렬해졌다.

분노가 공포를 태웠다.

증오심이 소극적인 태도를 지워 버렸다.

바마퉁은 고함을 질렀다. 투지가 담긴 그 소리에 콤포 무리 일부가 바마퉁을 향해 달려왔다.

바마퉁이 주먹을 불끈 쥐고서 돌진하자 추영은 토네이도처럼 거대하게 부풀어 다가오는 콤포들을 삼켰다. 강력한 힘에 의해 공중으로 끌려 올라간 놈들은 이미 뼈가 부러지고 근육이 끊어져 목숨을 잃은 상태로 30미터 높이에서 멀리 내동댕이쳐졌다.

피사의 사탑처럼 한쪽으로 약간 기운 종탑 꼭대기에 선 벨란데르는 2층 건물까지 삼킨 그 소용돌이를 보며 할 말을 잃었다.

그때 귀에 부착한 이어 마이크에서 소리가 들렸다.

- 상황은?

노바디였다.

"……어마어마하다."

벨란데르는 송신 버튼을 누른 채 대답했다. 그리고 다시 버튼에서 손가락을 뗐다.

- 자세히 말해 봐.

"바마퉁 녀석, 추영으로 토네이도를 만들었어. 엄청나. 영화에서 본 것처럼, 건물 하나가 부서지며 공중으로 올라가고 있어."

- 약간의 자극, 효과가 있었지?

"네 말대로만 했으면 바마퉁은 그대로 죽었을 거야. 내가 거기에 제대로 양념을 넣었어."

- 양념?

"아무리 착한 녀석도 단번에 헐크로 변하게 만드는 마법의 단어가 있지. 그보다, 어떻게 알았어? 저 녀석이 억지로 감정을 누르고 있다는 거 말이야."

- 겉모습과 속마음이 같다면 페플에 접속할 의지도 없었을 거라고 생각하니까.

"그건 그렇고. 이 무전기, 제법 괜찮은 생각이지?"

벨란데르는 옆구리 찔러 절받기라는 사실을 알지만 그래도 꼭 확인하고 싶었다. 김현에게 퀵 서비스로 보낸 물건은 바로 이어 마이크가 포함된 무전기 패키지였다.

싱크

-인정.

"콤포 렉스는 찾았냐?"

-아직은.

"바마퉁이 제대로 어그로를 끌고 있으니까, 내가 도와줄게."

-좋아.

통신이 끝났다.

벨란데르는 몸을 날려 건물 지붕에 내려섰다. 가까운 곳에서 콤포 막스 두 마리가 바마퉁을 향해 달려가고 있었다. 옥상에 숨어 있던 콤포 궁수들이 바마퉁을 향해 검은 화살을 비처럼 쏘았지만 토네이도의 풍압을 이긴 화살은 한 대도 없었다.

바마퉁을 향해 몰려가는 콤포 놈들이 어디에서 왔는지 살핀 벨란데르는 은밀하게 움직였다.

벨란데르와의 대화를 마치고 철벅거리며 배수로를 움직이던 노바디는 다가오는 기를 느끼고 그 자리에 멈췄다.

요란한 발소리는 들리지 않았다. 콤포는 아니었다.

배수로는 깜깜했다. 가끔 지상으로 통하는 맨홀 같은 구조물을 통해 한 줄기 빛이 비쳐 들지만, 그 외에는 눈을 떠도

감은 것과 마찬가지였다. 노바디는 개의치 않았다. 청명이라는 새로운 감각 덕분에 바닥에 고인 물을 헤치는 소리만으로도 주변을 볼 수 있었다.

곧 청명의 감지 범위 안으로 놈들이 들어왔다. 기다란 몸, 지그재그로 유연하게 움직이는 이동 방식.

'뱀이잖아.'

노바디는 사라겐의 수부를 꽉 잡았다.

3미터까지 접근한 뱀들이 일제히 몸을 말았다가 펴면서 그 힘으로 날아왔다. 사방에서 수십 마리가 한꺼번에 독 이빨을 내민 채 달려든 것이다.

수라부월공도, 천무삼권도 기본적으로 사람을 적이라고 생각해서 만들어진 기술이었다. 둘 다 수십 마리의 뱀이 한꺼번에 날아오는 상황과는 거리가 멀었다.

노바디는 악어 떼를 기절시킨 타각을 사용하려다 참았다.

진동이 멀리까지 퍼지는 타각을 펼치는 순간 지상에 있는 콤포 놈들이 아래에 무언가 있다는 사실을 알게 될 테고, 작전은 실패로 돌아갈 것이다.

'일단은 막자.'

노바디는 수라부월공의 불동이경으로 부막을 만들었다. 도끼를 휘둘러서 만든 단단한 막에 닿은 뱀 대부분은 머리가 몸통과 분리되었지만, 몇 마리는 틈을 뚫고 안으로 들어왔다.

한 마리는 어깨를 물었다.

다른 놈은 팔꿈치 바로 위에 독니를 박았다.

독은 빠르게 퍼졌다.

노바디는 현기증을 느끼며 주저앉았다. 사라겐의 수부를 놓치지는 않았지만 극심한 어지럼증 때문에 청명의 범위가 줄어들었다. 놈들이 어디에 있는지도 알 수 없었다.

노바디는 왼손으로 박살 난 뱀을 더듬었다. 순전히 손의 감각만으로 거기 있을 내단을 찾았다. 킹자이곤이 서식하는 동굴로 들어갔던 과거의 경험을 떠올린 것이다.

내단을 닮은 것을 확인하지도 않고 입에 넣어서 삼켰다. 속이 뒤집어질 만큼 비렸지만 꾹 참았다.

내단을 다섯 개나 먹은 후에야 노바디는 비틀거리며 몸을 일으켰다. 약간 정신이 맑아졌다.

그제야 놈들의 의도가 느껴졌다. 놈들은 독이 퍼지기를 기다리고 있었다.

아랫배가 뜨끈뜨끈했다. 그 열기가 몸으로 퍼지며 뱀독을 녹였다. 곧 노바디는 아침에 막 일어난 것처럼 상쾌함을 느낄 수 있었다. 그 때문인지 청명이 닿는 범위가 평소보다 세 배나 커졌다. 백 마리가 넘는 독사들이 선명하게 느껴졌다.

독은 더 이상 문제가 안 된다.

노바디는 손도끼를 꽉 잡았다.

뱀 떼를 몰살시킨 노바디는 청명이 위를 향하도록 집중하면서 배수로를 걸었다. 강렬한 기가 느껴졌다. 벽에 박힌 나무토막을 딛고 위로 올라가 맨홀처럼 생긴 뚜껑을 조금 열었다.

바로 앞에 콤포 막스가 줄을 지어 서 있었다. 5미터나 되는 놈들의 수는 백 마리에 육박했다.

놈들이 쳐다보는 방향을 살피자, 머리에 커다란 왕관을 쓴 콤포 렉스가 보였다. 콤포 렉스는 키가 3미터 정도에 몸은 호리호리한 편이었다. 가느다란 손가락에 낀 자주색 반지가 눈에 띄었다.

주위 건물의 특징을 파악한 노바디는 뚜껑을 조심스럽게 닫고 아래로 내려왔다.

"벨란데르, 대답해라."

노바디는 송신 버튼을 누르고 말했다.

–찾았구나.

"어떻게 알았냐?"

–넌 찾은 후에야 연락할 놈이니까.

그 말에 가볍게 웃은 노바디는 콤포 렉스가 있는 곳에 대해서 설명했다. 그리고 말했다.

"마무리, 네가 할래?"

–내가 이목을 끌 테니까, 네가 끝내라.

벨란데르의 목소리에서 망설임이 느껴졌다.

"오케이. 도착하면 연락해라."

-알았다.

노바디는 조금 전 본 콤포 렉스를 어떻게 죽여야 할지 가만히 상상했다. 접근 방법이 무엇보다 중요했다. 벨란데르가 한바탕 난리를 쳐서 근처 콤포들의 관심을 끄는 순간을 놓치면 안 된다.

덩치 크고 힘이 센 콤포 막스는 걱정할 필요가 없다. 놈들은 느리다. 지하에서 누군가 튀어나와 그들의 왕을 노린다고 해도 제대로 반응하기도 전에 왕이 죽는 모습을 보게 될 것이다.

문제는 궁수들이었다. 숨어 있어서 정확한 위치 파악이 어려웠다. 궁수들이 자객을 향해 일제히 화살을 쏜다면 콤포 렉스에게 다가가기도 전에 죽을지도 모른다.

불동이경이 완벽하지 않다는 점이 아쉬웠다. 뱀이 뚫고 들어온 그 틈을 콤포 궁수들은 놓치지 않을 것이다.

-왔다.

벨란데르였다.

"궁수들이 보여?"

-쥐새끼처럼 지붕과 옥상에 숨어 있다.

"놈들부터 크게 한 방 먹여라."

-알았다. 정확히 10초 후에 시작한다.

대화는 끊겼다.

노바디는 사다리를 타고 올라가 뚜껑을 살짝 들어 올렸다.

아래를 살피는 놈들은 없었다. 뚜껑을 아예 반쯤 열었다.

그때, 5층 건물 옥상으로 불덩이가 떨어졌다. 활을 든 콤포 몇 마리가 몸에 불이 붙은 채 땅바닥으로 떨어졌다. 아래쪽도 갑작스러운 공격으로 혼란에 빠졌다.

그 순간, 노바디는 위로 올라와 콤포 막스 사이를 달렸다. 놈들이 그의 존재를 알아차린 순간 노바디는 이미 사라겐의 수부를 손에 쥔 채 콤포 렉스에게서 5미터 앞에 이르렀다. 몸을 위로 띄웠다가 내려가며 수라부월공의 동령고송으로 콤포 렉스를 끝내려는 순간, 노바디의 몸이 뻣뻣하게 굳었다.

노바디는 아래로 떨어져 쓰러졌다. 투명한 밧줄이 몸을 꽁꽁 묶은 느낌이었다.

마음을 가라앉히자 몸을 감싼 기운이 느껴졌다. 그 기운이 이어지는 방향으로 고개를 든 노바디는 검붉은 지팡이를 든 콤포를 발견했다. 콤포 막스와 체구가 비슷하지만 훨씬 말라서 스켈레톤 병사처럼 보이는 그 콤포는…… 콤포 마구스, 바로 마법사였다.

몸에 검은 화살이 박혀 고슴도치가 된 벨란데르가 쓰러져 버둥거리는 노바디를 쳐다보며 아래로 떨어졌다. 콤포들이 벨란데르를 향해 몰려갔다.

그때, 노바디의 몸이 사라졌다.

콤포 마구스는 깜짝 놀라 주위를 두리번거렸다.

콤포 렉스 바로 위에 나타난 노바디는 사라겐의 수부로 콤포의 왕의 정수리를 내리찍었다.

자주색 빛이 커다란 동심원을 그리며 뻗어 나갔다. 그 빛에 닿은 콤포들은 서로를 보며 어리둥절해하더니, 피와 죽음으로 가득한 곳을 빠져나가며 흩어졌다. 콤포 막스와 콤포 마구스도 마찬가지였다. 그 넓던 광장은 금세 텅텅 비었다.

노바디는 몸을 일으켰다. 마법 공격으로 갈비뼈가 부러졌다. 발목도 뒤틀린 느낌이었다.

"휴우, 그런대로 성공했구나."

비상사태를 대비하여 미리 현섬을 펼친 게 제대로 먹혔다. 반복 연습으로 현섬은 레벨 3에 도달해 있었다.

벨란데르는 사라지고 없었다. 궁수들이 집중적으로 쏜 화살에 맞아서 죽은 것이다.

노바디는 쓰러진 콤포 렉스의 몸을 뒤졌다. 눈에 띄는 건 손가락에 있는 큼직한 반지였다. 자주색 보석이 박힌 반지를 빼내는 순간, 메시지 창이 떴다.

―지배의 반지 도미니움을 획득하셨습니다.

콤포의 왕에게 어울리는 반지라고 노바디는 생각했다.

콤포 렉스의 주머니 안쪽에 숨겨진 가죽 염낭에는 놀랄 만한 물건이 들어 있었다.

"……티메후르잖아."

노바디는 그 구슬을 건드리지 않았다. 셀레스카르가 건넨 티메후르를 받았다가 디월드 뎁스 파이브에서 13년이나 고생을 했었다. 두 번 다시 하고 싶지 않은 경험이었다.

윤이 나는 고급 가죽 주머니 염낭의 입구를 다시 묶은 노바디는 잠시 고민한 후에 주머니에 넣었다. 희귀한 아이템이니 버릴 마음은 없었다.

큼지막한 돌이 날아왔다.

노바디가 뒤로 피하자 그 바위라고 해도 될 돌은 죽은 콤포 렉스를 깔아뭉갰다.

노바디는 고개를 들었다. 거대한 토네이도가 다가오며 건물을 부수고 있었다. 콤포 렉스가 죽는 바람에 콤포들이 사방으로 흩어졌을 텐데도 바마퉁의 분노는 가라앉지 않은 모양이었다.

쌓인 감정이 얼마나 많았으면 이 거대한 돌풍을 만들었을까.

노바디는 바마퉁을 말릴 생각이 조금도 없었다. 기분이 풀릴 수 있다면 드워프가 버린 도시 네후렁을 모두 파괴해도 상관없었다.

노바디는 접속을 끊었다.

땀방울이 뚝뚝 떨어졌다.

수라부월공과 천무삼권을 유기적으로 결합하여 가상의 상

대 겔란드 대사형과 비무를 벌인 김현은 숨을 헐떡거렸다. 수없이 본 비무 동영상 속 겔란드 대사형은 중거추를 휘둘렀고, 김현은 사라겐의 수부를 쥐고 날렵하면서도 때로는 위력적으로 공세를 펼쳤다.

"오늘도 졌어."

김현은 누웠다. 땀에 젖은 도복이 마룻바닥에 찰싹 달라붙어 한기가 등을 타고 몸으로 퍼졌다. 그 순간의 쾌감에 몸이 떨렸다.

권투의 섀도복싱에서 아이디어를 얻어 '그림자 수련'이라 이름 붙인 이 방식의 장점은 상대의 몸놀림을 조절할 수 있다는 점이었다. 김현은 정상보다 한 배 반 빠른 겔란드 대사형과 그림자 수련을 한 것이다.

대大자로 뻗은 김현은 활짝 웃었다. 바마퉁이 떠올랐기 때문이다.

수십 채의 건물을 파괴한 그 토네이도를 일으킨 장본인이지만 바마퉁은 다시 소심쟁이로 돌아갔다. 벨란데르가 침을 튀기며 설명해도, 노바디가 옳다고 가세해도, 심지어 파괴의 증거인 동영상까지 보여 줘도 자기가 한 일이 아니라고, 그럴 리가 없다고 말했다. 무시무시한 분노로 잠시 필름이 끊어진 것이다.

그래도 바마퉁은 이전의 바마퉁이 아니었다.

말수가 늘어났다. 벨란데르를 똑바로 쳐다볼 뿐 아니라 가끔은 먼저 말을 걸 때도 있었다. 벨란데르가 거칠게 면박을 줘도 이전처럼 고개를 푹 숙이고 입을 다무는 일은 거의 없었다. 그 변화 때문인지 벨란데르도 더 이상 바마퉁을 노골적으로 무시하진 않았다.

문득, 김현은 긴장했다. 인기척은 없지만 빠르게 다가오는 기가 느껴졌다.

손으로 마룻바닥을 쳐서 누운 자세로 옆으로 미끄러진 김현은 물구나무를 서며 일어났다.

누워 있던 곳에는 현기명이 서 있었다.

김현은 가슴이 서늘했다. 문이 열리는 소리도, 마룻바닥이 삐걱이는 흔들림도 없었다. 언제 들어왔는지 알 수가 없었다. 항상 반경 5미터 남짓을 살피는 청명조차도 현기명의 접근을 알아채지 못했다.

"제법이구나."

현기명은 턱을 어루만졌다.

"……페플에 푹 빠지셨다는 말을 들었어요."

"그랬지."

"오늘은 무슨 일로 나오셨어요?"

"이야기는 나중에 하자꾸나."

현기명은 뒷짐을 진 채 다가왔다.

김현은 화들짝 놀라며 뒤로 물러섰다. 분명히 거리가 가까워지는데 허깨비처럼 아무것도 느껴지지 않았다. 눈을 감는다면 청명은 아무도 없다고 알려 줄 것이다.

옆으로 피하던 김현은 갑자기 밧줄에 묶인 것처럼 답답해졌다. 그냥 밧줄이 아니었다. 팔, 다리, 목, 손목, 발목 등 열 개가 넘는 밧줄에 몸이 봉쇄된 느낌이었다.

'콤포 마구스에게 당했을 때와 비슷해.'

김현은 웃고 있는 현기명을 보았다. 현기명에게서 뻗어 나온 기가 몸을 옥죄고 있었다.

"투라다. 기의 그물이라고 할 수 있지. 투라에서 벗어나려면 기를 뭉쳐서 예리한 검을 만들 수 있어야 한다."

현기명은 5미터 남짓 떨어진 곳에 서 있었다.

김현은 무슨 의미인지 즉시 알아듣고 기를 모았다. 결코 쉽지 않았다. 이제까지 무극심법의 제1문인 '축현', 제2문인 '쌍각'을 통해 기를 모으고 단숨에 밀어내거나 끌어당기는 방법에만 익숙했다. 기를 실체가 있는 물건처럼 다룬 적은 없었다.

"서둘러라."

현기명이 손을 들어 김현을 가리켰다.

손가락 끝에서부터 무형의 기가 뿜어져 나와 서서히 김현을 향해 다가왔다. 눈으로는 볼 수 없지만 그 강력한 기가 몸으로 느껴졌다.

'저건, 검이야!'

김현은 있는 힘을 다해 기를 모았다. 아니, 모으려고 애를 썼다.

현기명이 만든 기검이 가슴을 꿰뚫기 전에 투라에서 벗어나야 한다. 설마 진짜로 그런 짓을 할까 싶었지만 그렇다고 저 노인을 믿고 가만히 있을 수는 없다.

현기명이 만든 무형의 검은 이미 4미터까지 늘어나 있었다.

김현은 자신의 실력으로 기검을 만들 수 없음을 깨달았다. 차선책이 필요했다.

페플로의 강제 접속을 막을 때처럼 기를 거미줄처럼 사방으로 퍼트린 김현은 몸을 바싹 죄는 투라의 힘을 약화시켰다. 다리를 들어 올릴 수 있게 된 순간, 앞으로 발을 굴렀다.

쿵.

타각이었다.

그 충격력이 투라를 무너뜨릴 뿐 아니라 현기명이 만든 기검까지 뭉개 버렸다.

현기명은 깜짝 놀라 그 자세 그대로 물러섰다.

김현의 발 구르기가 무엇인지 그는 알고 있었다. 바로 천부선공의 제2문 쌍각 중 하나인 타각이었다.

타각이 아닐지도 모른다. 어쩌면 비슷한 기술일 수도 있다. 현기명은 속단하지 않으려 애를 썼다.

"그게 뭐냐?"

"힘껏 발을 굴렀을 뿐인데요."

김현은 모른 척했다.

"후후, 재미있구나."

현기명이 뒷짐을 풀었다.

김현은 문을 힐끔 쳐다봤다. 도망치기 위해서였다. 요즘 계관의 수련실을 독차지할 수 있어서 좋았건만.

현기명이 움직였다. 예상보다 훨씬 빨랐다. 김현이 문으로 갈 거라는 사실을 이미 간파한 현기명은 입구를 봉쇄했다. 김현은 물러설 수밖에 없었다.

"강도진 그 꼬맹이를 쓰러뜨린 기술이었군."

현기명이 중얼거렸다.

김현은 이제 창문을 살폈다. 여차하면 창문을 뚫고 달아날 생각이었다.

"내가 천무도의 계승자라는 사실은 알고 있겠지."

"네."

오정목과 이근상 그리고 홍유정을 통해 귀에 못이 박히도록 들은 사실이었다.

"내가 계승자를 찾고 있다는 사실도 알고 있느냐?"

"처음 듣는데요."

거짓말로 둘러댄 김현은 슬금슬금 옆으로 이동했다. 조금이라도 창문 가까이 갈 속셈이었다.

현기명이 그 자리에서 사라졌다. 그리고 창문 앞에 나타났다. 잠시 후에는 다시 원래 있던 곳에 서 있었다. 마치 현섬을 대기 시간 없이 사용한 느낌이었다.

김현은 할 말을 잃었다.

"운중이라고 한다. 몸을 가볍게 해서 때로는 구름처럼, 때로는 바람처럼, 필요하다면 번개처럼 움직일 수 있는 보법이다. 배우고 싶지 않으냐?"

배우고 싶다고 대답할 뻔했다. 현섬보다 훨씬 유용한 무술 같았다. 제대로 익힐 수만 있다면 어마어마하게 강해질 수 있을 것이다. 그러나 김현은 아무 말도 하지 않았다.

"싫으냐?"

"후계자가 되고 싶진 않아요."

"이유는?"

"자유롭고 싶으니까요."

"허."

의외의 대답에 현기명은 말을 잇지 못했다.

거절한다고 해도 아이 특유의 맹랑한 이유를 예상했다. 하지만 힘든 수련이 싫다거나 대학 가려면 공부를 열심히 해야 한다거나 따위의 이유와는 격이 다른 대답이었다.

더군다나 저 녀석의 입에서 나온 자유는 단순히 하고 싶은 것을 멋대로 할 수 있는 자유가 아니었다. 좀 더 묵직한 자유라는 분위기가 느껴졌다.

"그동안 이 좋은 수련실을 사용할 수 있게 해 주셔서 고맙습니다."

김현은 진심으로 고개를 숙였다.

"언제부터 천부선공을 익힌 것이냐?"

현기명이 물었다.

"익힌 적 없는데요."

"거짓말을 하는구나."

김현은 아무 말도 하지 않았다.

"인정하는 것이냐?"

"제가 뭐라고 설명을 해도 어르신은 믿지 않으실 테니, 입 아프게 말하고 싶지 않을 뿐이에요."

"정말 천부선공을 배운 적이 없다는 뜻이냐?"

"네, 어르신."

김현은 현기명을 똑바로 쳐다보고 대답했다.

"타각."

현기명은 김현의 눈을 들여다보며 말했다. 김현의 눈빛이 세차게 흔들렸다. 입도 벌어졌다.

'녀석, 아는구나. 대체 어디서 배운 거지?'

그 순간, 두 사람의 얼굴이 떠올랐다.

'혹시 사형들이 심심풀이로 천부선공을 가르치며 돌아다 닌 걸까? 아무리 얽매이기 싫어하는 성격 때문에 천무관과 계승자 자리까지 내팽개친 사형들이라고 해도 함부로 천부 선공을 전수할 리는 없는데.'

현기명은 더 이상 김현을 추궁하지 않았다. 오랫동안 연락 이 끊어진 사형들을 찾으면 둘 중 누가 저 꼬맹이에게 천부선공을 전수했는지 알게 될 것이다.

'학구파 대사형보다는 기분파인 이사형 짓일 가능성이 높겠지. 술 마시고 기분이 좋아지면 은밀한 비전까지도 가르치는 바람에 사부님이 무척 화를 내셨으니. 못 본 지 5년이 넘었구나. 그래, 이제 과거를 묻어 두고 다시 만날 때도 됐다.'

계승자의 허락 없이는 누구도 천부선공을 전수할 수 없다. 그럼에도 현기명은 사형 덕분에 이런 인재를 찾아내게 되어 무척 기뻤다. 이 녀석은 인정하지 않을지 몰라도, 이미 천무관에 들어왔을 뿐 아니라 계승자 후보 중 한 명이 된 셈이다.

현기명은 흐뭇하게 웃으며 계관을 빠져나갔다. 계승자 문제로 밤잠을 설칠 정도로 고민했는데, 어디엔가 있을 사형 덕분에 이제 맘 편히 발 뻗고 잠을 잘 수 있을 것 같았다.

관장 라인 사범들과 마주치지 않기 위해 살금살금 무재의 뒷문으로 빠져나간 김현은 한숨을 내쉬었다.

"노관장님은 어떻게 타각을 알고 계신 거지?"

아무리 생각해도 알 수가 없었다. 이제 막 페플을 시작했는데, 벌써 라마간에서 셀레스카르를 만나 무극심법을 배웠을까? 현재로서는 그 가능성밖에 없었다.

자전거가 다가왔다. 이근상이 거기 타고 있었다.

"김현!"

"어."

"이제 가는 거야?"

"응."

"……나 완전 끝났다."

"뭐가?"

"페플에서. 공들여 키운 캐릭터가 완전히 망했어."

"왜?"

"노관장님 때문이야. 너도 봤어야 하는데. 레벨 1인 노관장님을 레벨 153인 내가 한 번도 못 이겼어. 그 단단한 철목을 발길질 한 번에 부러뜨렸으니 말 다 했지."

"정말?"

김현은 철목을 무너뜨리기 위해 노력한 시간을 떠올렸다. 지금도 발로 차서 철목을 쓰러뜨릴 자신은 없었다.

"나 지금 레벨이 22야."

이근상은 울상을 지었다.

"혹시 노관장님이 엘프를 만난 적 있어?"

"엘프? 전혀. 라마간의 철림에 쭉 계셨으니까."

"확실해?"

"가끔 혼자 다니실 때도 있으니까 단언할 수는 없지."

"……알았어."

김현은 신출귀몰한 셀레스카르가 우연찮게 라마간에 왔

고, 철림에서 노관장을 만났다고 확신했다. 그렇지 않고서야 어떻게 타각을 알아볼 수 있었을까?

더 이상의 고민은 하지 않기로 마음먹었다.

이근상과 헤어진 김현은 서둘러 집으로 향했다. 계획보다 더 오랫동안 천무관에 머물렀기 때문이다.

그 골목에서 또 비명이 들렸다.

한숨을 내쉰 김현은 골목으로 들어섰다. 저번처럼 체구가 작은 녀석이 깡패에게 둘러싸여 괴롭힘을 당하고 있었다.

"참 말귀 못 알아듣네."

김현은 두 번 다시 이 근처에는 얼씬도 못하도록 따끔한 고통을 가할 생각이었다.

김현이 다가서자 분위기가 달라졌다. 돈을 빼앗기던 녀석이 실실 웃으며 돌아섰고, 어느새 골목 입구도 막혔다. 그제야 김현은 자신을 끌어들이기 위해 쇼를 했다는 사실을 알아차렸다.

'그렇다고 결과가 달라지진 않지.'

"적룡회지?"

김현은 웃으며 물었다.

"죽여."

놈들이 달려들었다.

오피스텔은 복층이었다.

오른쪽 벽에 붙어 있는 계단을 통해 올라가면 푹신한 침대가 있고, 아래는 깔끔한 스타일로 인테리어가 완성되어 있었다. 얇은 벽걸이 텔레비전 맞은편에는 광택이 흐르는 가죽 소파가 놓여 있었다.

백정현은 심란했다. 닫혀 있는 현관문을 몇 번이나 힐끔거렸다. 약속 시간이 다가올수록 마음은 더욱 흔들렸다.

처음 그 이야기를 들었을 때, 말도 안 된다고 생각했다. 허무맹랑해서 웃어넘겼다. 그러나 하루, 이틀이 지나고 사흘이 되자 머릿속은 온통 그 비현실적인 이야기뿐이었다. 황당무계한 이야기를 함께 들었던 다른 사람들은 모두 까맣게 잊어버렸지만 백정현만 그 소설 같은 이야기에서 헤어 나오지 못했다.

백정현은 스스로 미쳐 가는 중이라고 확신했다. 은밀히 정신과에 가서 진찰을 받기도 했다. 복잡한 병명은 기억도 나지 않는다. 미덥지 않은 의사가 처방한 약을 한 움큼씩 복용했지만 상황은 나아지지 않았다.

차마 효과가 없다는 이야기를 할 수는 없었다. 그랬다가는 평소엔 자식에게 관심도 없던 부모라는 작자들이 나서서 아예 정신병원에 가둘지도 몰랐다. 부모 자신의 성공을 위해 어린 아들을 정신병원에 가두고 평생 거기서 나오지 못하도록 만들기도 하니까.

불면증이 심각한 수준에 이르렀다.

자살을 고려할 만큼 삶이 피폐해진 백정현을 구한 건, 클럽에서 만난 낯선 여자의 한마디였다.

"당신은 미치지 않았어요."

생글 웃는 여자는 매우 아름다웠다.

클럽의 요란한 불빛 아래서 봤지만 백정현은 그녀 역시 그 이야기를 믿고 있음을 눈빛으로 알아차렸다. 어마어마한 기쁨이 솟아났다. 천군만마를 얻은 기분이었다.

그 여자는 백정현의 귀에 대고 약속 시간을 속삭였다.

그 약속 시간은 바로 오늘이며, 그녀의 방문은 이제 5분 남았다.

백정현은 5분 동안 수십 번이나 현관문을 확인했다. 그 여자가 자신의 착각이라는 생각이 조금씩 커졌다. 전화를 걸어 당시 클럽에 함께 있었던 녀석들에게 확인해 보고 싶었다.

그때, 초인종이 울렸다.

백정현은 몸을 부르르 떨었다. 정말 그 여자가 왔을까? 만약 아니라면? 이상한 종교를 믿으라는 사람들이면?

"휴우."

백정현은 인터폰이 있는 곳으로 걸어갔다. 화면을 보니, 복도에는 아무도 없었다. 전도하려는 자들이 초인종을 누르고 반응이 없으니 다른 집으로 가 버린 모양이었다.

　그때, 뒤에서 소리가 들렸다.

　"백정현 씨."

　화들짝 놀란 백정현은 천천히 돌아섰다.

　새하얀 블라우스에 스키니 청바지를 입은 여자가 거기 있었다. 클럽에서 본 그 여자가 분명했다.

　"어떻게……?"

　"앉아요. 오렌지 주스면 되죠?"

　여자는 마치 자기 집인 양 냉장고로 가서 오렌지 주스를 꺼내어 컵에 따랐다.

　"아, 네."

　백정현은 엉거주춤 소파에 앉았다.

　여자가 다가와 백정현에게 주스가 든 유리컵을 내밀었다. 백정현이 멍한 눈으로 받아 들자 여자는 한 모금 마시고는 백정현 맞은편에 앉았다.

　"결정의 순간이 왔어요."

　여자는 빙긋 웃으며 빨간색 알약을 꺼냈다. 동그란 알약은 위험스럽게 반짝거렸다.

　"이게 뭡니까?"

　"영화 〈매트릭스〉, 아세요?"

　"모르겠는데요."

　"그 명작을 보지 않았다니, 약간 실망이네요. 뭐, 사람마다 취향이라는 게 있으니 어쩔 수 없죠. 이 알약을 복용하면 당신은 진실을 알게 될 거예요. 그 영화에는 일상으로 돌아가는 파란색 알약도 있지만, 안타깝게도 제겐 그런 약이 없어요. 지금 이대로 버티다가 결국 미쳐서 스스로 목숨을 끊느냐, 아니면 알약을 먹고 새로운 세계로 들어서느냐는 전적으로 백정현 씨의 선택이에요."

빨간색 알약을 테이블에 내려놓은 여자는 다리를 꼬았다. 청바지를 입었는데도 각선미가 고스란히 드러나 대단히 섹시한 포즈였다.

백정현은 손을 뻗어 알약을 집어 들었다. 의외로 표면이 차갑게 느껴졌다. 약 성분을 알고 싶지만 달랑 알약뿐이었다. 성분 표시는 물론 이름조차 없었다.

"그 이야기, 사실입니까?"

백정현이 여자를 보며 물었다.

"사실이에요."

"그, 그걸 어떻게 알 수 있죠?"

"그 알약을 먹으면 알 수 있어요."

여자는 차분했다. 백정현이 알약을 먹든 말든 자신과 상관없다는 태도였다. 그 묘한 분위기가 백정현에게 힘을 주었다.

"이 알약에도 이름이 있겠지요?"

"우리는 시드라고 불러요."

"좋습니다."

싱크

백정현은 두 눈 딱 감고 알약을 입에 넣었다. 그리고 주스를 한 모금 마셔서 삼켰다.

이대로 살 수는 없다. 미친 사람 취급을 받으며 평생을 사느니, 정체불명의 여자가 건넨 알약을 먹고 비명횡사하는 게 낫다.

"윽!"

허리가 꺾였다. 그리고 팔도 기괴한 각도로 뒤틀렸다.

갑자기 바람이 불기 시작했다. 창문은 다 닫혀 있었다. 윙윙 소리를 내는 바람에 창가에 놓인 화분이 아래로 떨어져 박살이 났다. 액자도 마찬가지였다. 테이블에 두었던 백정현의 핸드폰도 벽으로 날아가 부딪혔지만 망가지지는 않았다.

집 안이 엉망진창이 되는데도, 여자는 다리를 꼰 채 경련을 일으키는 백정현을 바라보고 있었다.

바람은 더 강렬해졌다.

백정현이 공중으로 떠올라 목이 꺾이는 순간, 여자가 나섰다. 뛰어오른 여자가 두 손을 백정현의 가슴에 대고 아래로 누른 것이다. 백정현은 유리 테이블을 부수고 바닥으로 떨어졌다. 여자는 펄떡거리는 백정현을 힘으로 압박했다.

바람은 조금씩 줄어들었다.

창백했던 안색도 서서히 정상으로 돌아왔다.

"다행히 치명적인 부작용은 없네요."

여자는 뒤로 물러서서 소파에 앉았다.

백정현은 눈을 껌벅거리며 천장을 올려다보았다. 비가 온
뒤 활짝 갠 날처럼 시야가 맑고 선명했다. 깨끗한 줄 알았던
천장에 얼마나 더러운 먼지가 달라붙어 있는지 이제야 깨달
았다. 당장 청소를 맡은 도우미를 잘라야겠다고 생각했다.
　몸은 가벼웠다.
　천천히 일어선 백정현은 여자를 내려다보았다. 더 이상 머
리가 아프거나 혼란스럽지 않았다. 그가 들었던 이야기는 사
실이었다. 세상 사람들 모두가 아니라고 해도, 진실을 뒤엎
을 수는 없다.
　그 순간, 주방 나무 블록에 꽂혀 있는 식칼이 눈에 들어왔
다. 이유는 알 수 없지만 그 칼과 자신이 연결된 것 같은 강
렬한 확신에 사로잡혔다. 핸드폰 통화 버튼을 누르면 어떠한
과정으로 상대방과 연결되는지 전혀 모르면서도 상대가 전
화를 받을 거라고 확신하는 것처럼, 백정현은 부르기만 하면
그 식칼이 자신에게 날아올 거라는 사실을 깨달았다.
　'와라.'
　백정현의 부름에 식칼이 원목 칼 꽂이에서 달그락거렸다.
칼 꽂이가 넘어지자 식칼은 거기서 빠져나와 허공을 가로질
렀다. 식칼은 백정현 주위를 맴돌았다.
　"당신은 칼잡이네요."
　여자가 말했다.
　백정현은 여자의 가슴에 박힌 식칼을 떠올렸다. 왠지 모르

게 재미있을 것 같았다.

'죽여.'

백정현의 의지가 전해지자 식칼은 맹렬한 속도로 여자를 향해 날아갔다. 가만히 앉아 있던 여자의 가슴을 식칼이 찌르려는 순간, 여자의 몸이 흐릿해졌다. 식칼은 소파에 박혔다.

백정현의 눈이 휘둥그레졌다. 보고도 믿을 수 없는 장면이었다.

여자는 백정현 바로 뒤에 나타났다.

"시드가 파괴적 본능을 자극한다는 사실은 분명하지만, 각성하자마자 조력자를 죽이려 한 사람은 당신이 처음이에요."

여자는 백정현의 관자놀이에 권총을 대고 있었다. 방아쇠에 건 손가락에 약간만 힘을 주면 총알이 머리를 뚫을 기세였다.

"……장난이었어."

"나도 장난 한번 쳐 볼까요?"

백정현은 깊은 공포에 휩싸였다.

백정현에게서 두려움의 냄새를 맡은 여자는 씩 웃으며 뒤로 물러섰다.

"당신보다 약한 각성자는 없어요. 한 번만 더 못된 장난을 친다면, 다음엔 두 번 다시 햇빛을 보지 못할 거예요. 명심해요."

"알았어."

"난 당신을 아카데미로 데려갈 조력자예요. 반말은 곤란해요."

그렇게 말한 여자는 권총 자루로 백정현의 턱을 후려쳤다. 백정현은 공중에서 한 바퀴 돌아 바닥에 쓰러졌다. 충격에 골이 흔들리는 기분이었다. 도저히 일어설 수가 없었다.

겨우 고개를 든 백정현이 물었다.

"아카데미라니……요?"

"이제 각성자로 태어났으니 배워야 하지 않겠어요? 앞으로 어떻게 살아갈지 말이에요."

여자는 당연하다는 듯 씩 웃었다. 그리고 말을 이었다.

"이제부터 당신은 아카데미로 가서 새로운 삶에 대해 배우게 될 거예요. 아 참, 나는 공지우라고 해요."

다가온 공지우가 백정현의 어깨를 잡자, 두 사람은 그 자리에서 사라졌다.

잠시 후, 백정현의 핸드폰이 진동했다. 전화가 왔지만 이미 오피스텔에는 받을 사람이 없었다.

침입

"대체 왜 안 받는 거야?"

회장 또는 회주라고 불리는 백정현에게 몇 번이나 전화를 걸었지만 응답이 없었다. 이성욱은 핸드폰을 던질 뻔했다. 이토록 중요한 순간에 적룡회를 이끄는 사람에게 연락이 닿지 않다니. 이러다가 공을 들여 구축한 조직이 무너질지도 몰랐다.

놈은 혼자였다.

혼자인데도 어마어마하게 강했다.

각 학교에서 주먹 좀 쓴다는 녀석들만 서른 명이나 불러 모아서 놈을 쳤건만, 이제 서 있는 사람은 열 명도 되지 않았다. 나머지는 좁은 골목에 쓰러져 고통 섞인 신음을 흘릴 뿐이었다. 하나같이 팔이나 다리가 기괴한 각도로 꺾여 있었다.

저런 녀석이 대체 어디서 나타났을까? 저렇게 강한 놈이라면 초등학교, 아니 중학교 때 두각을 나타냈을 텐데.

이성욱 옆에 있던 조구식이 벌벌 떨며 놈을 가리켰다.

"……본 적이 있어요. 아는 놈이에요."

"그래?"

"김현이에요. 김현."

"학교가 어디야? 고딩이지?"

"4년 전에 그만뒀어요."

"왜?"

"……왕따를 당했거든요."

그 말에 이성욱은 조구식의 뺨을 후려갈겼다. 왕따 피해로 학교를 그만둔 놈이 저렇게 강할 수는 없다. 안 그래도 백정현에게 연락이 안 되는 바람에 답답해서 죽을 지경인데.

조구식은 뺨을 손으로 감싼 채로 중얼거렸다.

"근상이와 같은 반이었어요. 분명히 그놈이에요."

"시끄러."

이성욱은 화를 참지 못하고 조구식을 밟았다.

이젠 다른 방법이 없었다. 죽을힘을 다해서 놈을 짓밟아야 한다. 그래야 적룡회가 산다. 그래야 고개를 들고 다닐 수 있다. 한 놈에게 적룡회 전체가 깨졌다는 소문이 나돌면 그날로 적룡회는 해산할 수밖에 없다.

이성욱은 쇠 파이프를 들고 소리를 지르며 놈에게 달려들었다. 이성욱 근처에 있던 사람들도 뒤따랐다.

조구식만 넘어진 채 그들이 김현에게 얼마나 간단히 당하는지 볼 수 있었다. 김현이 바람처럼 움직이는 순간, 오히려 달려든 사람의 뼈가 부러지고 관절이 비틀렸다.

동원된 사람들을 모조리 쓰러뜨린 김현이 조구식 앞으로 다가왔다.

"너, 너 김현이지? 그렇지?"

"오랜만이다, 조구식."

"여, 역시! 너였어!"

조구식은 웃으면서 동시에 울었다. 오직 자신만 김현을 알아봤다는 사실이 기쁜 동시에 과거에 김현을 괴롭혔던 자신의 행동 때문에 슬펐다.

"다시는 눈에 띄지 마라. 마지막 경고야."

그렇게 말한 김현은 몸을 돌려 골목 밖으로 사라졌다.

조구식은 숨을 몰아쉬었다. 비틀거리며 일어나려는데, 바지가 축축했다. 조구식은 전혀 부끄럽지 않았다. 돈으로 각 학교의 실세를 매수한 백정현도 이 자리에 있었다면 자신처럼 오줌을 쌌을 것이다.

그 순간, 조구식은 이근상이 왜 사라졌는지 깨달았다. 이근상도 김현에게 덤벼들었다가 호되게 당한 것이다. 복수는 아예 생각도 못 할 만큼.

'어쩌면 병원에 입원했는지도 모르겠어.'

조구식은 마지막으로 쓰러진 사람들을 눈에 담았다. 왠지 모르게 가슴이 뛰었다. 곧 그 이유를 알 수 있었다.

"그래, 전설이 시작된 거야."

안진후는 '쥐구멍'으로 들어갔다.

과거 암울했던 시절에 스스로 쥐구멍이라 이름을 붙인 방에는 온갖 화학약품이 선반 가득 진열되어 있고, 맞은편 기다란 탁자에는 분압계, 용접봉, 전기인두, 오실로스코프, 회로 기판 등 다양한 부품과 측정 기계들이 놓여 있었다.

그 옆에는 만들다가 흥미가 사라져 미완으로 남은 로봇 두 대가 내부의 유압펌프와 전선, 리니어모터 등을 드러낸 채 주인의 손길을 기다리고 있었다.

벽에 걸린 나무판에는 현재까지 출시된 모든 종류의 테이저 건이 시기별로 걸려 있고, 직접 설계한 물건의 설계도 수백 장이 바닥에 널려 있었다. 쓰레기처럼 굴러다니는 설계도 뒤쪽에는 자신만의 스타일과 목적을 위해 여러 회사에서 나온 3D 프린터를 분해 조립하여 완성한 놈이 제법 큰 덩치를 자랑하며 서 있었다.

"오랜만이야."

안진후는 씩 웃으며 사랑스러운 기계와 약병을 어루만졌다. 한때는 여기서 먹고 살 정도였지만, 페플에 관심이 생긴 이후 이 방엔 아예 출입을 끊었다. 문도 잠가 버려 누구도 들어갈 수 없도록 만들었건만, 페플 때문에 다시 이곳을 찾을 줄은 몰랐다.

김현이 페플로 옮긴 무전기는 전술적인 면에서 엄청난 가치를 지니고 있었다. 무전기 덕분에 꽤 떨어진 거리에서도 조직적인 움직임이 가능했던 것이다. 무전기를 활용하지 않았다면 콤포 렉스를 없애고 네후령 중심부로 접근하지 못했을 것이다.

안진후는 자연스럽게 '무전기 너머'를 생각했다.

무전기 사용이 가능하다면 여기 있는 화학약품과 전자 부품 그리고 자신의 지식을 버무려 만든 사제 폭탄도 페플에서 사용할 수 있을 것이다. 인터넷에서 구한 설계도를 안진후 자신의 입맛대로 고친 결과를 3D 프린터로 뽑는다면 대량 살상이 가능한 진짜 총기를 페플로 옮길 수도 있을 것이다.

테이저 건의 성능을 비약적으로 향상시킨다면 페플에서 만나는 몬스터를 효과적으로 잡을 수도 있을 테고, 저기 방치한 지 반년이 넘은 로봇을 완성하여 페플로 가져간다면 사냥 방식에 일대 혁신을 가져올 수 있을 것이다. 뚝딱거리면 드론 같은 무인 비행체도 쉽게 만들어 페플로 가져가 공중에 띄울 수 있을 것이다.

'후후, 정말 재미있겠다.'

안진후는 당장 가져갈 수 있는 것들을 골랐다.

예전에 만들어 둔 폭발물을 먼저 챙겨서 바퀴 달린 여행용 가방에 넣었다. 타이머가 부착된 그 폭발물은 건물 한 채 정도는 손쉽게 무너뜨릴 수 있다. 아버지가 이 폭발물의 존재를 알게 된다면 한바탕 난리가 나겠지만, 페플로 가져가서 사용한다면 문제 될 일은 없을 것이다.

다음은 노트북이었다. 어떤 상황에서도 정상적인 작동을 보장하는 노트북은 매우 두껍고, 외장은 티타늄이었다. 주로 군대에 납품되는 놈인데, 충동구매의 잔재였다.

그 노트북으로 컨트롤 가능한 드론을 두 대 챙겼다. 적외선 기능까지 추가된 카메라가 달려 있어 상공으로 띄우면 몬스터가 어디에, 얼마나 있는지 빠르게 알아낼 수 있을 것이다.

테이저 건도 두 정 가방에 넣었다. 속성 때문에 곤란할 때가 많았는데, 테이저 건이 도움을 줄지도 모른다.

마지막으로 효과가 좋은 마취 캡슐 세 개를 서랍 깊숙한 곳에서 꺼냈다. 일거수일투족을 감시하는 경호원에게 사용하기 위해서였다. 오늘 안진후가 한 일은 마취에 깊이 심취했던 과거에 만들었던 그 캡슐에 통신 기능이 탑재되어 있을 뿐 아니라 음성인식으로 마취 연기를 뿜어낼 수 있는 파트를 연결한 것뿐이었다.

싱크

여기 있는 대부분의 발명품이 안진후 개인의 복수를 위해서 만들어졌다. 그중 몇 개는 엄마를 뒤에서 욕한 메이드에게 시범적으로 사용되었다. 효과는 최고였다.

두 손으로 들어야 할 만큼 무거운 가방을 끌고 밖으로 나가자 대번에 강무석이 관심을 보이며 다가왔다.

"도련님, 그게 무엇입니까?"

"장난감."

"봐도 되겠습니까?"

"얼마든지."

강무석이 가방으로 다가서자 안진후는 뒤로 물러섰다. 강무석이 가방을 여는 순간 안진후가 말했다.

"열려라, 참깨."

가방에 넣어 둔 마취 캡슐이 열리며 연기가 피어올랐다.

안진후는 저 연기의 성분이 무엇인지 떠올렸다. 동물용 의약품 아세프로마진이 들어갔나? 웃음 가스라고도 불리는 아산화질소도 언젠가 다룬 적이 있긴 한데. 독살아민이라는 이름도 기억났다.

'에이, 모르겠다. 효과만 확실하면 그만이지.'

강무석은 연기를 보고 급히 뒤로 물러섰지만 다리에 힘이 풀리며 쓰러지고 말았다.

성실한 경호원인 그는 기절하는 순간까지도 안진후를 살피고 있었다. 안진후는 조금 미안했다.

"금방 갔다 올 테니까, 푹 자고 있어."

가방을 끌고 복도로 나온 안진후는 신이 났다. 이놈들을 보면 김현은 어떤 반응을 보일까? 아마도 입을 벌리고 한동안 아무 말도 못 할 것이다.

엘리베이터를 타고 내려가는 동안에도 이 장난감들을 페플에서 활용할 방법을 생각하느라 여념이 없었다. 지금은 드론을 정찰용으로만 사용할 뿐이지만 그 유용성이 입증되면 이런저런 무기를 달아서 사냥에도 응용하고 싶었다.

안진후는 지하 4층까지 내려갔다. 작은형 안택현이 미국으로 가기 전에 주차해 둔 자동차가 거기 있었다. 안진후에겐 운전면허증도 없고 당연히 자동차도 없었기 때문에 안택현이 애마를 거기 둔 것이다.

안진후가 심심풀이로 만들었던 리모트 컨트롤러 크래커의 버튼을 누르자 빨간색 스포츠카가 번쩍이며 삐빅 소리를 냈다. 문은 자동적으로 열렸다.

조수석에 여행 가방을 밀어 넣은 안진후는 운전석으로 가서 앉았다. 무면허지만 운전 경험은 꽤 많았다. 아버지가 서킷 드라이빙을 즐겼을 뿐 아니라 그 협회에 상당한 영향력을 가지고 있었기 때문에 안진후는 미래를 위해서 프로 드라이버에게 운전을 배울 수 있었다.

"둘째 형이 알면 날 죽이려 들겠지."

안진후는 킬킬 웃었다.

시동이 걸렸다. 엔진이 꽤 묵직한 소리를 내며 진동하자 자동차 전체가 깨어났다.

출발하는 순간 스포츠카는 기둥에 부딪혔다. 그렇게나 빠를 줄 몰랐던 것이다. 범퍼 한쪽이 푹 들어갔다. 안진후는 내려서 확인하지도 않았다.

'내 차도 아닌데 뭘.'

안진후는 이놈에게 익숙해질 때까지 조심조심 운전하리라 마음먹었다. 차를 생각해서가 아니라, 교통사고가 나면 귀찮은 일이 생기기 때문이었다.

주차장을 나와 도로로 들어설 즈음, 안진후는 선글라스를 꼈다. 그리고 생각했다.

'내가 왜 이놈을 잊고 있었을까? 김현을 옆에 태우고 한바탕 달리면 기분이 어마어마했을 텐데.'

안진후는 내비게이션에 김현의 집 주소를 입력했다. 친절한 안내를 따라 운전하면서 김현에게 전화를 걸었다. 받지 않았다. 천무관에 있을 가능성이 높았다. 안진후는 김현이 매일 수련하러 간다는 그곳도 구경할 겸 김현을 놀라게 할 겸, 천무관으로 내비게이션의 목적지를 바꿨다.

"좀 달려 볼까."

운전에 익숙해진 안진후는 부아앙 소리를 내며 달리기 시작했다.

김현은 공원으로 접어들었다.

공원은 평온했다.

조그만 정자에서는 할아버지들이 장기를 두고 있었고, 연인으로 보이는 남녀는 팔짱을 끼고 걸었다. 아주머니 한 사람은 활동량이 많은 비글에 끌려다니다시피 산책을 하고 있었다.

현실 특유의 일상이 눈앞에 펼쳐져 있었다. 문제가 전혀 없는, 그 덕분에 고민도 없어 보이는 풍경.

그들의 평안이 김현은 조금도 부럽지 않았다. 싱크 현상을 전혀 모르기 때문에, 그들에게 신비한 일이 벌어지지 않았기 때문에 유지되는 평안이 아닌가.

김현은 좋아하는 벤치로 가서 앉았다. 소나무의 기가 느껴졌다. 사철 늘푸른나무인 소나무 특유의 기는 상쾌하면서도 힘이 있었다.

여기 앉아 있으면 방에 처박혀 잔뜩 겁먹은 채 4년이나 시간을 보냈다는 사실이 믿기지 않는다. 변화는 페플 접속으로부터 시작되었다. 겔란드 대사형을 만나고 원정대에 참가하면서, 페플의 능력이 현실로 이어진다는 사실이 분명해졌다.

이제 물건을 자유롭게 옮길 수 있다. 안진후가 낸 아이디어로 무전기를 페플에서 꽤 유용하게 써먹었다.

또한 페플 덕분에 강해졌고, 그로 인해 천무관을 알게 되었다. 노관장 현기명이 얼마나 강한지도 뼈저리게, 몸으로 깨달았다.

김현에게 페플은 새로운 삶의 원천이었다. 페플로 인해 현실을 현실답게 살 수 있게 된 것이다. 페플을 단순한 게임이나 디지털로 만들어진 가상세계로 생각하지 않고, 현실로…… 완벽한 세계로…… 믿었기 때문에 김현은 다른 사람들과 달리 거기서 힘을 얻을 수 있었던 것이다.

게임에 중독된 사람은 현실을 피하기 위해 가상의 세계에 매달린다. 김현은 아니었다. 현실로 나서기 위해 페플에 접속했다. 그 결과, 김현에게 페플은 곧 현실이며, 현실은 곧 페플이었다.

왜 싱크 현상이 시작되었는지, 앞으로 어떻게 될지에 대해 김현은 할 말이 없었다. 관련 지식도 갖추지 못했고, 전체 영역을 관통할 만한 지혜도 부족하다.

"난 그저 하루하루 살아갈 뿐이야."

집으로 가려고 몸을 일으킨 김현은 그 자리에 멈춰 섰다. 믿을 수 없을 만큼 강렬한 기운이 느껴졌다.

김현은 즉시 기를 거미줄처럼 퍼트리고 그 힘에 대항했다. 페플로 끌려가지 않기 위해서였다.

강제 접속을 막는 방법을 제대로 펼쳤는데도 그 힘은 점점 커졌다. 이전보다 몇 배는 강력했다. 필사적으로 버텼지만 그 기운을 막을 수는 없었다.

천천히 몸을 돌린 김현은 5미터 남짓 떨어진 공간을 노려보았다. 그 공간은 주름이 졌고, 서서히 갈라지고 있었다. 그 틈으로 억센 손이 튀어나왔다. 이어서 눈에 익은 몸이 빠져나왔다. 마치 좁은 문을 부수는 거인 같았다.

"……콤포 막스."

김현은 자신도 모르게 숨을 헐떡거렸다.

공원에 있던 사람들이 일제히 동작을 멈추고 5미터나 되는 거인을 바라보았다.

그 거칠고 사납던 비글은 꼬리를 말고 주인 뒤로 숨었다. 장기를 두던 할아버지들도 몸을 일으켜 콤포 막스를 올려다보았다. 그들 중 누구도 소리를 지르거나 달아나지 않았다. 아직은 머리가 판단을 내릴 만큼의 정보가 모이지 않았던 것이다.

"도망쳐!"

김현이 사람들을 향해 소리치는 순간, 콤포 막스가 괴성을 지르며 달려들었다. 거대한 도끼가 김현을 내리쳤다.

청명으로 그 동작을 알아낸 김현은 옆으로 빙그르르 돌면서 도끼를 피했다.

도끼는 벤치를 반 토막 냈다.

콤포 막스의 다리 사이로 몸을 날린 김현은 사라겐의 수부를 꺼냈다. 페플의 기가 퍼져 있는 이곳에서는 인벤토리 창

싱크

을 열기 위해 정신을 집중할 필요가 없었다.

놈이 몸을 돌리는 순간, 김현은 무릎과 허리를 딛고 어깨 위로 올라갔다. 사라겐의 수부로 투구와 갑옷 사이의 틈을 내리찍으려는데, 공원 밖에서 이쪽을 쳐다보는 사람들이 보였다. 하나같이 핸드폰을 들고 있었다. 놀라운 광경을 카메라로 담고 있는 것이다.

콤포 막스가 손을 뻗었다.

절호의 타이밍을 놓친 김현은 그 손을 피해 뒤로 뛰어내렸다. 발이 땅에 닿자 앞으로 굴러 충격을 흡수하면서 몸을 일으켰다.

콤포 막스는 괴성을 지르며 다가왔다.

김현은 운동기구가 있는 쪽으로 피했다. 거기엔 동그란 회전판에 몸을 올려서 왼쪽으로, 오른쪽으로 돌릴 수 있는 기구가 있는데, 할머니 한 분이 앞만 보고 오래된 노래를 흥얼거리며 운동하고 있었다.

"할머니!"

김현이 소리쳤지만 아무런 반응이 없었다. 김현은 할머니의 귀에 이어폰이 있음을 뒤늦게 알아차렸다.

빠르게 달려 할머니를 두 팔로 안고 옆으로 몸을 날렸다. 콤포 막스가 내리친 도끼가 그 운동기구를 우그러뜨렸다. 김현은 할머니를 옆에 남겨 둔 채 반대 방향으로, 연못이 있는 쪽으로 달렸다. 예상대로 콤포 막스는 김현을 따라왔다.

충격으로 이어폰이 귀에서 떨어진 할머니는 앉아서 입을 쩍 벌린 채로 쿵쿵 소리를 내며 앞으로 지나가는 콤포 막스를 올려다보았다. 눈동자가 위로 말려 올라간 할머니는 정신을 잃고 천천히 쓰러졌다.

공원 관리인이 김현 앞을 막았다. 꼬장꼬장한 노인이었다. 모자챙이 빳빳한 직선인 그 관리인은 벌겋게 달아오른 얼굴로 김현을 향해 삿대질을 했다.

"싸우려면 공원 밖으로 나가서 싸워!"

김현은 말문이 막혔다. 덩치가 5미터나 되는 콤포 막스를 보고도 저런 말을 할 수 있다니. 정상이라면 관리인이든 아니든 뒤도 돌아보지 않고 도망칠 텐데.

그제야 김현은 관리인에게서 나는 술 냄새를 맡았다. 한낮에 술판을 벌인 모양이었다.

김현은 분기탱천한 관리인에게 신경 쓸 여력이 없었다. 이미 뒤에서 도끼가 날아오고 있었다. 콤포 막스가 자신을 따라오기 바라면서 김현은 연못가에 세워져 있는 정자로 뛰었다.

"이놈!"

관리인이 콤포 막스 앞에 섰다.

콤포 막스는 자루까지 포함하면 2미터나 되는 도끼를 들어 올렸다.

"썩 꺼져라, 이놈아!"

그 순간, 도끼가 수평으로 날아와 관리인을 때렸다. 가슴

뼈가 으스러진 관리인은 허공으로 떠올랐다가 연못에 풍덩 빠졌다.

얼굴을 아래로 한 채 연못 수면으로 떠오른 관리인을 쳐다 본 김현은 이를 악물고 사라겐의 수부를 움켜쥐었다. 땅을 울리며 다가오는 놈을 바라보았다.

'여기서 끝내야 한다.'

콤포 막스를 향해 달렸다. 화단의 돌을 딛고 공중으로 도약한 김현은 무릎으로 놈의 턱을 올려 찼다. 콤포 막스는 충격에 한 걸음 물러섰을 뿐, 넘어지진 않았다. 땅에 착지한 김현은 뒤로 돌면서 정강이와 발목을 손도끼로 세게 찍었다.

놈이 뒤로 쓰러지자 가슴 위로 올라가 발을 굴렀다.

쿵!

타각이었다.

가슴이 움푹 패었고, 몸이 바르르 떨렸다.

김현은 어깨와 목 사이의 틈으로 사라겐의 수부를 내리쳤다. 상처에서 뿜어져 나온 피가 김현을 적셨다. 김현은 다시 손도끼를 들었다가 같은 부위를 찍었다. 확실히 죽이기 위해서였다.

콤포 막스의 몸에서 희미한 요동마저 사라졌다.

김현은 뒤로 물러섰다.

그때, 환호가 사방에서 터졌다.

공원 경계에 수백 명이 모여 있었다. 마치 골프 황제 타이

거 우즈의 티샷을 기다리는 갤러리 같았다. 손에 핸드폰을 들고 조금 전 전투 장면을 찍은 그들은 김현을 향해 소리치고 있었다.

김현은 그 이유를 알 수 없었다. 이곳 공원을 관리하던 사람이 죽었다. 그 시체가 연못에 둥둥 떠 있는데, 어떻게 저 사람들은 즐겁게 떠들며 소리칠 수 있을까? 현실도 아니고 페플도 아닌 기괴한 세계에 떨어진 기분이었다.

극심한 피곤에 지친 김현은 연못가 정자로 가서 그 계단에 주저앉았다. 어쩌면 이 모든 게 생생한 꿈일 수도 있다는 생각이 들었다.

벨 소리가 울렸다.

김현은 핸드폰을 꺼냈다. 안진후였다.

"나야."

-천무관이지?

"집 앞 공원이야."

-무슨 일이야? 목소리가 왜 그래?

"콤포 막스가 나타났어."

김현은 누워 있는데도 덩치가 느껴지는 콤포 막스를 힐끔 쳐다봤다. 머리에 물을 들인 고등학생 몇 명이 용기를 내어 콤포 막스를 향해 다가가고 있었다. 다른 사람들은 구경꾼이 되어 그 장면을 쳐다볼 뿐이었다.

-……뭐?

싱크

"이게 꿈이 아니라면, 오늘 텔레비전 속보로 여기 공원에서 죽은 콤포 막스를 볼 수 있을 거야. 아마 나도 그 뉴스에 나올 테고."

- 정말이구나.

"문용필이라는 사람, 아무래도 만나 봐야겠다."

김현은 콤포 막스 같은 몬스터들이 현실로 튀어나와 쫓아다닌다면 정신병원이 아니라 그보다 더한 곳에라도 숨을 수밖에 없음을 이 순간 확실히 깨달았다.

한편으로는 문용필이 겁을 집어먹고 스스로 정신병원에 자신을 가둘 만큼 위험한 몬스터가 현실로 넘어왔다면, 왜 언론이 가만히 있었는지 궁금했다. 정부가 은폐를 시도한다고 해도 저기 있는 사람들이 손에 쥔 핸드폰은 평화로운 공원에 쓰러져 있는 괴물을 있는 모습 그대로 전 세계로 전송했을 테고, 그러면 누구도 막지 못할 것이다.

- 지금 가는 중이야. 조금만 기다려.

"가는 중? 여기로?"

- 거의 다 왔어.

그 말을 듣고 뭐라고 답하려는 순간 차가운 밧줄 같은 것이 몸을 휘감았다. 투명한 밧줄이었다. 이미 한번 경험했기에 김현은 즉시 기로 이루어진 밧줄의 정체를 알아차렸다.

'이런!'

콤포 막스만 이곳으로 넘어온 게 아니었다. 덩치 큰 콤포 막스에 집중하는 동안 또 다른 몬스터…… 콤포 막스보다 훨씬 위험한 놈도 같이 온 것이다.

바로 콤포 마법사, 콤포 마구스였다.

근처 초등학생이 쓴 동시가 새겨진 커다란 바위 옆에 그녀석이 서 있었다.

김현을 제압한 콤포 마구스는 이제 죽은 콤포 막스를 향해 손을 뻗었다. 녀석이 주문을 외우자 검붉은 빛이 콤포 막스를 뒤덮었다.

가까이 다가가서 콤포 막스를 발로 건드리던 고등학생들이 뒤로 물러섰지만 곧 깔깔 웃어 댔다.

"존나 실감 난다. 근처에 카메라 한 대도 없는데, 요즘엔 영화를 이렇게 찍나 봐. 아무리 봐도, 이거 페플에 나오는 콤포 막스 같지 않냐? 설마, 페플 그룹에서 영화를 찍는 걸까? 그럴지도 모르겠다. 이야, 이거 대단한 뉴슨데."

고등학생 하나가 지껄였다. 친구들이 맞장구를 쳤다.

김현은 죽었던 콤포 막스가 되살아나 바로 앞에 있던 고등학생을 던지는 모습을 지켜볼 수밖에 없었다.

시끄럽게 떠들던 고등학생은 비석에 머리를 부딪혀 죽고 말았다. 친구들은 달아났지만 콤포 막스가 더 빨랐다. 발길질 한 번에 세 녀석이 공원 밖으로 날아가 달리는 차 앞에 떨어졌다. 차가 급정거했지만 셋 다 목숨을 잃었다.

갑자기 공원이 조용해졌다.

사람들은 서로를 쳐다봤다. 그들은 한결같이 공원 안에서 벌어진 일이 독특한 방식의 영화 촬영이거나 누군가가 기획하여 만든 이벤트라고 믿고 있었다. 연못에 시체가 떠 있어도 특수 효과나 정교한 계획의 결과라고 생각했던 것이다.

머리 위를 날아가 도로에 떨어진 학생들을 택시가 덮치자 그들은 몽상에서 깨어났지만, 그 충격에 아무런 반응도 못 했다. 그러다가 한 사람이 비명을 지르자 모두가 다 같이 소리를 질러 대며 달아나기 시작했다. 신호등이 빨간불인데도 횡단보도로 도망친 것이다.

콤포 막스가 그 뒤를 쫓았다. 걸음이 느린 아주머니가 잡혔다. 아주머니는 딸꾹질만 하다가 콤포 막스에게 먹혔다. 콤포 막스는 피 묻은 구두를 뱉어 내더니 다른 먹잇감을 향해 달렸다.

김현은 아무 말도 못 했다. 그저 정신을 잃지 않으려고, 평정심을 유지하려고 애를 썼다.

몸이 홀쭉한 콤포 마구스가 허연 지팡이를 짚고 다가왔다.

김현은 눈을 감고 청명에, 기를 감지하는 데 집중했다. 곧 콤포 마구스가 움직일 때마다 몸을 옥죈 마법이 순간적으로 약해진다는 사실을 깨달았다.

김현은 기를 뿜어 거미줄을 쳤다. 콤포 마구스가 걸음을 옮기는 순간 그 거미줄을 당기자, 녀석의 마법이 느슨해졌다.

그 순간, 김현은 앞으로 체중을 옮기며 발을 굴렀다.

쿵.

타각의 충격력이 현기명의 투라를 무너뜨린 것처럼 마법을 깨뜨렸다. 자유로워진 김현은 콤포 마구스를 향해 달렸다. 놈이 지팡이로 김현을 가리키자, 김현은 화살처럼 다가오는 마법의 뭉치를 느끼고 옆으로 피했다.

그 기분 나쁜 기운은 그물로 펴지며 벚나무를 덮었다. 꽃봉오리를 틔울 준비를 마친 벚나무는 그물로 인해 말라 가기 시작했다.

그 공격 때문에 접근이 어려웠다.

물러선 김현은 콤포 렉스를 죽였던 방법을 떠올렸다. 즉시 기령환을 꺼내어 손가락에 끼웠다.

기령환은 암회색에 가까웠다. 기가 텅 빈 상태였다. 당장 현섬으로 저 골치 아픈 마법사를 해치울 수는 없다. 기령환이 진기로 가득 찰 때까지 시간을 끌어야 한다.

도로 쪽에서 비명이 들렸다.

김현은 집 방향이 아니라서 다행이라고 생각했다. 그와 동시에 사람이 죽어 가는데 그런 생각을 한 자신을 혐오했다.

'레나세르 누나가 여기 있으면 좋을 텐데.'

레나세르는 원거리 공격에 능하다. 레나세르가 활 레드폭스의 시위를 당겼다가 놓으면 불화살이 멀리 있는 몬스터에게로 날아가 박힌다.

마력이 떨어질 때까지 기다린다면 셀 수도 없는 사람들이 콤포 막스에 의해 죽고 말 터였다.

그때, 공원으로 빨간색 스포츠카가 굉음을 내며 들어섰다. 그 스포츠카는 일직선으로 콤포 마구스를 향해 돌진했다. 콤포 마구스가 뿜어낸 기의 그물이 스포츠카를 감쌌지만 워낙 빨라서 속도를 줄이기도 전에 자동차는 놈을 들이받았다. 스포츠카는 뒤쪽 관리소 벽에 처박혔다.

그 스포츠카에서 안진후가 비틀거리며 내렸다. 조수석으로 간 그는 여행용 가방을 겨우 꺼냈다.

김현은 깜짝 놀라 안진후를 향해 달려갔다.

"어떻게 된 거야?"

"작은형 차야."

가방에서 테이저 건을 꺼내어 주머니에 넣으면서 씩 웃는 안진후.

김현은 천천히 돌아섰다.

쓰러졌던 콤포 마구스가 천천히 일어서고 있었다.

"어느 쪽을 맡을래?"

"마법사는 마법사가 해치워야지."

"좋아."

콤포 마구스를 안진후에게 맡기고 자신은 덩치 큰 놈을 상대하기 위해 움직이는데, 공원으로 경찰 특공대가 총을 앞세우고 들어왔다. 줄잡아 열 명에 가까운 특공대원들은 김현, 안진후 앞을 지나 콤포 마구스를 반원형으로 포위했다.

도로 쪽에도 경찰 특공대가 투입되었는지 비명이 뚝 끊겼
다.

"어서 피해라."

특공대원이 김현, 안진후를 쳐다보며 말했다.

"……네."

김현은 고개를 끄덕였다. 경찰이 나섰으니 굳이 콤포 마구
스를 상대할 필요는 없다.

안진후와 함께 공원 밖으로 나갔는데, 역시 도로 중앙에 서
있는 콤포 막스를 열 명이나 되는 경찰 특공대원들이 부채꼴
로 에워싸고 있었다. 총구가 콤포 막스를 향하고 있었다.

지휘관으로 보이는 경찰관이 앞으로 나와 콤포 막스를 쳐
다보며 소리쳤다.

"항복하라. 얼굴을 땅에 대고 엎드려라. 그러면 발포하지
않겠다. 반복한다. 항복하라."

콤포 막스는 손을 뻗어 그 경찰관을 잡으려 했다.

경찰관이 뒤로 물러서며 명령을 내리자, 특공대원들의 총
구가 불을 뿜었다. 공기를 뒤흔드는 굉음과 함께 총탄이 콤
포 막스의 가슴으로 쏟아졌다. 갑옷 덕분에 상당수가 튕겨
나갔지만 일부는 허벅지나 팔뚝에 박혔다. 콤포 막스가 소리
를 지르며 흥분했다.

특공대원들이 할 수 있는 일은 사격뿐이었다.

콤포 막스는 두툼한 팔로 앞을 가리며 튀어나오더니 손등

싱크

으로 특공대원 세 명을 날려 버렸다. 튕겨 나간 특공대원들은 거의 20미터 가까이 날아간 뒤에 땅에 떨어졌다. 모두 기절한 상태였고, 일부는 팔이나 다리가 부러져 있었다.

놈은 손으로 특공대원 한 명을 들어 올려 아귀힘만으로 눌러서 죽였다.

몸이 터져서 죽은 시체가 떨어지자, 한 번도 상대한 일이 없는 적에 대한 두려움이 대원들을 휘어잡았다. 그 공포에 가장 먼저 무릎을 꿇은 사람은 지휘관이었다. 명령권자가 벌벌 떨다가 고함을 지르며 달아나자 특공대원들의 대열도 흐트러졌다.

제각기 다른 방식으로 총을 쐈지만 오히려 콤포 막스의 화를 돋울 뿐이었다. 어떤 특공대원은 총도 버리고 도망쳤다.

"안 되겠다."

안진후는 당장 슈뢰딩거를 소환했다. 주인의 의지를 알아차린 슈뢰딩거는 달아나는 특공대원을 잡으려고 두꺼운 손을 뻗은 콤포 막스를 향해 화염을 뿜었다.

놀란 콤포 막스가 뒤로 물러섰다.

김현은 이미 움직이고 있었다.

콤포 막스의 배후로 돌아간 김현은 서 있는 벤츠의 지붕을 딛고 뛰어올랐다. 수라부월공의 동령고송으로 콤포 막스의 뒤통수를 갈겼다. 투구가 반으로 쪼개졌지만 실질적인 타격은 깊지 않았다. 콤포 막스가 괴성을 지르며 몸을 돌려 김현을 노려보았다.

슈뢰딩거가 불을 뿜어서 막지 않았다면 콤포 막스의 손바닥에 이제 막 착지한 김현이 파리채에 맞아서 죽는 파리처럼 짓눌려 죽고 말았을 것이다.

콤포 막스가 빈 택시를 집어 들어 안진후에게 던졌다. 놀란 안진후가 피하는 동안, 슈뢰딩거는 공격을 멈췄다. 콤포 막스는 그 틈을 놓치지 않고 김현을 향해 돌진했다.

김현은 콤포 막스를 노려보며 앞으로 발을 굴렀다. 타각의 힘이 퍼져 나가며 콤포 막스를 덮쳤다. 무릎 아래가 마비된 콤포 막스는 달려가던 속도 때문에 앞으로 뒹굴었다.

타각을 펼치느라 지쳤지만 김현은 사라겐의 수부를 들고 콤포 막스에게로 달려들었다. 김현이 내리친 놈의 상처를 안진후도 슈뢰딩거로 태웠다. 급소를 노린 연속 공격에 콤포 막스는 더 이상 움직이지 않았다.

거칠게 숨을 헐떡이던 김현이 안진후를 쳐다봤다. 안진후 역시 가쁘게 숨을 쉬고 있었다.

"빨리 가서 마법사를 죽여야 해. 자칫 잘못하면 이 녀석, 또 살아날 거야."

"……또?"

"두 번째 죽인 거야."

"서두르자."

둘은 공원으로 달렸다.

콤포 마구스를 에워쌌던 특공대원들 중 한 명만 서 있었다. 나머지는 땅바닥에 쓰러져 신음을 흘리고 있었다. 서 있는 사람은 몸을 떨고 있었다. 이미 탄알이 떨어져 총은 무용지물이었다.

콤포 마구스가 손을 올리자 특공대원의 몸이 허공으로 떠올랐다. 마법사가 손을 꺾자, 특공대원의 목이 기괴하게 꺾였다. 특공대원은 쓰러졌고 미동도 하지 않았다.

"작전은?"

김현이 물었다.

안진후는 할 말이 없었다. 머릿속이 텅 비어 있었다. 눈앞에서 사람이…… 저런 식으로 죽었다. 그토록 명석하던, 문제가 주어지면 기계처럼 해결책을 찾아내던 두뇌는 작동을 멈추고 말았다.

김현은 안진후를 탓하지 않았다. 콤포 마구스를 없애야 한다는 생각을 하느라 안진후를 비난할 여유조차 없었다. 사라겐의 수부를 꽉 쥔 채로 앞으로 달렸다.

김현을 발견한 놈이 마법의 그물을 발사했다.

김현은 숨을 깊이 들이마시며 앞으로 오른발을 굴렀다. 쿵! 타각이 만들어 낸 기의 폭풍이 놈의 마법을 무너뜨렸다.

콤포 마구스는 다시 그 마법을 펼쳤다.

김현은 이번에는 왼발로 타각을 밟았다. 다시 한 번 타각이 마법을 무효로 만들었다.

콤포 마구스가 기의 그물을 쏘면 김현은 타각으로 응수했다. 한 걸음 한 걸음, 저 교활한 마법사를 향해 다가갈 수 있었다.

문제는 몸이 언제까지 버텨 주냐는 점이었다. 타각은 몸을 감싸는 기를 단번에 끌어모아 터트리는, 몸에 무리가 많이 가는 기술이었다. 한두 번은 꾹 참고 펼칠 수 있지만, 이렇게 연속으로 사용했다가는 저놈을 잡기도 전에 먼저 쓰러질지도 몰랐다.

거리는 이제 10미터였다.

김현은 숨을 몰아쉬었다. 꼼짝도 할 수 없었다. 다행히 놈도 지쳤는지 그 강력한 마법을 펼치지 않았다. 마력으로 그물을 만들어 쏘는 마법을 열 번이나 연달아 사용했으니 그럴 만도 했다.

승부는 누가 먼저 회복하느냐에 달려 있었다.

놈이 웃었다.

여전히 몸이 무거워 손가락도 움직일 수 없던 김현은 고개를 푹 숙였다. 하얗게 빛나는 반지가 눈에 띄었다. 기령환은 진기로 가득 차 있었다. 열 번 넘게 사용한 타각 때문이었다.

김현이 콤포 마구스를 향해 다가가기 위해 사용한 타각으로 인해 잔디밭은 연두색에서 볏짚 색깔로 바뀌었고, 싱싱했던 나뭇잎은 낙엽이 되어 아래로 떨어졌다. 타각이 불러 모은 대자연의 기가 기령환으로 밀려든 것이다.

암회색 지팡이에서 몸을 뒤덮을 마법의 그물이 뿜어져 나왔다. 투명한 그물이 김현을 옴짝달싹 못하게 만들기 직전, 그 마법은 갑자기 사라졌다. 안진후가 쏜 테이저 건이 콤포 마구스의 몸에 박힌 것이다. 놈의 몸이 흔들렸지만 정신을 잃을 정도는 아니었다.

테이저 건을 내던진 안진후가 고함을 지르며 그 마법사에게 달려들었지만, 놈이 펼친 그물에 잡히고 말았다. 슈뢰딩거는 사라졌다. 안진후의 얼굴에서 절망을 읽은 콤포 마구스는 고개를 돌려 김현을 살폈다.

김현은 거기 없었다.

주위를 둘러보는 콤포 마구스의 머리 위 3미터 지점에 김현이 나타났다. 현섬이 발동된 것이다. 김현은 사라겐의 수부로 정확히 콤포 마구스의 정수리를 내리쳤다.

쓰러진 콤포 마구스 위를 덮친 김현은 다시 도끼를 들어서 내리찍었다. 이 녀석이 살아난다면 절대 이기지 못할 것 같았다.

세 번이나 정수리를 찍은 후에야 몸을 일으켜 안진후를 쳐다봤다. 마법사의 죽음으로 그물에서 벗어난 안진후가 비틀거리며 다가왔다.

둘은 말없이 주위를 바라보았다. 지옥이 따로 없었다. 특공대원들은 죽어 있고, 공원은 엉망진창이었다.

"이제 어쩌지?"

안진후가 물었다.

"일단 이곳을 벗어나서 생각해 보자."

"……그래."

두 사람은 서로를 부축하며 공원 밖으로 나갔다.

이탈리안 레스토랑은 조용했다.

윤태희는 떠들면 눈총을 받을 것 같은 분위기가 싫었지만 엄마의 호출을 무시할 수는 없었다. 전화를 받지 않거나 식사 약속을 일방적으로 어기면 엄마는 심장이 덜컥 내려앉게 만든다.

지난번에는 병원 응급실에서 연락이 왔다. 급히 달려갔더니 엄마는 링거를 맞으며 활짝 웃고 있었다. 윤태희는 응급실에서 링거액이 다 들어가기를 기다렸다가 엄마가 사랑하는 파스타를 먹기 위해 함께 레스토랑으로 가야 했는데, 몸이 축 늘어질 정도로 피곤했다.

"어떤 사람들은 파스타를 이탈리아 국수라고 불러. 알고 있니?"

엄마는 오일 파스타에 들어간 아스파라거스를 포크로 찍어 입에 넣고 점잖게 씹고 있었다.

"그래?"

싱크

윤태희는 파스타를 국수라 부르든 말든 상관없었다. 그런 이야기에 흥미가 생기지 않았다.

"참으로 무식한 사람들이야. 스스로 똑똑하다고 자부하는 사람들은 마르코 폴로가 중국을 방문했다가 고향으로 돌아가서 면 요리를 전파했다고, 그러니까 중국 국수가 파스타의 원조라고 떠드는데, 자기 의견이 무조건 옳다고 여기는 무식쟁이들이지."

윤태희는 벽에 걸린 고풍스러운 시계를 보았다. 앞으로 짧게는 30분, 길게는 한 시간 가까이 엄마의 이야기에 귀를 기울여야 한다. 엄마는 사소하고 필요 없는 지식의 단편으로 다른 사람들을 평가하고 깎아내리는 일에서 쾌감을 느끼는 사람이었다.

파스타에 관련된 일방적 대화가 계속되었다. 2세기 무렵에 기록된 문헌에 파스타 요리 도구가 묘사되어 있다는 말에 윤태희는 고개를 끄덕였지만 속으로는 말없이 이 자리를 벗어나고 싶을 뿐이었다.

"오일 파스타는 기름 성분과 물 성분의 조화가 무엇보다 중요하단다. 너도 알다시피……."

대화의 주제는 파스타와 관련된 역사에서 조리 과정으로 넘어갔다. 엄마는 교수가 신입생을 가르치는 것처럼 또 한참 떠들 터였다.

그러던 어느 순간, 윤태희는 귀를 의심했다.

'최 교수 딸은 벌써 결혼해서 딸을 둘이나 낳았는데, 쟤는 왜 저러고 사는 걸까? 똑똑한 척은 혼자 다 하고 다니더니 그 좋은 남자도 놓치고 말이야. 페플 그룹의 장남이라면 여자들이 줄을 서는데 대체 왜 저러는지 모르겠어. 지금이라도 내가 나설까? 그냥 내버려 두면 평생 처녀로 늙어서 죽을지도 몰라.'

엄마의 목소리가 동시에 들렸다.

조신한 태도로 파스타를 즐기면서 면을 어떻게 삶아야 하는지 엄마는 설명하고 있었다. 그와 동시에 엄마의 진심이 머릿속에서 울렸다.

깜짝 놀란 윤태희는 몸을 일으켰다.

"뭐 하니?"

"그, 급한 약속이 있어서."

"넌 항상 바쁘구나."

엄마가 말하는 순간, 또 다른 목소리가 머릿속으로 들렸다.

'그러니까 안 서방이 널 차 버린 거야.'

허겁지겁 레스토랑을 빠져나간 윤태희는 택시를 잡기 위해 승강장으로 향했다. 거기 익숙한 사람이 서서 손을 흔들고 있었다.

"기다리고 있었어."

안형준이었다.

'늙은 아줌마가 어찌나 애걸복걸하는지 안 나올 수 없었

어. 그러게 엄마 간수 좀 잘하지 그랬어?'

안형준의 목소리가 머릿속에서 울렸다.

뒤로 물러선 윤태희는 길 건너편에 서 있는 겔란드를 발견했다. 페플의 NPC인 겔란드가 어떻게 여기로 왔는지 생각할 여유가 없었다. 어서 길을 건너 겔란드를 만나고 싶었다. 그러면 이 기괴한 상황에서 벗어날 수 있을 것 같았다.

자동차들이 달리는 도로로 무작정 뛰었다. 아스팔트를 긁는 타이어 소리가 요란했지만 윤태희는 겔란드만 보았다.

겔란드가 손을 내밀었다.

이제 됐다고 안심하며 겔란드의 손을 잡으려는 순간, 윤태희는 깜짝 놀라며 뒤로 물러섰다.

그때, 덤프트럭이 경적을 울리며 다가와 윤태희를 치었다.

"아악!"

윤태희는 몸을 일으켰다. 탁자에 놓인 수면등의 흐릿한 빛이 벽과 천장을 비출 뿐 침실은 어둠에 잠겨 있었다. 한숨이 흘러나왔다. 악몽이라서 다행이라는 생각이 들었다.

두툼한 커튼이 창을 완전히 가려 밤인지 낮인지 알 방법이 없었다. 잠자는 시간이 들쭉날쭉한 윤태희는 침실만큼은 외부와 완전히 격리된 공간으로 꾸며 놓았다. 시계는 새벽 5시를 조금 넘어가고 있었다.

주방으로 나가서 물을 마셨다. 잠은 이미 달아났다. 요즘

꿈자리가 사나웠는데, 오늘 악몽은 그중에서도 최고였다.

반쯤 열린 문 너머로 커넥터가 보였다. 페플 메이저 업데이트 관련 취재로 바빠서 한동안 접속을 하지 못했다. 문득 겔란드가 보고 싶었다. 이 시간에 접속하면 그를 볼 수 있을까? 아닐 가능성이 높지만 윤태희는 그 방으로 들어섰다.

'적어도 이 날뛰는 마음은 가라앉힐 수 있겠지.'

익숙한 섬광이 사라지자, 라마간의 철림보다 더 울창한 숲 가운데 서 있는 자신을 발견했다. 원정대가 드디어 뮬란도르의 숲에 도착한 것이다.

노바디와 벨란데르가 원정대에서 이탈했지만 레나세르는 여전히 원정대의 일원이었다. 그 덕분에 겔란드가 어디에 있든 원정대가 머무는 자리에 접속할 수 있었다.

철림이 삭막한 침엽수림 같다면, 이곳 뮬란도르의 숲은 열대의 밀림처럼 날이 밝아도 파란 하늘이 보이지 않을 만큼 나뭇가지와 잎사귀가 울창했다. 세쿼이아 나무보다 훨씬 두껍고 키도 큰 나무들의 숲은 저 멀리까지 이어져 있었다.

가까운 곳에 원정대의 야영지가 있었다.

야영지로 다가간 레나세르는 모닥불 앞에 앉아서 생각에 잠긴 겔란드를 발견했다.

살금살금 뒤에서 접근했다. 놀라게 해 주고 싶어서였지만, 겔란드의 평소 실력과 감각을 생각한다면 금세 들키고 말 터였다. 레나세르는 그저 겔란드의 사내다우면서도 인자한 웃음을 보고 싶었다.

1미터 남짓 거리가 줄었는데도 겔란드는 뒤를 돌아보지도, 고개를 돌리지도 않았다. 고개를 갸웃거린 레나세르의 머릿속으로 굵고 묵직한 겔란드의 목소리가 울렸다.

'사부님까지 처소를 비우시다니. 아무런 말씀도 없이 떠나실 분은 아니신데. 대체 어디로 가셨을까? 사부님뿐 아니라 명성 높은 분들도 한꺼번에 실종되었다고 하니, 이거 제자로서 걱정을 하지 않을 수가 없어. 불순한 의도를 가진 놈들이 움직이고 있을까? 아니야, 그런 놈들이 있다고 해도 사부님을 흔적도 없이 납치할 수는 없지. 아무튼, 이 실종 사건으로 영웅회가 소집된다고 하니 이곳에서의 일을 마치면 가 봐야겠군. 거기 가면 돌아가는 사정을 알 수 있겠지.'

레나세르는 아무 말도 못 했다. 겔란드의 목소리가 왜 아까 그 악몽에서처럼 머릿속에서 울릴까? 겔란드가 혼자 중얼거리는데, 새벽이라서 크게 들렸을지도 모른다.

"겔란드."

"아, 레나세르 님!"

겔란드가 몸을 일으키며 활짝 웃었다. 덥수룩한 턱수염도 같이 웃었다.

"그냥 와 봤는데, 여기 있을 줄은 몰랐어요."

"그냥 잠이 좀 안 와서요. 앉으세요, 레나세르 님."

"레나세르라고 부르라고 했잖아요."

"제가 감히 어떻게 그럴 수 있겠습니까?"

젤란드는 손사래를 쳤다.

젤란드 특유의 목소리와 행동을 보니 레나세르는 마음이 편안해졌다. 신기한 일이었다. 언제부터인가 젤란드는 그녀에게 진정제 같은 사람이었다. 힘들고 답답한 일이 생기면 한 번씩 젤란드를 찾아왔는데, 요즘엔 그 횟수가 늘었다.

"영웅회가 개최된다면서요?"

"아, 알고 계셨습니까?"

젤란드의 눈이 커졌다.

레나세르는 젤란드의 입을 살폈다. 말과 입술의 움직임이 정확히 일치했다. 생각 따위는 들리지 않았다.

조금 전 젤란드의 혼잣말을 들었을 뿐이라고 확신했다. 꿈처럼 상대의 생각이 머릿속을 울릴 리는 없다.

"여기저기서 소문을 들으니까요."

"오늘의 제가 있게 해 주신 사부님께서 갑자기 사라지셔서, 저도 영웅회에 가 봐야 할 것 같습니다."

"제가 동행해도 될까요?"

레나세르는 충동적으로 물었다. 질문을 던진 후에야 얼굴이 빨갛게 물들었다.

"그, 그럼요. 저야 좋죠."

마음과 얼굴이 하나인 솔직한 사내의 눈이 빛났다.

레나세르도, 젤란드도 더 이상 말을 하지 않았다. 그저 모닥불을 쳐다보면서 새벽 햇살이 **빽빽**한 숲을 뚫고 날아오기를 기다렸다.

날이 밝아 오자 레나세르는 나중에 보자는 말을 남기고 페플을 나왔다.

오늘은 할 일이 많은 날이었다.

텔레파시

간담회가 열리는 호텔에는 익숙한 얼굴들이 많이 모여 있었다. 페플이 곧 내놓을 다섯 번째 메이저 업데이트에 대한 관심이 저 유명한 기자들, 언론인들, 비평가들을 이곳으로 불러 모은 것이다. 윤태희 역시 그 변화에 관심이 많은 블로거였다.

여기저기 아는 사람들과 인사를 나누니 금세 시간이 흘렀다. 윤태희는 무대와 가까운 곳에 자리를 잡았다. 그동안 블로거로서 쌓아 올린 명성 덕분이었다.

"어?"

미국으로 유학 갔다고 알려진 사람이 보였다. 그 사람도 윤태희를 보고는 다가왔다.

"태희지?"

"지우?"

"맞아."

"귀국했다는 이야긴 못 들었는데. 언제 온 거야?"

윤태희는 공지우가 입은 옷이 얼마나 비싼지 알아차렸다. 신은 구두도 수백만 원은 될 것이다.

"지난달에."

"전혀 몰랐네. 공부는 다 끝난 거야?"

"대충."

공지우는 빙긋 웃었다.

"정말 반갑다. 근데, 넌 어떻게 온 거야?"

"페플에 입사했어."

"그래?"

"전략기획부야. 앞으로 자주 보겠다."

공지우는 명함을 꺼내어 윤태희에게 건넸다.

명함을 본 윤태희는 깜짝 놀랐다. 자신과 동갑인데 공지우의 지위는 부장이었다. 전략기획부는 페플 그룹 내에서도 상당한 영향력을 자랑한다. 그런 곳에서 벌써 부장이라니.

"너, 정말 대단하다."

페플 직원들이 공지우를 향해 손짓했다.

"운이 좋았지 뭐. 가 봐야겠다. 나중에 연락해. 식사나 같이 하자."

싱크

"그래."

공지우 앞에서 쩔쩔매며 보고하는 직원들을 보자, 윤태희는 기분이 이상했다. 그래도 능력을 발휘하여 나름대로 괜찮은 커리어를 쌓고 있다고 생각했건만, 학창 시절에는 소심해서 존재감도 없던 공지우가 대기업 부장 자리를 꿰차고 있다니.

'정말 예뻐졌어. 성형이라도 한 건가?'

뒤에서 술 냄새가 역하게 풍겼다.

몸을 돌린 윤태희는 주간페플 김준역 기자를 발견했다. 돼지처럼 비대한 몸을 앞으로 내민 김준역은 반짝이는 눈으로 공지우를 쳐다보고 있었다.

"공지우 부장을 아나 봐?"

김준역이 물었다.

"고등학교 동창이에요."

"오호, 학연을 이용하시겠다? 뭐, 그것 또한 능력이니까. 요즘 쓰는 글 퀄리티가 떨어지는 걸 봐서 결혼 준비라도 하는 줄 알았더니, 다시 열심히 뛸 생각인가 봐?"

김준역은 말발이 센 사람이었다. 추측을 기정사실로 만들 뿐 아니라 잔뜩 비꼬는 바람에 어떻게 대답을 해도 변명으로밖에 들리지 않는, 그런 화법을 구사하는 작자였다.

질문에 대답해서는 안 된다. 순진하게 말을 받는 순간, 늪으로 빠져든다. 오히려 이쪽도 강공으로 나가야 한다.

"혹시 이혼하셨어요?"

"……뭐?"

김준역의 눈이 가볍게 흔들렸다.

"며칠째 같은 셔츠를 입고 계시니까요. 요즘엔 돌싱도 그리 흠이 아니잖아요. 자기 관리만 철저하면 오히려 총각보다 한 번 갔다 온 남자가 더 매력적이니까요. 김 기자님도 자기 관리를 잘하기로 유명하시니 인기가 좋으실 것 같아요."

윤태희는 빙긋 웃으며 말했다. 이런 식으로 되받아칠 수 있게 되기까지 어마어마한 수치와 상처를 저 돼지 새끼로부터 받았다.

"전투력이 높아졌어. 이러다가 내 마음이 다치겠어."

"아무리 독설을 퍼부어도 그 살을 뚫고 들어갈 수는 없잖아요."

"당연하지. 그걸 위해 내가 살을 찌웠으니까."

김준역은 씩 웃었다. 독설에 맞서는 소수의 사람들만 볼 수 있는 표정이었다.

"공지우 부장 연락처, 알 수 없을까?"

김준역이 물었다. 오랜만에 만난 윤태희를 동료로 인정했기 때문에 던진 질문이었다.

"여기 있어요."

윤태희는 명함을 건넸다.

"자긴 복 받을 거야."

김준역은 윤태희의 어깨에 손을 얹었다가 공지우 쪽으로 가면서 속삭였다.

곧 시작될 간담회를 위해 앞쪽 지정 좌석으로 걸어가던 윤태희는 느끼한 향수 냄새를 맡자마자 누가 다가왔는지 알아차렸다. 향수만큼이나 말도, 표정도, 행동도 느끼한 남자 변희석이었다. 블로거로서는 꽤 유능하지만 지나친 자기애적 성향 때문에 함께 있으면 불편해지는 사람이기도 했다.

"태희."

이름 부르는 것부터 느끼했다.

"……희석 씨."

윤태희는 혹시 저 사람이 가지고 있을지 모르는 정보를 생각하며 몸을 돌렸다.

"여전히 예뻐, 우리 태희는."

"그런 말투, 여자들은 안 좋아해요."

"거짓말, 거짓말. 이미 내 마력에 빠졌잖아."

그렇게 말하고 45도 각도를 틀어서 얼짱 각도로 활짝 웃는 변희석의 행동에 윤태희는 두 종류의 감정을 동시에 느꼈다. 주먹을 들어 저 얼굴을 뭉개 버리고 싶었다. 그리고 아침에 먹었던 음식물을 모조리 토하고 싶었다.

"무슨 일이에요?"

최대한 대화를 줄여야 한다.

"영웅회 이야기는 알고 있지?"

"그게 왜요?"

윤태희는 겔란드 덕분에 알게 된 영웅회를 떠올렸다.

"왜 영웅회가 소집되었는지는 알아?"

넌 절대 모를 거라는 전제가 붙은 질문이었다. 질문의 목적은 상대의 무지를 확인하려는 것이다. 윤태희는 그 의도를 깨뜨리고 싶지 않았다.

"전혀요."

"후후, 그럴 줄 알았어. 아무래도 재미있는 일이 생길 것 같아. 기대해도 좋아."

"희석 씨도 모르죠?"

"하하하, 그렇게 들렸어? 하긴 아무 말도 안 했으니 그렇게 들릴 만도 해. 나처럼 폭발적인 매력을 가진 사람은 말도 조심해야 돼. 두루뭉술하게 말해 버리면 거기에 미스터리라도 있는 것처럼 생각하고 날 우러러본단 말이야. 태희, 넌 그렇게 보지 말아 줘."

윤태희는 주먹에 힘을 주었다. 저 턱을 날리면 당장 여기서 쫓겨나고 말 것이다.

"좋아, 알려 주지. 소식통에 따르면, 이름만 대면 유명한 NPC들이 실종된 모양이야. 그 수가 무려 수백 명이야. 현재 드워프는 엘프를 의심하고, 인간은 뱀파이어 짓이라고 믿고 있어. 자, 여기서 퀴즈. 앞으로 영웅회에서 어떤 일이 벌어질까?"

"······한바탕하겠네요."

"바로 그거야."

변희석은 다시 한 번 45도 얼짱 각도로 얼굴을 틀었다.

윤태희는 몸을 부르르 떨다가 자신이 블로거라는 사실을 겨우 기억해 냈다.

"그 중요한 사실을 왜 제게 알려 주는 거죠?"

"태희의 마음, 나 그동안 일부러 모른 척했어. 사과할게."

"네?"

"오늘 태희를 보니까 나 때문에 얼마나 애가 끓었는지 알 것 같아. 앞으로는 네 마음 거절하지 않을 생각이야. 난 지금 네게 나와 영웅회에 같이 갈 기회를 주는 거야. 넌 이 기회를 놓쳐서는 안 돼."

이야기를 다 들은 윤태희는 몸을 돌려 무대 쪽으로 걸어갔다. 변희석이 쫓아오며 뭐라고 계속 말을 걸었지만 무시했다. 다행히 조명이 약해지며 무대가 밝아졌다. 간담회가 시작된다는 뜻이었다.

사람들이 자기 자리로 가서 앉았다.

잠시 후, 페플 전략기획부를 이끄는 한석주 사장이 무대로 나왔다.

"안녕하십니까? 한석줍니다."

페플 그룹 회장 안종화의 대학 후배 한석주는 페플 내에서 브레인이라 알려져 있었다. 사람들 앞에 나서기를 싫어하지

만 메이저 업데이트 관련 브리핑이나 간담회에는 꼭 얼굴을
내미는 사람이기도 했다.

"다들 이번 메이저 업데이트에 관심이 많으시리라 생각합
니다. 여러분을 위해서 핵심을 요약했습니다. 일단 먼저 영
상을 보신 후에 대화 시간을 가지겠습니다."

한석주가 무대를 빠져나가자 조명이 어두워졌고, 커다란
무대 전체에 생생한 페플 영상이 나타났다.

다들 침도 삼키지 않고 그 영상을 감상했다. 보통 게임은
메이저 업데이트 내용을 미리 공개하지 않는다. 언론에 보도
자료를 뿌려도 업데이트와 동시에 홍보를 시작한다. 아직 한
달이나 남은 상황에서 홍보 영상을 먼저 공개한다는 것은 이
례적인 일이었다.

'그만큼 자신 있다는 거지.'

윤태희는 팔짱을 꼈다.

초반은 페플이 일궈 낸 다양한 기록을 소개하고 있었다.
가상현실 플랫폼이 본격적으로 적용된 게임을 세계 최초로
출시했을 뿐 아니라, 완전히 주류로 자리 잡은 페플의 자신
감이 각종 수치로 증명되고 있었다.

누적 게이머 수 10억 돌파, 동시 접속 게이머 수 3억 돌파,
백이십이 개국에서의 접속 가능, 지난 메이저 업데이트를 통
해 시작된 소셜월드의 급속한 성장 등 자랑스러워할 만한 성
과였다.

하지만 여기 모인 사람들이 기대하는 부분은 과거가 아니라 미래였다. 이제까지의 페플이 아니라, 앞으로의 페플이었다.

영상은 기다렸다는 듯 언론인들의 호기심을 건드렸다. 화면 중앙에 커다랗게 '아이템 얼라이브'라고 나왔기 때문이다. 곧 '에이템'이라는 이름이 이어졌다.

페플 심층기반부 송전욱 수석 연구원이 화면에 나오자, 사람들의 입에서 탄성이 터져 나왔다. 페플이라는 거대한 시스템을 개발하고 유지·보수하는 실질적인 조직 심층기반부에서도 송전욱은 천재로 알려져 있었다. 워낙 기이한 인물이라 미디어에 거의 노출되지 않았기 때문에, 사람들은 깜짝 놀랐던 것이다.

—에이템의 핵심은 '파이'야. 페플 아티피셜 인텔리전스, 즉 페플 인공지능인 거지. 이번에 아주 재미있는 놈을 페플에 붙이기로 결정했어. 정말 재미있을 거야. 왜? 내가 재미있으니까. 에이템은 아이템 얼라이브, 바로 살아 있는 아이템이야. 파이가 적용된 아이템이라는 거지. 말로 설명하면 알아들을 사람이 없겠지. 직접 봐야해. 자, 봐.

카메라를 의식하지 않고 반말을 내뱉지만 송전욱이 가진 묘한 천재적 카리스마 때문에 누구도 기분 나빠하지 않았다.

오히려 송전욱 같은 거물이 직접 간담회 영상에 나왔다는 사실에 그들은 시선을 교환하며 이번 메이저 업데이트가 페플에 얼마나 거대한 활력을 불어넣을지 궁금해했다.

송전욱이 사라진 화면을 가득 채운 건, 소년이었다. 소림사 동자승을 연상케 하는 그 아이는 숲에서 놀다가 바위에 꽂힌 단검을 발견했다. 단검을 쥐자 몸에서 빛이 흘러나왔다. 단검은 쉽게 바위에서 뽑혔다. 소년은 자신만의 단검이 생겼다면서 기뻐했다.

소년은 빠르게 자랐다. 금세 청년이 되었다. 청년이 손에 쥔 단검도 바뀌어 있었다. 한 뼘 남짓한 단검은 1미터가 넘는 검으로 성장했다. 청년은 검과 이야기를 나누었고, 때로는 싸우기도 했다.

─네가 충고한 대로 했다가 퇴짜를 맞았잖아!

청년이 소리쳤다.

─충고한 대로? 내가 좀 더 기다려야 한다고 했어, 안 했어? 넌 동물적 본능을 이기지 못하고 가슴을 주물렀잖아. 내가 그건 키스를 한 다음에 해도 늦지 않다고 했어, 안 했어?

검이 대꾸했다.

청년과 검이 보여 주는 대화에 사람들은 웃음을 터트렸다.

검의 조언 덕분에 좋아하는 여자와 결혼한 청년은 이제 아버지가 되었다. 체구는 여전히 건장했지만 검 대신에 곡괭이를 쥘 때가 많았다.

어느 날 어린 아들이 지하실에서 아버지의 검을 발견했다. 아들이 자루를 쥐자, 검은 아버지가 처음 발견했을 때처럼 단검으로 줄어들었다. 그렇게 아버지의 검은 아들에게로 전해졌다.

그러나 그 검을 쥐고 용병이 되겠다고 집을 나갔던 아들은 시체가 되어 늙은 아버지 앞으로 돌아왔다. 아들 옆에는 검이 놓여 있었다. 아들을 묻은 아버지는 검을 들어 올렸다.

아버지가 울었다.

검도 울었다.

아버지는 아들이 묻힌 묘 앞에서 검을 쥐고 춤을 추기 시작했다. 화면이 서서히 흐려지며 아버지는 사라졌다.

무대 끝에서 한석주 사장이 중앙으로 걸어 나왔다.

"아이템 얼라이브, 즉 에이템은 메이저 업데이트를 통해 페플 전체에 적용될 예정입니다. 누구나 에이템을 소유할 수 있습니다. 조금 전 본 영상처럼 에이템은 주인과 삶을 함께합니다. 웃고 떠들고 때로는 울 수도 있습니다. 페플 인공지능이 접목되었기 때문입니다. 에이템으로 인해 페플 유저는 누구나 든든한 친구를 얻게 될 겁니다. 자, 지금부터 질문 받겠습니다."

사방에서 질문이 쏟아졌다.

에이템을 언제, 어디서, 어떻게 얻을 수 있냐는 질문에 한석주 사장은 이제 막 페플을 시작한 유저도 쉽게 에이템을 얻을 수 있다고 설명했다. 에이템은 레벨과 관계없다는 말도 덧붙였다.

에이템의 가치, 즉 능력에 대한 질문이 이어졌다. 한석주는 유저의 능력에 비례하여 에이템도 성장한다는 말로 답했다.

윤태희는 질문과 대답을 듣기만 했다.

에이템의 성공은 전적으로 인공지능의 수준에 달려 있다. 과거에도 유저의 마음을 사로잡기 위해 이런저런 스타일의 인공지능이 도입된 적이 있다. 강아지나 고양이를 키우는 것처럼 인공지능이 탑재된 로봇이 출시되기도 했다.

일시적인 붐을 일으켰지만 지속되지는 않았다. 인공지능이 탑재된 로봇은 결코 살아 있는 동물을 대체하지 못했다. 교감이 이루어지는 강아지와 달리 인공지능 로봇은 잘 프로그래밍된 로봇 같다는 느낌이 강했다. 일부 마니아만 좋아했던 것이다.

그 순간, 윤태희는 젤란드를 떠올렸다. 따지고 보면 젤란드는 페플 시스템이 만들어 낸 NPC였다. 인공지능에 의해 생각하고 판단하고 행동하는 소프트웨어인 것이다.

'에이템은 성공할 거야.'

윤태희는 젤란드를 통해 그 점을 확신했다.

남자로서 젤란드가 좋아지기 시작했다. 부정하고 싶지만 마음을 속일 수는 없다. 어쩌면 젤란드 때문에 소개팅으로 만난 남자들이 마음에 들지 않는지도 모른다.

그때, 갑자기 주변이 참을 수 없을 만큼 시끄러워졌다. 한 사람이 지목을 받으면 질문하고 거기에 한석주 사장이 답하

싱크

는 시간이건만, 수십 명이 동시에 떠들고 있었다.

'페플은 존나 좋겠네. 떼돈을 벌겠어. 한국은 물론 중국, 일본에 있는 돈까지 끌어모으겠어. 이럴 줄 알았다면 처음 페플 나올 때 주식이나 좀 사 둘 걸 그랬다.'

'설명은 그만하고 화끈한 걸 보여 줘. 여기 간식 먹으러 온 게 아니잖아. 홍보를 원하면 뭔가를 내놓아야지.'

'블로거들은 왜 초대했지? 그런 아마추어 개잡놈들 때문에 물만 흐려지는데 말이야.'

'공지우라는 여자, 괜찮네. 들어갈 데 들어가고 나올 데 나왔어. 밤엔 어떤 분위기를 풍길지 정말 궁금해.'

놀란 윤태희는 주위를 둘러봤다. 입을 여는 사람은 그 느끼한 블로거 변희석뿐이었다. 나머지는 입을 다문 채 질문과 대답을 요약하느라 바빴다. 어떻게 그들의 목소리가 들렸을까?

변희석의 질문이 끝나지도 않았는데 한석주 사장의 말이 시작되었다.

'파리 새끼 같은 놈들, 너희는 아무리 설명해도 에이템의 의미와 그 깊이를 이해할 수 없어. 무식하게 펜대나 굴리는 새끼들.'

한석주는 홍보용 미소를 띤 채 적당히 고개를 끄덕이며 변희석의 말을 듣는 중이었다.

윤태희는 악몽을 떠올렸다. 그때와 같았다.

'이, 이것도 꿈일까?'

윤태희가 벌떡 일어서자, 변희석의 질문에 답을 마친 한석주가 윤태희를 지목했다.

모두가 윤태희를 쳐다보고 있었다. 그들 모두 입을 다물고 있지만 또 다른 목소리로 말하고 있었다.

'저 여자도 괜찮겠네. 벗겨 놓으면 말이야.'

'윤태희라고 했지? 돈도 많다고 들었는데.'

'젊어 보이려고 애를 쓰는 모양인데. 나이를 속일 수는 없지. 곧 서른을 넘을 테고, 그러면 노처녀지 뭐.'

'세상 참 쉽게 사는 년.'

'한때 걸레라는 소문이 돌았지, 아마. 나라면 얼굴을 들고 살 수는 없을 텐데.'

윤태희는 아무 말도 못 하고 간담회장을 빠져나왔다. 뒤에서 온갖 비웃음과 독설이 날아왔다.

숨도 못 쉬고 호텔 밖으로 나왔지만, 또 다른 목소리가 윤태희를 기다리고 있었다.

"어디 불편하세요?"

다가온 여자는 상냥했지만 그 마음은 달랐다. 어젯밤 다툰 남자 친구 때문에 짜증이 난 상태였다.

"괘, 괜찮아요."

윤태희는 뒤로 물러섰다. 그리고 달아났다. 목소리가 들리지 않는 곳으로, 사람들이 없는 곳으로.

진료를 기다리는 대기실 공간의 인테리어는 돈 들인 티가 났다. 아마도 외국에서 수입한 자재를 활용한 모양이었다.

　그러나 화려한 분위기도 이곳에 온 사람들의 긴장을 풀지는 못했다. 정신과 진료가 보편화된 미국과 달리, 한국은 드러내 놓고 말할 수 없는 경우가 많았다.

　자기 차례를 기다리는 사람들은 모두 다섯, 그중 네 명이 선글라스를 끼고 있었다. 한 명은 얼굴이 보이지 않을 만큼 야구 모자를 푹 눌러쓰고 있었다.

　서로를 쳐다보는 법도 없었다. 대화를 나눌 가능성은 제로였다. 그럼에도 윤태희는 그들이 왜 이곳으로 오는지 알고 있었다. 그들의 생각이 고스란히 들렸기 때문이다.

　한 사람은 피부가 짓무를 만큼 지나치게 손을 씻었다. 심각한 강박이었다. 외출이 어려울 만큼 청결에 신경을 썼고, 누가 옆을 스치기만 해도 손을 씻기 위해 화장실로 달려가야 했다. 자연스럽게 사람들을 만날 수 없었고, 집에 틀어박히게 되었다. 그 사람이 여기까지 오는 데에는 어마어마한 용기가 필요했다.

　끄트머리에 앉아 있는 사람은 바로 며칠 전에도 자살을 시도했다가 응급실로 실려 갔다. 그 마음의 아픔이 고스란히 전해져, 윤태희는 자기도 모르게 그를 안쓰럽게 쳐다봤다.

그 순간, 그가 윤태희를 노려봤다.

'저 여자, 죽여 버릴까?'

윤태희는 소스라치게 놀라며 고개를 돌렸다.

20대 중반으로 보이는 남자의 생각은 진지했다. 이미 그는 윤태희를 거리에서 죽일지 아니면 납치해서 외딴 창고로 끌고 갈지 고민하고 있었다. 다행히 간호사가 말을 거는 바람에 그의 생각은 다른 곳으로 뛰었다.

윤태희는 안도의 한숨을 내쉬었다.

"처음 오셨죠?"

얼굴이 동그랗고 귀여운 간호사가 다가왔다.

"아, 네."

"커피 한 잔 드릴까요?"

"네, 고맙습니다."

멀어지는 간호사의 생각이 윤태희에게 들렸다.

저토록 밝게 웃고 있지만 간호사의 마음은 울고 있었다. 오늘 병원을 그만둘 생각은 집에 가서 삶을 끝내려는 계획으로 이어지고 있었다. 그 간호사가 종이컵을 가지고 오자, 윤태희가 속삭였다.

"우리, 같이 힘내요."

"네? 그, 그래야죠."

간호사는 당황했지만 곧 사근사근한 표정을 되찾았다.

윤태희는 차례가 오기를 기다리면서 다른 생각을 하려고

애를 썼다. 제주도에 놀러 갔다가 처음 용두암을 본 기억을 떠올리자, 마치 스피커 볼륨을 줄인 것처럼 주위에서 들려오는 사람들 생각의 소리가 줄어들었다. 기억이 강렬할수록 소리는 더 작아졌다. 하지만 그런 기억을 유지하기가 어려웠다.

"윤태희 님, 들어오세요."

간호사가 다가와서 말했다.

윤태희는 의사가 앉아 있는 진료실로 들어섰다. 젊고 잘생긴 의사는 몸을 일으키더니 책상을 돌아서 앞으로 나와 윤태희를 가볍게 안았다.

"깜짝 놀랐다."

"조금 그렇지?"

"연락 한번 없더니, 어떻게 된 거야?"

자리로 돌아가서 앉은 의사는 윤태희를 바라보았다. 당당하면서도 배려가 담긴 시선이었다.

윤태희는 대학 선배인 조규원의 태도에 안정감을 느꼈다. 여기로 오길 잘했다는 생각이 들었다. 금세 때려치웠던 대학교 생활이지만 조규원은 거기서 알게 된 좋은 사람들 중 한 명이었다.

"사실, 여기 온 건 친구 때문이야."

"친구? 혹시 정신과를 찾는 걸 질색하는 친구를 위해 대신 온 거야?"

"맞아."

"좋아. 일단 들어 보자."

윤태희는 갑자기 주위 사람들의 생각이 들린다는 친구에 대해 간단하게 설명했다. 친구가 어떤 사람인지에 대해서는 전혀 알리지 않았다. 증상에 대한 내용이 대부분이었다.

"그러니까 스스로 텔레파시를 가지고 있다고 확신한다는 거네."

"그런 것 같아."

윤태희는 머릿속으로 들리는 타인의 생각이 진짜 그들의 생각인지, 아니면 자신이 만들어 낸 가짜인지 분간할 수 없었다. 넌지시 물어봤을 때 놀라는 태도를 보면 진짜 같지만, 때로는 예상 못 한 반응이 나오기도 해서 확신하기 어려웠던 것이다.

"들리는 생각이 파괴적이고 부정적일 때가 많지?"

"어떻게 알았어?"

"환청에 시달리는 사람들 대부분이 그런 내용을 듣거든."

"아, 그래?"

윤태희는 '사람들 대부분'이라는 말에 위안을 받았다. 이런 증상으로 고통을 겪는 사람들이 많다니.

"어쩌면 뮌하우젠 증후군 쪽에 가까울지도 모르겠다. 관심을 받기 위해서라면 무엇이든 하는 사람들 말이야. 다른 사람의 생각을 듣는다고 말하면 주위 사람들이 호기심과 염려의 눈으로 바라보겠지. 아마도 그런 보살핌을 원해서 그럴

싱크

지도 몰라."

"그럴 수도 있겠다."

윤태희는 전혀 그렇지 않다는 사실을 잘 알고 있었다.

그때, 조규원의 목소리가 머릿속을 울렸다.

'난 다 알아, 네 이야기라는 걸. 그렇게 혼자 잘난 척 살더니, 드디어 대가리가 망가지기 시작했구나. 누굴 속이려고? 난 널 속일 수 있지만 넌 날 못 속여.'

윤태희는 몸을 부르르 떨었다. 뺨에 경련이 일었다. 뜨거운 숨이 입가로 천천히 빠져나왔다.

"오빠는 잘 지내?"

윤태희는 그 목소리에서 벗어나기 위해서 화제를 옮겼다.

"당연히 잘 지내지."

조규원은 의사로서 모범적인 미소를 지었지만, 그의 머릿속은 달랐다. 최근에 이혼을 결심했으며, 거액의 위자료를 요구한 아내가 변호사를 선임하는 바람에 매일같이 술을 퍼마셨다. 그래도 직장에서의 모습은 아직 무너지지 않았다.

"다행이야."

윤태희는 애써 그 목소리를 무시했다.

조규원의 얼굴이 약간 굳는 순간, 윤태희는 그의 마음이 쏟아 내는 독설에 깜짝 놀랐다.

'그때 널 따먹었어야 했는데. 완강해도 억지로 해치웠어야 했는데. 그래도 뭐, 대가를 치르게 해 줬으니까. 넌 절대 모

텔레파시 261

를 거야, 걸레라는 소문을 낸 사람이 바로 나라는 사실을 말이야.'

윤태희는 벌떡 일어섰다.

"왜 그래?"

"……아니야."

"그 친구를 설득하기 힘들면 가족에게라도 알려. 그래서 병원으로 데려와. 그게 친구를 위하는 거야."

"알았어."

윤태희는 1초라도 빨리 이 진료실을 벗어나고 싶었다.

그때, 선배의 목소리가 다시 윤태희의 머릿속으로 파고들었다.

'저런 페미 년은 쓰레기장으로 밀어 넣고 매립시켜야 하는데. 저기 바깥에서 질질 짜면서 일을 그만둔다고, 자살할지도 모른다고 날 협박하는 그년도 함께 말이야. 지도 좋았으면서 뭘 그리 날뛰는 건지 도저히 모르겠어. 곧 이혼할 의사 잡으려고 몸을 던진 주제에.'

윤태희는 아까 그 간호사가 왜 마음으로 울고 있었는지 깨달았다. 갑자기 몸이 차가워졌다. 윤태희는 빙긋 웃으며 손을 내밀었다.

조규원이 다가와 손을 맞잡으려는 순간, 윤태희는 오른팔을 뒤로 젖혔다가 풀스윙하면서 뺨을 후려쳤다.

어찌나 강한지 뺨을 맞은 조규원은 의자와 함께 뒤로 넘어졌다. 화끈거리는 뺨을 손으로 감싸며 조규원은 할 말을 잃고 멍한 눈으로 윤태희를 쳐다봤다.

"다 알고 있어, 선배."

"……대, 대체 뭐 하는 거야?"

소리치는 조규원.

"선배가 걸레라고 소문냈잖아."

분노로 일그러졌던 조규원의 얼굴에서 감정이 쑥 들어갔다. 이제 조규원은 어떻게 얼버무릴지 대가리를 굴리고 있었다.

"무, 무슨 소리야?"

"선배가 아니라면 고소해. 증인 몇 명 세워서 맞고소로 선배 인생을 탈탈 털어 줄 테니까. 진행 중인 이혼소송에도 참 도움이 되겠지?"

"그걸 어떻게……?"

"그리고 밖에 있는 간호사 앞에 무릎을 꿇고 비는 게 좋을 거야. 내가 기자였다는 거, 알고 있지? 두 번 다시 병원 문 못 열게 해 줄 수도 있어. 간호사에게는 나중에 연락해서 확인할 테니까, 제대로 하는 게 좋을 거야. 만약 그 간호사가 자살이라도 한다면, 선배, 재미있는 일이 벌어질 거야. 내가 약속해. 선배는 내 성질 아주 잘 알지?"

조규원은 아무 말도 못 했다.

윤태희는 당당하게 진료실을 나왔지만 마음은 더 무거웠

다. 저 개 같은 선배 덕분에 타인의 생각이 들리는 이 현상이…… 진짜라는 확신을 가지게 된 셈이다.

대체 왜 갑자기 이런 일이 벌어질까?

윤태희는 땀범벅이었다.

혼자서 22층까지 올라갈 수 있기를 바랐지만 오늘따라 엘리베이터를 이용하는 사람들이 많았다. 그 좁은 공간에서 온갖 생각을 다 하는 사람들과 같이 있고 싶지 않았다. 남자들의 추악한 생각, 여자들의 끔찍한 추측과 확신에 시달린다는 상상만으로도 소름이 돋았다.

그러니 남은 선택은 계단뿐이었다. 평소 체력 단련에 신경을 쓰지 않았던 윤태희에게 22층은 에베레스트 산이나 마찬가지였다.

겨우 다 올라와서 비틀거리며 집으로 가는데, 열린 엘리베이터 문에서 김현이 걸어 나왔다. 김현은 윤태희를 보고 즉시 다가왔다.

"어디 아파요?"

"……전혀."

흠칫 놀라며 뒤로 물러서는 윤태희. 김현의 속마음을 알고 싶지 않아서였다. 가까운 사람일수록 그 머릿속에서 오가는 생각을 읽게 된다면 더 마음이 아플 것이다.

다행히 김현의 생각은 들리지 않았다.

"안색이 창백해요."

"난, 괜찮아."

힘주어 말한 윤태희는 서둘러 방으로, 혼자만의 공간으로 들어가고 싶었다. 지금도 사방에서 이상한 소음이 들렸다. 웅얼웅얼하는 목소리라서 어떤 내용인지 알 수 없지만 조금이라도 가까워지면 곧 구체적인 이야기가 들릴 터였다.

그런데 김현이 윤태희를 부축한 순간, 김현의 손이 윤태희의 손목에 닿은 순간, 그 소음이 기적처럼 싹 사라졌다.

완전한 고요.

윤태희는 입을 벌렸다. 집에 들어가서 침대에 누워 이불을 뒤집어쓴다고 해도 이토록 완벽한 정적 속에 있기는 어려울 것이다.

놀란 김현이 한 걸음 물러서며 손을 떼자, 그 자글자글한 소음이 돌아왔다. 그와 함께 지끈지끈 두통이 몰려왔다. 이번에는 윤태희가 손을 뻗어 김현을 잡았다.

"휴우."

윤태희는 안도했다. 아무것도 들리지 않는 상태, 보통 사람들은 누구나 누리는 그 평안이 이토록 소중한지 미처 몰랐다.

"누나?"

"진후 집에 가는 거지?"

"네."

"같이 가자."

윤태희는 김현의 손을 잡은 채 말했다.

김현은 고개를 끄덕이며 안진후의 집으로 향했다. 초인종을 누르고 문이 열리기를 기다리면서 윤태희를 힐끔거렸지만, 항상 당당하고 조금은 장난기도 있는 평소 모습과 다른 이유를 알아낼 수는 없었다.

"어? 태희 누나도 같이 왔네."

안진후였다.

"여기 앞에서 만났어."

"어디 아파?"

안진후가 윤태희 앞으로 다가왔다.

"조금."

윤태희는 김현 옆에서 벗어나지 않았다. 손목을 꽉 잡고 놓아주지도 않았다. 지금 그녀에게 김현의 손목은 구명줄이었다.

안진후가 김현에게 눈짓했다. 누나가 왜 저러냐는 질문이었다.

김현도 어깨를 으쓱 올렸다. 모르겠다는 답이었다.

"라면 먹을 거지?"

"……응."

윤태희는 머릿속 생각을 정리하면서 대답했다. 왜 김현의 손목을 잡고 있으면 그 소리가 들리지 않는지 알고 싶었다.

"누나."

김현이 난처한 표정을 지었다.

"아, 미안."

윤태희는 잠깐의 고요가 아쉬웠지만 그렇다고 김현 손목을 계속 붙잡고 있을 수는 없었다. 손목을 놓자 그 요란한 소음이 달려들었다. 그중 가장 큰 목소리는 안진후의 것이었다.

'태희 누나는 어제 사건에 대해 알고 있을까? 아니, 아닐 거야. 그 엄청난 사건이 벌어졌는데도 텔레비전은 물론 신문, 인터넷까지 잠잠한 걸 보면 말이야. 어떻게 그럴 수 있지? 사람들이 그렇게 많이 죽고 다쳤는데, 어떻게 이렇게 아무렇지도 않을 수 있지?'

안진후는 냄비에 물을 붓고 가스레인지에 올리면서 생각에 잠겨 있었다.

'사람이 죽어?'

윤태희는 잠시 텔레파시로 인한 두통과 혼란을 잊을 만큼 깜짝 놀랐다. 안진후는 매우 이성적인 아이였다. 안진후가 저토록 심각하게 고민을 한다면 실제로 벌어진 일일 텐데.

윤태희가 거실 소파에 앉아 있는 동안, 김현이 안진후 옆으로 갔다. 두 사람은 할 이야기가 많은 모양이었다.

"공원에는 가 봤어?"

안진후가 물었다.

윤태희는 텔레파시의 유용한 면을 발견했다. 멀어서 목소리가 들리지 않거나 속삭여도, 텔레파시를 통해서는 아주 잘 들렸다. 안진후는 머릿속 생각을 명료하게 정리한 후에 말을 하는 스타일이어서 윤태희는 그 내용을 파악하기 쉬웠다.

김현의 목소리는 전혀 들리지 않았다.

'정말? 공원 아래로 지나가는 수도관이 터져서 복구공사를 하는 거였단 말이야?'

이번에도 안진후였다. 윤태희는 안진후의 생각을 통하여 김현의 이야기를 유추할 수 있었다.

'술에 취해서 연못에 빠졌다고? 발을 헛디뎌서? 말도 안 돼.'

안진후가 흥분했다.

'맞아. 그 많은 사람들이 핸드폰으로 싸우는 광경을 찍었는데, 인터넷에는 아무것도 올라오지 않았어. 페이스북이나 트위터가 난리 날 줄 알았는데 말이야. 대체 어떻게 된 거지? 콤포 막스를 찍은 사진이 한 장이라도 올라왔다면 세상이 뒤집어졌을 텐데.'

김현의 생각을 듣지 못해도 안진후의 마음만으로도 오가는 대화를 충분히 이해할 수 있었다. 그러나 '콤포 막스'라는 대목이 마음에 걸렸다.

오랫동안 페플에서 게이머로 즐겼을 뿐 아니라 페플 전문 블로거로 명성을 떨친 윤태희는 갖가지 몬스터의 특징을 꿰고 있었다. 콤포 막스는 콤포라는 종족에 속하는, 키가 5미터 남짓한 중형 몬스터다.

'쟤들 페플 이야기를 하는 건가? 왜 저렇게 헷갈리게 말하는 거지?'

윤태희는 고개를 갸웃거렸다.

그때, 벨 소리가 들렸다.

안진후가 핸드폰을 가지러 갔고, 김현은 냄비를 보고 있었다.

'저 아이의 생각은 들리지 않아. 김현, 저 아이만 그래. 손을 잡으면 소음이 사라지는 것도 그렇고.'

윤태희는 왜 김현만 그런지 알아내고 싶었다. 이유를 찾아낸다면 요란하다 못해 골치가 아픈 소음 자체를 차단할 수 있을지도 모른다.

침실에서 전화를 받는 안진후의 생각이 고스란히 들렸다. 안진후는 솔직한 사람이었다.

"뭐라구요? 도난된 차량이 발견됐다구요? 아, 그 차요? 작은형 찬데요. 네? 아, 네, 알겠습니다. 네, 그렇게 할게요."

안진후가 내뱉은 말이었지만, 머릿속 생각은 달랐다.

'어떻게 된 거지? 왜 그 차가 도난 차량이야? 공원에서 콤포 막스를 치고 관리소 벽에 부딪쳤는데. 거기 차를 두고 와서 큰일이라고 생각했는데, 어째서 도난 차량이라고 보험회사에서 연락을 하는 거지? 누군가가 은폐 작업이라도 하

는 건가?'

전화를 끊은 안진후가 주방으로 나와 김현에게 조금 전 전화 내용을 설명했다. 김현이 뭐라고 대답했지만 윤태희로서는 들을 수 없었다. 안진후의 반응을 기대할 뿐이었다.

'정부가 개입한 것일지도 몰라.'

'어쩌면 곧 여기로 쳐들어와서 너와 날 잡아갈 수도 있지. 만반의 준비를 하고 올 수도 있잖아.'

'끔찍한 이야긴 하지 마. 안 그래도 심장 떨려 죽겠어. 우리가 잡히면 어떤 취급을 받을지는 뻔해. 실험실 생쥐 신세가 되겠지. 어떻게 불의 정령을 현실에서 불러낼 수 있는지, 어떻게 페플 물건을 현실로 옮길 수 있는지 테스트하고 또 테스트할 거야. 상식으로는 설명할 수 없는 능력의 비밀을 파헤치기 위해 과학자들이 못 할 짓은 없어. 살갗을 벗기고 내장을 들추고, 뇌의 주름까지 파고들걸.'

'알았어. 일단 라면 먹고 고민해 보자.'

모두 안진후의 생각들이었다.

윤태희는 안진후에게서 들린 목소리가 알려 준 이야기에 깜짝 놀랐다. 김현, 안진후 모두 '상식으로 설명 불가능한 능력'으로 고민하고 있었다. 아마도 앞서 들었던 내용 모두 그 능력과 관련된 사건 같았다.

'나와 같잖아. 어디 가서 독심술이나 텔레파시가 있다고 말할 수는 없으니까.'

김현이 윤태희를 불렀다.

윤태희는 주방으로 가서 식탁에 앉으면서 생각하고 또 생각했다. 그리고 결심했다. 전문가를 찾아가 봐야 해결될 일은 없다. 차라리 이 녀석들이 더 믿음직스럽다.

라면은 맛이 있었다. 하도 놀라서 공복이라는 사실도 잊었던 것이다. 식사가 끝나자 안진후가 종이컵에 커피를 타서 가져왔다.

"누나, 오늘 좀 이상해."

"앉아 봐. 김현 너도. 이 누나가 긴히 할 말이 있어."

안진후와 김현이 소파에 앉자 윤태희는 두 사람의 눈을 살피면서 말했다.

"콤포 막스."

즉시 반응이 나타났다. 둘 다 깜짝 놀라 몸에 힘이 들어갔다. 그와 동시에 둘 다 매우 반가워했다.

"누나는 아는구나, 그렇지?"

"내 이야기부터 먼저 할게."

윤태희는 안진후의 말을 막고, 오늘 자신에게 벌어진 일을 설명했다. 평소와 달리 설명은 중구난방이었다. 감정에 중점을 두면 논리를 유지하기가 매우 어려워진다.

안진후도, 김현도 윤태희의 이야기를 잠자코 듣기만 했다. 끼어들어 판단을 내리지 않았다.

"이 누나가 미친 사람처럼 보일 수도 있겠지만, 아무튼 내

말은 모두 사실이야."

안진후와 김현은 서로를 쳐다봤다.

"누난 미치지 않았어."

김현이 말했다.

"난 들을 준비가 됐어, 뭐든지. 그러니까 이게 대체 어떻게 된 일인지 설명해 봐."

윤태희는 김현을 쳐다봤다.

김현과 안진후는 번갈아 가면서 처음 이런 현상이 벌어진 순간부터 지금까지 있었던 사건을 숨기지 않고 말했다. 최영우 교수의 싱크 이론, 정신병원에 숨어 있는 문용필 이야기도 빠뜨리지 않았다. 어제 콤포 막스와 콤포 마구스가 현실에 나타나 공원에서 사람들을 공격한 사건은 마지막에 설명했다.

윤태희는 거대한 사건의 일부가 된 느낌을 받았다.

김현의 말이 옳았다. 자신은 미친 게 아니었다. 그처럼 뛰어난 과학자가 주장할 만한 이론이라면 어느 정도 신빙성이 있을 것이다. 그리고 그 교수가 추천한 인물이 스스로 정신병원에 자신을 가둔 사람이라면 직접 찾아가서 만날 가치가 있을 터였다.

당장 할 일이 생겼다. 일단 최영우 교수와 문용필을 만난다. 그다음에 공원으로 가서 직접 눈으로 확인하고, 가능하다면 출동했던 경찰관 등 관련자에게서 사건 경위를 듣는다.

"현아, 바쁘니?"

"아니요. 당분간은 페플에 들어가지 않을 생각이라서요."

김현은 진지했다.

"그러면 내게 시간을 줄 수 있겠네."

"가능해요."

"나도."

안진후였다.

"그래, 같이 움직이자. 근데, 경호원은? 철수한 거니?"

몸을 일으키면서 윤태희가 물었다.

안진후가 씩 웃었다.

그 생각을 읽은 윤태희는 닫힌 방문을 쳐다봤다. 그 안에 경호원이 정신을 잃은 채 누워 있을 것이다. 안진후를 담당하게 된 경호원을 잠시 불쌍히 여긴 윤태희는 김현의 손을 잡고 밖으로 나갔다.

포클레인이 정원에서 커다란 디딤돌을 파내고 있었다. 아담했던 정원은 공사 인부와 각종 기계로 북적거렸고, 한쪽에는 공사 자재가 산처럼 쌓여 있었다.

윤태희는 김현과 함께 안진후를 쳐다봤다.

안진후는 눈을 믿을 수 없었다.

"기다려. 내가 알아볼 테니까."

호기롭게 공사 현장감독에게로 걸어가는 안진후.

김현의 손목을 가볍게 잡고 있던 윤태희는 이 시끄러운 소음에서도 느껴지는 기이한 고요에 마음이 편안했다.

"왜 네 손을 잡으면 사람들의 생각이 들리지 않을까?"

"……글쎄요."

윤태희와 달리 김현의 얼굴은 불편해 보였다. 표정은 딱딱했고, 뺨은 경직되어 있었다.

윤태희는 김현이 무슨 생각을 하는지 궁금했다. 그러나 곧 얼마나 황당한 생각인지 깨달았다. 다른 사람들의 생각이 저절로 파고드는 게 얼마나 고통스러운지 알고 이제 겨우 그 소음에서 벗어날 수 있는 방법을 찾아냈는데, 다시 누군가의 마음을 알고 싶어 하다니.

안진후가 돌아왔다. 무거운 눈빛이어서 윤태희는 이곳에 더 이상 최영우라는 사람이 살지 않는다고 확신했다. 어쩌면 처음부터 최영우 교수라는 사람은 없었을지도 모른다.

"집을 팔고 이사 갔대. 어디로 갔는지는 알 수 없고."

"최영우 교수가 여기 살았던 건 확실해?"

윤태희가 물었다.

"정말이라니까!"

버럭 소리를 지르는 안진후.

"문용필을 만나러 가자."

싱크

김현이었다.

"너도 날 못 믿어?"

"만약 공원에서 벌어진 사건을 누군가가 은폐하고 있다면, 최영우 교수님을 데려간 것도 그들일지 몰라. 다음 차례는 문용필이겠지."

김현은 차분했다.

"아!"

"서두르자."

"그래."

안진후는 먼저 자동차를 향해 달렸다. 뒷좌석에 탄 그는 어서 오라고 손짓으로 재촉했다.

윤태희는 운전석에 앉기 위해 잠시 김현으로부터 떨어져야 했다. 사방에서 파도처럼 밀려드는 사람들의 생각으로 목과 어깨에 힘이 들어갔다. 조수석에 올라탄 김현이 내민 손을 잡자, 밀물처럼 몰려들던 소음은 순식간에 사라졌다.

"누나, 흑심이 있는 건 아니지?"

안진후가 뒤에서 물었다.

"흑심이라니?"

"김현은 내 친구야. 누나랑은 아홉 살 차이라고."

"아, 그런 이야기였어? 요즘 아홉 살은 아무것도 아니라잖아. 띠동갑하고도 잘만 결혼하는데 뭘."

"……진짜야?"

"농담이야, 농담."

장난스럽게 대답했지만 만약 이 텔레파시 비슷한 현상이 유지된다면, 김현 외에는 침묵을 얻을 방법이 없다면, 흑심이든 아니든 김현 옆을 벗어나지 못할 것이다.

시동을 건 윤태희가 차를 몰았다. 목적지는 문용필이 숨어 있는 정신병원이었다.

커넥터 밖으로 나온 박용준은 평소처럼 짜증을 억눌렀지만 점점 뜨거운 기운이 몸 밖으로 튀어나올 것만 같았다.

콤포 무리를 성공적으로 무찌르고 버려진 드워프 도시 네후령 중심부에 다다랐건만, 노바디와 벨란데르는 며칠째 접속하지 않았다.

참다못해서 메시지를 보냈다. 오래지 않아 답장이 왔는데, 사정이 생겨서 당분간 페플에 들어오지 못한다는 내용이었다. 노바디뿐 아니라 벨란데르도 마찬가지였다.

두 사람이 각별하다는 점은 이미 알고 있었다. 노바디와 벨란데르는 함께 지하 깊은 곳까지 내려올 만큼 잘 아는 사이였다. 그에 비해 자신은 투월령에서 우연히 함께하게 된 사람일 뿐이었다. 그러니 갑자기 페플에 호기심이 떨어져, 혹은 다른 일에 관심이 생긴다고 해도 자세한 이야기를 알릴 이유는 없다.

이래서 게이머들과는 아예 관계를 만들지 않으려 했다.

투월령의 드워프 사형들, 사저와 사매는 언제 들어가도 만날 수 있었다. 그들이 아무리 바마퉁을 무시해도 멋대로 접속을 끊고 나타나지 않는 게이머들보다는 백배 나았다.

바마퉁은 어젯밤 옛 궁전 입구에 도착했다. 용기를 내어 들어갔지만 거기 설치된 함정에 빠져 곧 목숨을 잃었다. 혼자서는 통과하기 어려운 곳이었다. 그들의 도움이 절실했다.

"왜 들어오지 않는 거지? 사정이란 게 뭘까?"

박용준은 침대에 걸터앉아 생각하고 또 생각했다. 고민할수록 부정적인 상상이 날개를 펼쳤다.

페플이 아니라 현실의 삶에서 더 큰 기쁨을 찾았는지도 모른다. 여자 친구가 생겼을까? 그러면 꽤 오랫동안 페플 접속을 하지 않을 수도 있다.

"넌 어떻게 생각해?"

박용준은 허공을 쳐다보며 물었다.

빛의 안개처럼 퍼져 있던 추영은 둘로 나뉘어 노바디와 벨란데르의 얼굴을 만들었다. 둘 다 활짝 웃고 있었다.

"넌 그 애들을 믿는구나. 난 잘 모르겠어."

박용준은 벨란데르가 한 말을 잊을 수 없었다. 벨란데르는 나중에 미안하다고…… 잠재력을 끌어내기 위해서 일부러 그런 말을 했다면서 사과했지만, 가슴 깊이 새겨진 상처는 쉽게 사라지지 않았다.

　－널 낳은 엄마가 불쌍하다.

　박용준은 한숨을 내쉬었다. 그 말이 머릿속 깊이 박혀 도무지 잊히지 않는 이유는…… 바로 진실이기 때문이다.
　오랫동안 아들을 정신병원에 가둔 엄마를 미워하고 그 감정을 증오로 키웠지만, 단 한 번도 이런 아들로 인해 엄마가 불쌍하다는 생각을 해 보진 않았다.
　'만약 김현이 여기 있다면 어떻게 했을까? 나처럼 가만히 환자처럼 여기 처박혀 있었을까?'
　박용준은 아니라는 사실을 잘 알았다.
　김현은 이곳을 빠져나갈 방법을 찾아낼 뿐 아니라, 자신은 물론 엄마까지 불행하게 만든 장본인을 어떻게든 응징했을 것이다. 벨란데르도, 좀 덜렁거리는 면이 있지만 그래도 그 성격으로 볼 때 잠자코 있을 사람은 아니었다.
　기가 죽은 박용준은 침대에 누웠다. 김현 덕분에 추영에게서 추억이라는 새로운 변화를 얻었다. 벨란데르 덕분에 어마어마한 분노가 들끓으면 추영이 거대한 토네이도가 될 수 있다는 사실도 알게 되었다.
　문제는 스스로 해낸 일이 아니라는 점이었다. 도움을 받지 않았다면 영영 그 우울한 상태에서 벗어나지 못했을 것이다.

"뭐, 지금도 그리 다르진 않지만."

두 사람이 영영 페플에 접속을 하지 않는다면, 페플로 들어온다고 해도 새로운 계정을 만든다면 두 번 다시 만나지 못할 것이다. 그러면 옛날처럼 혼자, 외롭게 지내야 할 것이다.

추영이 바람이 되어 어깨를 스치며 지나갔다. 마치 넌 혼자가 아니라고 말하는 것처럼.

"고마워."

박용준이 애써 웃었다.

그 말에 추영은 수십 마리의 나비가 되어 방을 날아다녔다. 샛노란 나비, 하얀 나비 등 종류도 다양했다.

"그래, 나가자."

박용준은 복도로 나갔다.

자신을 나비들이 둘러싸고 있음에도 의사, 간호사들 눈에는 보이지 않는 모양이었다. 대신 맞은편 병동에 있던 진짜로 미친 사람들 중 일부가 손가락으로 이쪽을 가리키며 '나비!'라고 소리쳤다.

ㄷ 형태로 세워진 건물의 중앙은 정원으로 꾸며져 있었다.

꽃망울이 가지마다 그득한 벚나무 아래 벤치에 앉은 박용준은 햇빛을 받아서 영롱하게 반짝이는 나비들을 바라보았다. 외롭다는 생각은 사라졌다. 노바디, 벨란데르가 나타나지 않아도, 추영은 여기서도…… 페플에서도…… 항상 함께한다. 그러니 무엇이든 해낼 수 있을 것이다.

추영은 날개 형태로 바뀌었다. 추익처럼 박용준의 어깨 양쪽으로 뻗어 나갔지만, 실체를 지니지는 못했다. 페플에서처럼 날아오를 수 있다면 저 높이 올라가 캐러멜처럼 작아진 이 병원을 내려다보며 호탕하게 웃을 수 있을 텐데.

그때, 박용준은 병원 입구로 들어서는 두 사람을 발견했다. 투월령의 지하 감옥에 갑자기 나타났다가 사라졌던 그 고등학생들이었다.

"김현?"

소심해서 어떻게 외모와 복장을 바꿀 수 있는지 물어보지 못했지만, 박용준은 둘 중 눈매가 예리한 쪽이 벨란데르, 왠지 모르게 고요한 분위기를 풍기는 쪽이 노바디, 즉 김현이라고 확신하고 있었다.

김현은 눈에 확 띄는 미인 옆에 서 있었는데, 옷차림으로 봐서 적어도 20대 중반이었다. 팔짱을 낀 자세를 보면 누나라기보다는 연인 같았다.

박용준은 벤치에서 일어나 벚나무 뒤로 몸을 숨겼다. 두 사람은 안내 데스크 쪽으로 걸어갔다.

'날 만나러 온 건가? 아니야, 내가 여기 있는 걸 어떻게 알 수 있겠어? 그건 아닐 거야.'

박용준은 천천히 크게 우회해서 두 사람이 있는 곳으로 다가갔다. 멀리서 지켜보고 싶은 마음과 가까운 곳까지 가서 왜 페플 접속을 하지 않는지 그 이유를 알아내고 싶은 갈망

싱크

중 후자가 훨씬 강했다.

안내 데스크에서 이야기를 주고받던 그들이 병원 밖으로 나가자, 박용준이 다가가서 물었다. 왜 찾아왔는지 알아내기 위해서였다.

"닌자를 찾던데."

"닌자요?"

박용준은 깜짝 놀랐다. 닌자 아저씨가 왜 여기서 튀어나올까? 이 병원에서 가장 신기한 사람을 김현은 왜 만나려 할까?

요즘 닌자 아저씨는 아예 보이지 않았다. 간호사들은 닌자가 탈출했다고 속닥거렸다. 그러나 따로 조치를 취하지는 않았다. 거액의 돈을 내고 스스로 병원에 들어온 사람이어서 걸어 나간다고 해서 위험할 일은 없었던 것이다.

고개를 갸웃거리며 돌아선 박용준은 그 자리에서 굳었다. 바로 앞에 김현이 서 있었다. 왼쪽에는 멀리서 볼 때보다 훨씬 예쁜 여자가 서 있고, 오른쪽에는 벨란데르가 실실 웃으며 그를 쳐다보고 있었다.

"네가 바마퉁이었어?"

벨란데르가 물었다.

박용준은 달아나고 싶었다. 두 사람에게서 그 이유를 알아내고 싶은 감정보다 안전한 곳을 찾아서 피하려는 본능이 더 컸다. 달아나려고…… 서둘러 움직이려는 순간, 그 여자가 말했다.

"이 녀석들이 갑자기 페플에 접속하지 않는 이유, 궁금하지 않니?"

얼굴만큼 매혹적인 목소리에 박용준은 완전히 빠져들었다. 갑자기 그 이유가 미치도록 알고 싶어졌다.

면회 절차를 밟도록 도운 박용준은 면회실로 그들을 데려갔다. 가면서도 그 여자에게서 눈을 뗄 수가 없었다. 마치 천사 같았다.

면회실 한쪽에 자리를 잡은 네 사람.

처음엔 누구도 입을 열지 않았다.

박용준은 어색해서 방으로 돌아가고 싶었지만 김현 옆에 앉아 있는 그 여자 때문에 가만히 앉아 있었다.

"날개, 멋지다."

김현이 말했다.

"……보여?"

박용준은 깜짝 놀랐다.

"그럼, 잘 보이지. 조금만 힘이 생기면 너 날아다닐 수도 있겠다."

"벨란데르, 맞지?"

"안진후야."

"아, 난 박용준이야."

박용준은 추영을 보는 사람이 갑자기 둘이나 나타나 버려 제정신이 아니었다. 그동안은 진짜로 정신에 문제가 생겨서 추영을 보고 있는지도 모른다고 여러 번 생각했다.

"넌 제정신이야. 그리고 난 윤태희라고 해."

"……누나도 보여요?"

"그 찬란한 날개를 못 보는 사람들, 얼마나 불쌍한지 모르겠어."

그 말에 박용준은 공중으로 둥실 떠오르는 기분이었다.

"넌 여기 왜 있는 거야? 여기서 페플에 접속했던 거야? 요즘 정신병원엔 그런 시설도 있어?"

안진후가 물었다.

박용준은 그 어느 것 하나 제대로 답할 수 없었다. 은밀한 비밀을 꼭 숨기려는 건 아니지만, 어떻게 풀어서 설명해야 할지 엄두가 나지 않았다.

아버지의 명령으로 여기 갇힌 일을 누가 이해할 수 있을까? 나약한 엄마가 매주 도시락을 싸들고 찾아오지만, 아들은 결코 이곳을 벗어날 수 없다는 사실에 겁을 먹고 피해 버린다는 속사정을 어떻게 설명할까?

그때, 윤태희가 눈물을 뚝뚝 흘렸다. 그리고 다가와 박용준을 부드럽게 안아 주었다.

박용준은 아무 말도 못 했다. 너무나 따뜻했다. 천사의 품이 이럴 것 같았다. 눈물이 왈칵 쏟아졌다. 어깨가 들썩거렸다. 울음이 터져 나왔다. 오랫동안 참았던 감정이 한꺼번에 흘러나오고 있었다.

안진후가 어깨를 추켜올리며 김현을 쳐다봤다.

김현은 가만히 박용준과 윤태희를 지켜볼 뿐 아무 말도 하지 않았다.

한참이 지나서야 박용준의 울음이 멎었다. 김현이 가져온 휴지로 눈물, 콧물을 닦은 박용준은 윤태희를 보지도 못하고 말했다.

"……죄송해요."

"아니, 넌 잘못한 게 없어."

"아무리 그래도 오늘 처음 봤는데…… 정말 죄송해요."

"넌 참 대단한 아이야. 어쩌면 여기 두 녀석들보다도 말이야."

윤태희는 김현, 안진후를 힐끔 쳐다보며 말했다.

박용준은 입을 쩍 벌렸다. 다른 사람도 아닌, 김현과 안진후보다 더 대단하다는 칭찬을 저 천사 같은 사람에게서 듣다니. 꿈이 아닐까 싶어서 뺨을 꼬집었다.

윤태희가 깔깔 웃었다.

잠시 후, 김현이 입을 열었다.

"이제 이야기를 해도 될까요?"

"그래도 될 것 같아."

윤태희가 답했다.

김현은 안진후를 쳐다봤다. 이 순간을 기다리고 있던 안진후는 싱크 현상부터 설명했다. 박용준은 이해할 수 없다는 표정을 지었지만, 안진후는 같은 내용을 다른 방식으로 반복해서 들려주었다. 곧 박용준의 눈빛이 세차게 흔들렸다.

"마, 말도 안 돼."

그 반응에 안진후는 씩 웃었다. 이해했다는 증거였다. 누구라도 같은 반응을 보일 것이다.

다음으로 넘어가서, 이곳에 닌자라는 별명으로 있던 문용필에 대해서도 알려 주었다.

"……닌자 아저씨는 추영을 알고 있었어."

박용준이 중얼거렸다.

안진후는 김현이 페플에서 현실로, 현실에서 페플로 물건을 옮길 줄 안다고 말한 다음, 어제 공원에서 벌어진 사건을 설명했다. 박용준의 눈은 부풀어 올랐고, 입은 찢어지지 않을까 싶을 만큼 벌어졌다.

"그, 그런 일이 있었다면 여, 여기 사람들도 그 이야기를 온종일 했을 거야."

"뉴스엔 안 나왔어. 그 광경을 찍은 핸드폰이 수십 대인데도 인터넷에조차 사진 한 장 올라오지 않았어."

"어, 어떻게 그럴 수 있어?"

"그게 문제야, 앞으로 알아내야 할."

설명을 끝낸 안진후가 김현을 쳐다봤다.

"우린 중요한 내용을 알고 싶어서 여기로 온 거야. 바로 문용필 아저씨를 만나려고. 널 여기서 본 건, 정말이지 우연이었어."

김현이었다.

"어떻게 알았어?"

"이 누나 덕분에."

"누나가요?"

박용준은 윤태희를 쳐다봤다.

"생각을 읽을 줄 알아. 텔레파시 능력이 있다고나 할까."

안진후였다.

놀란 박용준의 얼굴이 붉게 물들었다. 생각을 읽는다면 아까 처음 봤을 때부터 느낀 감정과 천사 같다는 마음까지 모두 다 안다는 뜻이다.

"왜 그래?"

안진후가 물었다.

박용준은 아무 말도 못 했다.

윤태희만 활짝 웃을 뿐이었다.

싱크

봄바람

돌 냄비에서 보글보글 된장국이 끓었고 김치는 아삭아삭
해서 씹기만 해도 침이 입안에 고일 듯했으며 노란 계란말이
는 부드럽고 고소한 맛을 머금고 있었지만, 입맛을 잃은 김
현에겐 모래를 씹는 것처럼 식사가 힘든 일이 되고 말았다.

"어디 아프니?"

염려가 깃든 엄마의 목소리.

"조금 피곤해서."

"요즘 계속 페플에 집중했으니 그럴 만도 해. 좀 쉬엄쉬엄
해라."

"당분간은 쉬려구."

"생각 잘했다."

엄마는 아들을 바라보았다. 그냥 피곤한 게 아니라는 사실을 알아차렸지만 모른 척했다. 아들은 옆구리를 찌른다고 해서 속내를 털어놓을 만큼 쉬운 아이가 아니었다.

화제를 다른 쪽으로 돌리기 위해 엄마는 무슨 이야기를 할까 잠시 고민했다.

김현이 먼저 입을 열었다.

"진후가 놀러 오라는데, 갔다가 내일 와도 될까?"

불안과 망설임이 감정에 섞여 있었다.

엄마는 아들에게 고민거리가 있음을 직감했지만, 그래서 무슨 일인지 무척이나 궁금했지만, 파고들지 않기로 마음먹었다. 쉽지 않은 결정이었다.

"그렇게 해."

"엄마, 고마워."

"진후에게 언제 한번 놀러 오라고 전해 주렴."

"알았어."

김현은 희미하게 웃었다. 안간힘을 다한 미소였다.

"엄마도 오늘은 갈 데가 있어."

"어디?"

김현은 아직도 뜨거운 된장찌개를 맛보며 물었다.

"학교에서 조금 친해진 동료 교사가 있는데, 동생이 교통사고를 당했어. 꽤 큰 사고라서 뉴스로도 나왔어."

"혹시 경찰 특공대?"

얼굴이 하얗게 질린 김현이 조심스럽게 물었다.

"너도 아는구나. 안타까운 일이지. 노후된 차량에 문제가 생겨 그런 사고를 당했다니, 앞으로는 그런 일이 없도록 누군가가 나서서 예산도 지원하고 시스템을 바꿔야 하는데, 그때만 관심이 집중되었다가 시간이 흐르면 흐지부지되는 이 나라에서 과연 그런 변화가 가능할지 모르겠다."

김현은 숟가락을 내려놓았다. 더 이상 먹을 수가 없었다.

경찰 특공대는 교통사고로 죽은 게 아니다. 페플에서 이곳으로 튀어나온 콤포 막스, 콤포 마구스를 상대하다가 목숨을 잃었다. 왜 뉴스가 진실을 숨기고 거짓을 퍼트리는지 이해할 수가 없었다.

"괜찮니?"

"속이 좀 안 좋아서."

"그럼, 들어가서 쉬어."

"산책 나갔다가 진후 집으로 갈게."

"그래."

엄마는 얇은 점퍼를 손에 들고 현관문으로 나가는 아들을 살폈다. 경찰 특공대 사고 소식을 들은 아들의 분위기가 심상찮았다. 혹시 김현이 아는 사람 중에 그 경찰 특공대원의 가족이 있을까? 엄마는 그럴지도 모른다고 생각했다.

엄마는 아들이 좁은 방에서 관계를 모조리 끊고 지내다가 복잡한 세상으로 나왔으니 충격도 그만큼 크다는 사실을 잊지 않으려 애를 썼다. 나서서 아들이 상처를 입지 않도록 막고 보살필 수도 있지만, 그러면 아들은 새장에 갇힌 카나리아 신세가 되고 말 것이다. 힘이 들고, 때로는 넘어져도 자기 힘으로 겪어야 세상을 알 수 있을 것이다.

지금 자신이 해야 할 일은 아들을 신뢰하는 것이다. 김현이 스스로 어려움을 극복하리라 믿어 의심치 않고, 평소처럼 생활하는 것이다.

엄마는 식사를 끝낸 다음, 장례식장으로 가기 위해 서둘렀다.

아직 공원은 어둠보다는 빛이 우월한 세계였다.

김현은 노랗게 변한 잔디 위에 섰다. 콤포 마구스에게 다가가기 위해서, 기령환에 진기를 채우기 위해서 무극심법의 타각을 연이어 펼친 증거는 그대로였다.

물론 다른 설명도 가능할 것이다. 지하에 매설된 수도관에서 뿜어져 나온 물 때문에 잔디가 상한 이유를 식물학 전문가가 멋지고 세세하게 알려 줄지도 모른다. 공원을 설계하는데 참가한 도시계획 관련 교수는 다른 관점에서 접근할 수도 있다.

그 엄청난 사건이 벌어진 이 장소는 산책을 나온 노부부,

데이트를 즐기는 연인, 강아지를 데리고 나온 아주머니 등으로 북적거렸다. 봄 내음으로 가득한 공원은 멀리 가지 않아도 자연의 상쾌한 분위기를 즐길 수 있는 공간이었다.

김현은 그 벤치로 가서 앉았다. 소나무 특유의 쌉싸름하면서도 시원한 향이 코로 스며들었다.

혼자 이 공원에 왔다는 사실을 안진후가 안다면 벌컥 화를 낼 것이다. 진실을 숨기는 놈들이 김현을 보면 가만두지 않을 거라고, 납치할 가능성이 매우 높다고 안진후는 확신했다.

김현은 바로 그들을 보기 위해서 이곳에 나왔다. 왜 진실을 묻고 있는지, 그들이 무엇을 알고 있는지, 싱크 현상의 의미가 무엇인지 하나도 빼놓지 않고 알아보기 위해서 여기로 온 것이다.

공원은 복구공사 구역만 제외하면 평소와 다를 바 없었다. 김현은 그 때문에 더 화가 났다. 이곳은 평범과 일상으로 가득 차 있었다.

관리소에서 일하던 그 노인이 죽었다.

콤포 막스가 죽은 줄 알고 다가왔던 그 고등학생도 목숨을 잃었다.

경찰 특공대원들도 한꺼번에 사망했다.

수십 명이 죽고 크게 다친 이 사건은 교통사고나 추락사 등 다양하지만 관심을 끌지 않는 사고로 축소되고 위장되었다. 그 많은 목격자들 중 한 명도 나서지 않았다. 핸드폰으로 찍었을 사진과 동영상 역시 인터넷에서 흔적도 찾을 수 없었다.

대체 무슨 일이 벌어지고 있는 것일까?

참을 수 없는 분노에 휩싸인 김현은 그 자리에서 페플로 접속했다. 벤치에 있던 몸이 흐릿해지는 순간, 김현은 페플로 이동했다. 커넥터 없는 접속에는 대기실도, 익숙한 섬광도 없었다.

토네이도가 휩쓴 지하 도시 네후령은 폐허로 변해 있었다.

김현은 벽이 부서져 내부가 고스란히 노출된 채 힘없이 서있는 건물을 올려다보았다. 건물들은 맹수의 공격을 받아 피부가 뜯겨 새하얀 갈비뼈와 검붉은 내장이 드러난 초식동물의 사체 같았다.

살짝 밀기만 해도 붕괴되어 흙먼지를 날리며 쑥밭이 되고말, 죽은 건물에서 김현은 눈을 뗄 수가 없었다. 한참 동안 쳐다본 후에야 그 이유를 깨달았다.

'저건…… 나야.'

눈물이 왈칵 쏟아질 뻔했다.

꽉 움켜쥔 오른손에서 단단한 자루가 느껴졌다. 사라겐의 수부가 손에 쥐여 있었다.

김현은 충동적으로 소리쳤다.

"나와!"

목소리는 거대한 공동묘지의 비석처럼 힘없이 서 있는 건물들 사이로 퍼져 나갔고, 곧 수십 개의 메아리로 돌아왔다.

"나오라니까!"

김현은 도저히 참을 수 없었다. 공중으로 뛰어올라 건물의 외벽을 손도끼로 찍었다.

수라부월공의 절초 동령고송의 위력이 벽을 때리자, 안 그래도 충격을 받아서 약해진 건물은 쩍쩍 금이 갔다.

착지한 김현은 그 건물이 셋으로 갈라지며 쓰러지는 광경을 볼 수 있었다. 곧 세 개의 도미노가 토네이도에서 겨우 살아남은 건물들 사이로 퍼져 나갔다. 수십 개의 건물들이 연이어 무너지자 거대한 먼지구름이 피어올랐다.

짙은 회색의 안개가 지하 도시를 덮기 시작했다.

발소리가 들렸다. 저벅저벅, 수백 개의 소리가 질서 정연하게 다가오고 있었다. 그 불길한 소리는 사방에서 들렸다.

회색 어둠을 뚫고 놈들이 나타났다. 셀 수도 없을 만큼 많은 콤포들이었다. 그들 뒤로 쿵쿵 소리를 내며 콤포 막스가 걸어오고 있었다. 김현은 회색 안개 너머 어딘가에 콤포 마구스도 있다고 확신했다.

왼손으로 얼굴을 더듬었다. 곰 인형 특유의 동그랗고 보송보송한 피부가 아니었다. 땀이 흘러내려 끈적거리는 뺨은 가끔 경련으로 떨렸다.

김현은 입고 있는 옷을 살폈다. 벚꽃 구경에나 어울리는 봄옷이었다. 오랫동안 신지 않아서 새것 같은 나이키 운동화를 보니, 이곳이 페플인지 현실인지 헷갈렸다.

"상관없어."

김현은 앞으로 달리면서 중얼거렸다.

공중으로 뛰어오른 김현이 사라젠의 수부를 휘두르자, 손도끼에 찍힌 콤포는 둘로 쪼개졌고 그 주변에 있던 콤포 수십 마리가 돌풍에 밀려 뒤로 쓰러졌다.

김현은 깜짝 놀랐다. 콕핏형 커넥터를 통해 접속했을 때보다 몇 배나 강해진 느낌이었다.

화살이 비처럼 쏟아졌다.

김현은 수라부월공 불동이경을 펼쳤다. 화살이 하나라도 통과하여 가슴을 꿰뚫으면 죽는다는 생각 때문인지, 손도끼가 만들어 낸 방어막인 부막은 완벽에 가까웠다. 수백 대나 되는 화살 모두가 부막에 닿자마자 부러지거나 튕겨 나갔다.

김현은 부막을 유지한 채 놈들 사이로 뛰어들었다. 부막은 맹렬한 소용돌이처럼 콤포를 휘감았다가 조각내며 흩어 버렸다. 회전이 빨라질수록 부막에 휘말렸다가 산산조각 나는 콤포의 수가 늘어났고, 김현이 지나간 자리에 우수수 콤포의 사체가 쌓였다.

콤포 막스가 거대한 해머를 위로 들었다가 부막을 펼친 김현의 정수리를 향해 내리쳤다.

김현은 회전의 속도를 줄이면서 자연스럽게 자세를 낮추었다. 불동이경은 비어초목으로 바뀌었다. 힘을 품어 예리하게 빛나는 사라겐의 수부는 콤포 막스의 발목을 싹둑 잘랐다. 콤포 막스가 뒤로 넘어가며 열 마리 남짓 콤포들을 깔아 뭉갰다.

그때, 무언가 날아왔다.

김현은 미리 알아채고 옆으로 몸을 날렸다. 김현 뒤로 살금살금 다가오던 콤포들을 투명한 그물이 덮었다. 콤포 마구스의 마법 테누룸이었다. 보이지 않는 그물에 닿은 콤포들은 마치 염산에 닿은 가죽처럼 거품을 내며 녹아내렸다.

사방에서 테누룸이 날아들었다.

김현은 이리 뛰고 저리 뛰며 피했다. 분노는 더 이상 느껴지지 않았다. 살아 있다는 느낌, 싸움으로 인한 쾌감이 김현을 가득 채웠다. 김현은 콤포의 피를 뒤집어쓴 채로 웃고 있었다.

웃음은 점점 커졌다. 테누룸이 몸을 스치고 지나가며 예리한 상처를 남기자 김현은 발작적으로 웃었다. 치아는 물론 목젖까지 다 보였다.

김현은 앞을 가로막는 것은 무엇이든 손도끼로 찍었다.

생각할 필요도 없이 수라부월공이 펼쳐졌다. 손도끼를 휘두르기 힘든 상황에서는 천무삼권이 자연스럽게 흘러나왔다. 초식은 몸으로 깊이 스며들었고, 필요할 때마다 샘이 솟아나듯 몸 밖으로 빠져나왔다.

수백 마리나 되는 콤포를 죽인 후에야 김현은 자기가 무엇을 하고 있는지 깨달았다.

춤을 추고 있었다.

죽음의 춤이자 분노의 춤이었다.

김현은 콤포 막스와 콤포 마구스가 저절로 세상의 경계를 뚫고 현실로 나왔다고 생각하지 않았다. 누군가 의도를 가지고 몬스터를 현실로 보낸 것이다. 근거는 없다. 필요하다고 생각하지도 않는다. 때로는 확신만으로도 충분하니까.

"나와, 빌어먹을 새끼야!"

쿵, 김현이 발을 굴렀다.

반경 30미터나 되는 공간이 기이한 진동으로 흔들렸다. 가까이 서 있던 콤포는 모조리 거품을 물며 쓰러졌고, 비교적 멀리 있던 놈들은 그 자리에 얼어붙었다. 스턴 상태가 된 것이다.

그 범위 밖에 있던 콤포 마구스는 그 위력에 몸을 떨었다.

그러나 꾸역꾸역, 콤포 놈들은 공포도 잊은 채 몰려들었다. 해안으로 밀려드는 파도 너머에 수백 개의 파도가 있듯, 김현은 네후령을 가득 채운 것만 같은 콤포들을 보며 기쁨과 피곤을 동시에 느꼈다.

타각을 펼칠 때마다 가까이 있던 건물이 요란한 소리를 내며 무너지고 수백 마리의 콤포가 죽었지만, 몰려드는 콤포의 수가 더 많았다. 끝도 없이 놈들이 달려들고 있었다.

사라겐의 수부를 맹렬하게 휘두른 김현은 숨을 헐떡거렸

다. 콤포들은 거대한 도넛 형태로 김현을 포위하고 있었다.

콤포 렉스는 이미 죽었다. 또 다른 콤포 렉스가 저 어딘가
에 있을까? 그놈이 현실로 콤포 막스, 콤포 마구스를 보냈을
까? 그놈을 죽이면 두 번 다시 그런 일이 벌어지지 않을까?

과연 그렇게 될까?

무언가에게 분풀이를 해야 직성이 풀릴 것 같은 감정은 이
미 사라진 지 오래였다. 전투의 쾌감보다 피곤의 고달픔이
커지자 김현은 더 이상 싸우고 싶지 않았다. 그래서 정신을
집중하고 이 세계에서 벗어나 현실로 나가려고 애를 썼다.

김현은 당황했다.

나갈 수가 없었다.

마치 문이 닫히고 자물쇠가 채워진 느낌이었다.

콤포들이 검, 도끼, 창을 앞세우고 달려들었다. 뒤쪽에서
는 콤포 막스가 포효하며 돌진했다. 저 멀리 있는 콤포 마구
스들은 준비를 마치고 테누룸을 쏘기 직전이었다.

그 순간, 김현은 타는 것처럼 뜨거운 시선을 느끼고 몸을
돌렸다. 저 멀리 종탑 위에 누군가가 서 있었다. 붉은 옷을
입은 사람은 검붉은 머리카락을 나부끼고 있었다.

'그 여신관이다!'

김현은 투월령의 불꽃망치 드워프 일족을 다스리는 국왕
에게 불길한 신탁을 들려줘 푼둠형으로 몰고 간 장본인을 떠
올렸다.

저 여신관이 왜 여기 있을까?

여신관이 오른손을 들어 보였다. 가운뎃손가락에 눈에 익은 반지가 끼워져 있었다. 큼지막한 자주색 보석이 달린 지배의 반지 도미니움! 바로 콤포 렉스의 손가락에 있던 반지와 같은 것이었다.

저 여신관이 배후였다! 저 여신관이 콤포 막스와 콤포 마구스를 현실로 보냈다! 저 여신관 때문에 그 많은 사람들이 목숨을 잃었다!

"아아악!"

김현은 소리를 지르며 앞으로 달렸다.

김현은 한 걸음 내디딜 때마다 타각을 펼쳤다. 쿵, 쿵, 꽝음이 들릴 때마다 먼지구름이 피어올랐고, 수백 마리의 콤포가 쓰러져 죽거나 스턴 상태가 된 상태로 뒤이어 날아든 사라겐의 수부에 찍혔다.

여신관이 붉은 옷을 휘날리며 아래로 뛰어내렸다.

거리가 줄어들었다.

김현은 여신관의 입가에 밴 미소를 보았다. 맨손으로 찢어 버리고 싶은 얼굴이었다.

여신관은 달려오는 김현을 바라보면서 손만 뻗어 곁에 있는 콤포 한 마리를 들어 올렸다. 여신관은 그 콤포의 목에 이빨을 박아 넣으면서도 김현에게서 시선을 떼지 않았다. 피와 생명력을 온전히 빨아 먹자 콤포는 쪼그라들어 미라로 변했다.

여신관은 그 말라서 비틀어진 콤포 사체를 뒤로 던지며 소맷자락으로 우아하게 입가를 닦았다.

여신관을 노려보며 고함을 지른 김현은 손도끼를 던졌다.

엄청난 속도로 날아가며 콤포 머리 수십 개를 공중으로 띄워 올린 사라젠의 수부가 여신관의 목을 노렸다. 그러나 어깨를 타고 나타난 검은 뱀이 사라젠의 수부를 간단히 휘감았다.

김현은 있는 힘을 다해 타각을 펼쳤다.

쿵.

땅을 울리며 다가간 진동이 여신관을 덮치기 직전, 여신관은 빙긋 웃으며 가볍게 한 걸음 내디뎠다. 아무런 소리도 들리지 않았고 먼지 한 톨 솟아오르지 않았지만, 타각의 진동은 깨끗이 사라졌다.

김현은 할 말을 잃었다.

"현자님, 세상은 넓답니다."

여신관이 혀로 입술을 핥았다.

김현은 다시 한 번 타각으로 땅을 울렸지만 결과는 마찬가지였다. 무릎이 후들거리는 김현에 비해 여신관은 배시시 웃을 만큼 여유로웠다.

김현은 앞으로 다가가며 천무삼권을 펼쳤다. 중위경근의 원리로 뻗은 주먹이 가슴에 이르렀는데도 여신관은 피할 생각조차 하지 않았다. 주먹이 가슴을 치는 순간, 어마어마한 반탄력에 김현은 뒤로 튕겨 나갔다.

거의 20미터를 뒹군 후에야 몸을 일으킨 김현은 여신관을 찾았지만 보이지 않았다. 혹시나 해서 돌아섰더니, 여신관이 활짝 웃으며 거기 서 있었다.

김현은 놀라며 뒤로 물러섰다.

"현자님, 의외로 약하시네요."

여신관은 그 말이 끝나기도 전에 다가와 하얗고 가느다란 손가락으로 김현의 가슴을 찔렀다.

손가락 끝이 명치에 닿는 순간, 덤프트럭에 정면으로 치인 것처럼 김현은 뒤로 튕겨 나갔다. 이번에는 일어설 힘조차 없었다.

입안 가득 피가 고였다.

겨우 고개를 돌려 피를 토해 냈다.

머리가 어지러웠다.

아무것도 할 수 없었다.

"현자님, 실망했어요."

여신관이 김현을 내려다봤다. 사라겐의 수부가 검은 뱀에 잡힌 채 여신관 옆 공중에 떠 있었다.

쿨럭쿨럭 기침을 하면서도 김현은 왜 여신관이 자신을 현자라고 부르는지 궁금했다. 묻고 싶었지만, 말을 할 힘이 없었다.

"좀 더 인상 깊은 만남을 기대했거든요."

김현은 목구멍에 걸린 것 같은 핏덩이를 뱉어 냈다. 가슴이 한결 시원해진 느낌이었다. 호흡이 돌아오자 몸에 천천히 힘이 쌓였다. 적어도 입을 열 수는 있었다.

"당신이 왜……?"

"설마, 제가 왜 여기 있는지도 모르시는 건가요?"

여신관의 눈동자가 커졌다. 고양이의 놀란 눈 같았다.

가까이에서 본 여신관의 얼굴은 창백했고, 그 때문에 눈 아래의 다크서클이 도드라졌다.

"왜 그런 짓을 한 거지?"

김현은 천천히 몸을 일으켰다.

바람에 밀린 깃털처럼 자연스럽게 뒤로 물러난 여신관이 활짝 웃었다. 보는 사람의 마음을 차갑게 만드는 묘한 미소였다.

"정말로 모르시는 거네요. 전 현자님께서 장난을 친다고 생각했어요. 뭐, 이미 운명은 결정이 났으니 말씀드려도 되겠죠. 전 현자님을 이곳으로 불러들이기 위해 현자님의 세상으로 작은 선물을 보내 드렸어요. 안타깝게도 전 거기로 갈 수 없으니까요. 다행히 현자님은 제 의도대로 여기로, 그것도 혼자 오셨어요. 더 놀라운 건, 현자님이 위험을 무릅쓰고 본체로 오셨다는 사실이에요. 그림자가 아니라 본체로 오시리라고는 사실 그리 기대하지 않았거든요."

"의도대로?"

김현은 귀를 의심했다.

"제가 왜 그 멍청한 불꽃망치 일족의 왕을 구슬려 당신을 푼둠형으로 유도했을까요?"

"……설마."

"바로 현자님 때문이었어요. 원래 지하 깊은 곳으로 내려온 이유는 추영을 획득하기 위함이지만, 현자님이 갑자기 나타나는 바람에 계획을 조금 바꿨지요. 그만큼 현자님은 매력적이니까요."

여신관은 입가를 핥았다.

그 말이 끝나기 직전, 김현은 기습적으로 타각을 펼쳤다. 진동이 여신관을 강타한 순간, 앞으로 튀어 나간 김현은 손날로 수라부월공의 동령고송을 펼쳤다. 손날은 정확히 여신관의 정수리를 때렸지만, 닿았다는 감촉이 느껴지지 않았다.

여신관은 5미터 떨어진 곳에서 팔짱을 끼고 서 있었다. 언제 거기로 이동했는지 김현은 알 수가 없었다.

"현자님, 몹시 나쁜 버릇이에요."

여신관이 흐릿해졌다.

몸을 옆으로 피한 김현은 등을 찌르는 기괴한 고통에 앞으로 쓰러졌다. 여신관이 뒤에 서 있었다.

여신관이 손을 뻗자 거기서 흘러나온 검은 뱀이 김현의 몸을 감싸고 공중으로 띄웠다. 천천히 다가온 여신관은 김현의 목에 코를 대고 냄새를 맡았다.

"현자님, 정말이지 황홀해요."

김현은 몸부림을 쳤지만 옥죄는 검은 뱀의 힘을 이길 수는 없었다.

여신관이 입을 벌렸다. 맹수 특유의 날카로운 송곳니가 드러났다. 예리한 이빨이 김현의 목으로 파고들었다. 여신관의 동공이 커졌다. 피와 더불어 힘이 쏟아져 들어오고 있었다.

고통은 빠르게 줄어들었다. 감각 자체가 사라지고 있었다. 몸은 나른해서 눈을 감는 즉시 잠에 빠져들 것 같았다. 아무것도 없는 심연으로 추락하던 김현을 잡은 건 격렬한 감정이었다.

피를 빠는 저 여신관 때문에 그 사람들이 죽었다! 무슨 일이 벌어지고 있는지도 모르면서 멋대로 행동한 자신의 멍청함 때문에 사람들이 목숨을 잃었다!

나 때문에!

나 때문에!

분노가 들끓었다. 4년 동안 켜켜이 쌓였던 감정의 지층 아래에서 용암처럼 뜨거운 기운이 솟아올라 굉음을 내며 터진 것이다. 여신관을 향한 분노와 어리석은 자기 자신을 향한 노여움이 한데 뭉쳐 몇 배나 격렬한 폭발을 일으켰다.

돌진하는 기관차가 앞에 놓인 장애물을 모조리 부수는 것처럼 격렬한 감정은 죽음의 공포를 밀어붙여 두 동강으로 부러뜨렸다. 용광로에 빠진 철광석이 녹아내려서 불순물이 제

거되는 것처럼 분노는 뜨거워질수록 잡다한 감정을 배제한 채 순수한 감정으로 정제되고 있었다.

그 순간, 김현은 왜 그토록 열심히 수련을 했는지 깨달았다. 왜 안진후가 혀를 내두를 만큼 진지한 태도로 마보 자세를 취했는지 알 수 있었다. 두 번 다시 좌절과 절망의 늪에 빠지지 않기 위해서였다. 다시는 그 지옥으로 돌아가고 싶지 않아서였다.

그 이름이 떠올랐다.

이기용.

중학교 1학년 때 같은 반이었던 아이.

날씨가 화창한 늦봄의 어느 날, 김현을 향해 아름다우면서도 슬픈 미소를 보여 주었던 이기용은 학교 옥상 난간에 서 있다가 망설임 없이 아래로 뛰어내렸다.

김현은 아무 말도 할 수 없었다. 그저 가만히 서서 이기용의 얼굴이 옥상 아래로 사라지는 광경을 지켜볼 수밖에 없었다.

마른 우물로 돌멩이를 던질 때에나 들을 수 있는 둔탁한 소리는 끔찍했다. 곧 비명이 저 아래에서 들렸고, 몰려드는 아이들의 목소리도 옥상까지 희미하게 올라왔다.

난간으로 걸어가서 아래를 내려다보는 순간, 위를 올려다보는 수십 명의 아이들과 시선이 마주쳤다.

"쟤야! 쟤가 밀었어!"

누군가가 외쳤다.

싱크

"맞아. 내가 봤어. 내가 봤다구!"

또 다른 목격자가 고함을 질렀다.

이기용이 왜 그런 표정을 지었는지, 왜 옥상 아래로 뛰어내려 자살을 택했는지, 왜 자신이 그 옥상에 올라가 있었는지 김현은 알 수 없었다. 자세한 기억은 좀 더 깊은 곳에 묻혀 있었다.

다만, 김현은 그날 땅바닥에 떨어져 뒤틀린 이기용의 몸과 주위로 번지는 붉은 웅덩이를 보면서 마치 홀린 것처럼 난간 위에 선 순간을 떠올릴 수 있었다.

왜 난간 위로 올라갔는지는 기억나지 않았다. 이기용의 마음을 이해하고 싶었는지도 모른다.

하마터면 거기서 뛰어내릴 뻔했다.

갑자기 찾아온 현기증 때문에 몸의 중심을 잃었다. 난간 안쪽으로도, 바깥쪽으로도 떨어질 수 있었다. 따뜻한 향기를 머금은 바람이 불어오지 않았다면, 그 바람이 가슴을 부드럽게 밀어 주지 않았다면 김현은 이기용 바로 옆에 나란히 쓰러져 삶을 마감했을지도 모른다.

이후에 어떤 일이 벌어졌는지는 생각이 나지 않았다. 그저 경찰이 개입했으리라, 그 일로 학교를 그만두었으리라 짐작할 뿐이다.

또 다른 이름이 떠올랐다.

백정현

이름을 생각하기만 해도 입술이 비틀렸다.

김현에게 백정현은 악과 동의어였다. 왜 그 이름을 증오하는지 이유는 알 수 없지만, 이기용과 관련이 있음은 분명했다.

백정현의 얼굴을 떠올리려 애를 쓰는 순간, 김현은 창백한 여신관의 얼굴을 마음으로 볼 수 있었다.

날카로운 송곳니를 목에 찔러 넣어 피를 빠는 뱀파이어.

타인의 고통을 진심으로 기뻐하는 오염된 마음의 소유자.

어떻게 해야 더 깊은 고통을 줄 수 있는지 본능적으로 잘 아는 사이코패스.

김현은 분노를 추진력 삼아 힘겹게 눈을 떴다. 피 빠는 소리가 들렸다. 몸을 묶은 검은 뱀도 보였다. 사라젠의 수부는 손을 뻗어도 닿지 않을 곳에 있었다. 아무리 분노해도, 아무리 저 여신관을 찢어 죽이고 싶어도 그에겐 실행할 힘이 없었다.

모든 것을 포기하고 싶은, 편안해지고 싶은 허약한 마음이 고개를 들었다. 최선을 다했으니, 이제는 쉬자. 누구도 내게 돌을 던질 수는 없을 테니까.

그래도 될까? 이게 과연 최선일까? 아무런 방법도 보이지 않는 이 상황에서 벗어날 돌파구는 없을까?

탈출구는 어디에도 없다는 생각이 점점 더 커졌다.

삶보다 죽음이 포근하게 느껴졌다. 어쩌면 이기용이 마지막 순간 그 아름답고 한편으론 서글픈 미소를 머금었던 이유도 죽음이 더 편안하다는 진실을 깨달았기 때문일지도 모른다.

포기가 이토록 큰 위로가 될 줄이야.

진작 알았다면 지난 4년 동안의 고통도 겪지 않았을 텐데.

그 순간, 기이한 일이 벌어졌다.

4년 전 그 옥상에서 중심을 잃었을 때 불어와 가슴을 안쪽으로 밀었던 따스한 바람이 다시 한 번 몸을 감쌌다. 이 깊은 지하 도시에 어울리지 않는 봄바람이었다.

김현의 눈이 커졌다.

새하얀 날개가 다가오고 있었다. 바마퉁이었다.

바마퉁이 휘두른 몽둥이가 정확히 여신관의 뒤통수를 때렸다. 여신관은 옆으로 나뒹굴었다. 검은 뱀에서 풀린 김현은 땅바닥을 굴렀다. 김현 옆으로 사라겐의 수부가 떨어졌다.

김현은 누운 채 바마퉁이 지그재그로 날며 여신관이 펼치는 마법을 아슬아슬하게 피하는 광경을 볼 수 있었다.

바마퉁에겐 공격할 수 있는 스킬이 없었다. 추영을 이용하여 거대한 돌풍 토네이도를 일으키는 것뿐인데, 원하는 대로 사용할 수 있는 스킬이 아니었다.

여신관이 쏘아 보낸 검은 뱀에 날개 하나가 꿰뚫리자 바마퉁은 아래로 떨어졌다. 여신관의 명령을 받은 콤포들이 바마퉁을 향해 달려가고 있었다. 바마퉁은 다시 날개를 만들어

내어 하늘로 날아올랐지만 콤포 궁수들의 화살과 콤포 마구스의 테누룸이 기다리고 있었다. 몸은 고슴도치가 된 채 아래로 추락했다.

여신관이 손을 뻗자 검은 뱀이 밧줄처럼 늘어나 바마퉁을 휘감았다. 30미터 넘게 늘어난 뱀은 바마퉁을 공중으로 들어 올리며 줄어들었다. 여신관은 신음을 흘리는 바마퉁을 바라보며 입맛을 다셨다.

"그림자에 불과하지만, 그래도 애피타이저로는 충분할 것 같네요. 더 맛있는 음식을 위해서 말이죠."

여신관은 씩 웃으며 벌벌 떠는 바마퉁의 목을 물어뜯고 피를 마시기 시작했다.

바마퉁은 김현을 쳐다보고 있었다.

김현도 바마퉁을 올려다보는 중이었다.

바마퉁은 김현의 얼굴에서 거울 속 자신을 볼 수 있었다. 포기에 익숙해진, 이미 포기해 버려 그저 떠내려가는 일만 남은 사람 특유의 무기력한 표정이 거기 있었다.

바마퉁은 마지막 기운을 끌어 올려 속삭였다. 아니, 입술만 움직였다. 소리를 낼 힘은 없었다.

그 입술을 읽은 김현의 눈빛이 흔들렸다. 김현은 눈을 감았다.

버릇이 될까 봐.

바마퉁이 입술로 전한 말이었다.

세상에 고귀한 포기는 없다. 모든 포기는 비겁하다. 한번 물러서면 끝도 없이 물러서야 한다. 더 나은 목표를 위해 한 걸음 물러서는 것과는 차원이 다른 문제다. 그저 외부의 조건에 의해 결정된 포기, 버릇이 되어 버린 자발적 복종은 그 자체로 악한 것이다.

그 순간, 김현은 무엇을 잊고 있었는지 깨달았다.

김현은 손가락으로 가볍게 몸을 건드렸다. 엄지가 몸에 먼저 닿았고, 그다음은 새끼손가락이었다. 오른쪽 다섯 손가락이 내부 깊숙한 곳에서 춤추는 기운의 리듬에 맞추어 춤을 추고 있었다.

아파트 베란다의 화초에게서 생명력을 끌어낸 것처럼.

상추 씨앗이 며칠 만에 따 먹어도 될 만큼 자란 것처럼.

추영에게서 잠재력을 찾아내어 추익이 되도록 도운 것처럼.

김현은 자기 자신과 춤을 추고 있었다. 자기 자신과 춤을 출 수 있다는 사실도 처음 깨달았다.

'아! 이건…… 무극심법이야!'

김현은 몸 깊은 곳에서 이루어지는 춤의 패턴이 무극심법의 제1문 축현, 제2문 쌍각과 같다는 사실에 현기증을 느꼈다. 그 춤은 천무삼권은 물론 수라부월공까지 포함하고 있었다.

때로는 이차원 평면 같고 때로는 삼차원 입체 같은 율동이었다. 한 번도 보지 못한, 수련하지도 않은 동작도 수없이 그 춤에 담겨 있었다.

춤은 몸 전체로 퍼져 나갔다.

그 춤은 대지와 공기 중에 퍼져 있는 기를 통해 가까이 있던 사라겐의 수부로 전달되었다. 손도끼가 스스로 진동하며 춤을 추기 시작했다. 바마퉁을 그림자처럼 따라다니던 추영이 새하얀 날개 추익으로 변한 것처럼, 사라겐의 수부도 깊고 신비로운 춤을 통하여 외형이 달라지고 있었다.

도낏자루가 굵어지면서 길어졌다. 멀리서 보면 나무 같은 질감이 자주색 띠를 두른 금속 특유의 윤기 있는 표면으로 변했다.

예리한 날은 두꺼워졌고, 그와 동시에 반원형으로 늘어났다. 한쪽은 황소라도 단번에 쪼갤 만큼 크고 긴 날을 자랑했고, 반대쪽은 뾰족해서 찌르기에 유용한 형태로 바뀌었다.

두 개의 날 중앙, 자루와 연결된 부분에 곰의 얼굴이 생겨났다. 노바디가 길들인 붉은 곰 라드와 닮았는데, 눈을 감고 있었다. 도끼날은 전체적으로 푸르스름했지만 중앙의 곰 얼굴 부분은 붉은색을 띠고 있었다.

메시지 창이 떴다.

─사라겐의 수부가 사라겐의 비월로 바뀌었습니다.

김현은 사라겐의 비월, 더 이상 손도끼라고 부를 수 없을 만큼 커진 양날도끼를 바라보았다. 묘한 느낌이 들었다. 손을 들어 올리는 것처럼, 저 도끼를 마음대로 움직일 수 있을 것 같았다.

'위로.'

김현의 생각대로 사라겐의 비월이 공중으로 떠올랐다.

'더 위로.'

사라겐의 비월은 눈으로 좇기 힘들 만큼 빠르게 높은 하늘로 사라졌지만, 김현은 어디 있는지 느낄 수 있었다. 붉은 도끼는 그가 원하는 대로 움직이고 있었다.

여신관에게 피를 빨리던 바마퉁이 투명해지며 사라졌다.

여신관은 소매로 입가를 닦으며 돌아섰다. 김현 옆에 놓였던 손도끼가 사라졌지만 여신관은 전혀 몰랐다. 여신관의 어깨에서 나온 검은 뱀이 김현을 휘감아 들어 올렸다.

"오래 기다리셨죠, 현자님?"

"왜 날 현자라고 부르는 거지?"

김현은 거침없이 날아다니는 사라겐의 비월을 느낄 수 있었다.

"그야 현자님이니까요."

"나 같은 이방인이 또 있나 봐?"

"모르셨어요? 꽤 많아요. 그중 무시무시할 만큼 강한 분에게 잡혀서 죽을 뻔한 경험도 있으니까요."

여신관의 대답에 김현은 적잖이 놀랐다. 페플에서의 능력이 현실로 이어진 경우가 많다니. 스스로 자신을 정신병원에 가둔 문용필 같은 사람도 많다는 뜻이다.

"넌 누구지?"

김현은 일부러 힘든 척했다. 거칠게 호흡을 하며 때로는 눈을 지그시 감았다.

"위대하신 분의 명령을 받아서 지하로 내려온 뱀파이어 일족 루비로스의 칼리페가 바로 저랍니다. 아까도 말씀드렸지만 추영 때문에 그 축축하고 냄새 나는 곳까지 내려왔지요. 추영이 어떤 기준으로 주인을 택하는지 알아냈다면 이미 임무는 오래전에 완수했을 테고, 그러면 현자님을 만날 기회도 없었겠지요."

"문두크에서 왔겠군."

문두크는 죽음의 도시로 유명한 곳이었다.

"맞아요. 문두크가 제 고향이에요."

"드워프들이 어떻게 뱀파이어를 여신관으로 떠받드는 거지? 난 이해할 수 없어."

"현자님도 겪으셨겠지만 드워프는 매우 고집이 세잖아요. 그걸 이용하면 전혀 어렵지 않아요. 이야기가 길어졌네요. 역시 현자님이라서 죽음을 코앞에 두고도 호기심을 떨치지 못하나 봐요. 현자님의 그 지식을 향한 열망은 제가 영원히 간직할게요."

칼리페는 날카로운 이빨을 드러내며 김현의 목을 물었다. 그리고 피를 빨았다.

싱크

바마퉁의 피 맛을 잊을 만큼 시원하고 거대한 힘이 깃든 피에 칼리페는 몽롱해질 만큼 행복했다. 바마퉁이 끼어들기 전보다 더 깊고 강렬한 힘이 담겨 있었지만 칼리페는 피 맛에 취해 그 변화를 조금도 생각하지 않았다.

김현은 춤을 추기 시작했다. 칼리페에겐 조금도 신경 쓰지 않고, 춤에 집중했다.

몸을 격렬하게 움직일 필요는 없었다. 그저 존재의 깊숙한 곳에서 이루어지는 신비로운 춤의 패턴에 맞추어 손가락으로, 때로는 손바닥으로 몸을 건드릴 뿐이었다.

사라겐의 수부를 사라겐의 비월로 바꾼 그 기이한 춤은 칼리페의 몸으로도 전해졌다.

처음에는 묘하게 거슬리는 느낌이었다. 무언가 불편했고, 결과는 고통보다는 짜증에 가까웠다. 그러나 짜증이 점점 커지자 칼리페도 무언가 이상하다는 생각에 이르렀다. 목을 물고 피를 빨면서 고개를 든 칼리페는 할 말을 잃었다.

먼지가, 나뭇조각이, 작은 돌 조각이 공중으로 떠올라 그 역겨운 리듬을 따라 위로 아래로, 가끔은 좌우로 움직이고 있었다.

칼리페는 뒤로 물러서려 했지만 김현의 목에서 입을 뗄 수가 없었다. 입이 완전히 붙어 버렸다.

칼리페의 눈이 휘둥그레졌다. 바로 코앞에서 도끼가 왔다 갔다 했던 것이다. 날은 푸른색이지만 양날 사이에 붙어 있는 포악한 곰의 얼굴은 피처럼 붉은 색이었다.

둑이 무너진 저수지처럼 몸에서 기운이 빠져나갔다. 칼리페는 막을 수가 없었다. 손이 쭈글쭈글해졌다. 팔과 다리는 가늘어져 뼈의 윤곽이 고스란히 드러났다.

그 현상이 뜻하는 바를 칼리페는 잘 알았다. 자신의 생명력이 저 이방인 현자에게로 흡수되고 있었다.

칼리페는 기다란 손톱으로 김현의 목을 노렸다. 그러나 사라겐의 비월이 손목을 싹둑 잘랐다. 비명이 터져 나왔지만 곧 소리는 뚝 끊겼다. 목과 얼굴까지 미라처럼 말라붙었던 것이다. 칼리페가 수족처럼 부리던 검은 뱀도 껍질만 남았다.

마지막 한 방울의 생명력까지 빼앗긴 후에야 칼리페는 자유를 얻어 뒤로 넘어갔다. 땅에 부딪히는 순간 머리와 몸이 분리되었다.

메시지 창이 떴다.

-내공이 1갑자에 이르렀습니다.

내공의 단위라 할 수 있는 1갑자는 대략 60년 동안 부지런히 수련했을 때 얻을 수 있는 내공의 양을 말한다. 김현은 칼리페가 오랫동안 공을 들여 쌓아 올린 수련의 결과가 자신의 몸으로 옮겨 왔다는 사실을 깨달았다. 예기치 않게 뱀파이어의 힘을 흡수한 것이다.

김현은 칼리페를 내려다보았다. 무극심법과 수라부월공, 천무삼권으로 이루어진 기이한 춤이 뱀파이어를 저렇게 만들 줄은 상상도 못 했다. 사라겐의 수부를 사라겐의 비월로 바꿔 버린 그 춤이 뱀파이어를 죽음으로 내몬 것이다.

저 뱀파이어의 마지막은…… 허망했다. 더 이상 미움이 느껴지지 않았다. 증오도 사라졌다.

한숨을 내쉰 김현은 머리가 떨어져 나간 칼리페의 몸을 뒤졌다. 지배의 반지 도미니움, 두툼한 책 한 권, 용도를 알 수 없는 조그만 약병들, 편지 같은데 읽을 수 없는 문자로 된 종이 몇 장이 나왔다.

김현은 어떻게 해야 페플에서 현실로 몬스터가 나올 수 없도록 만들 수 있는지 알고 싶었다. 공원에서의 그 사건, 두 번 다시 일어나서는 안 된다. 막을 수 있는 방법이 있다면 어떻게든 조치를 취해야 한다.

김현은 고개를 들었다. 멀리서 하얀 점이 다가오고 있었다. 김현은 손을 들어 흔들었다.

하얀 날개를 퍼덕이며 날아온 바마퉁이 급한 마음으로 착지하다가 앞으로 뒹굴었다. 몸을 일으키다가 미라가 된 칼리페의 머리를 보고는 흠칫 놀라 엉덩방아를 찧었다.

벌떡 일어선 바마퉁이 다가섰다.

"……이겼구나!"

"다 네 덕분이야."

"내가 뭘. 난 그냥 여기 접속했다가 우연히 널 발견했을 뿐이야. 그리고 난 제대로 싸우지도 못하고 죽었어."

"너 아니었다면 난 오늘 끝났을 거야. 완전히."

"완전히?"

"응, 완전히."

"다행이야. 내가 도움이 될 수 있어서."

바마퉁의 눈가가 촉촉해졌다.

문득 김현은 바마퉁과 이기용이 닮았다고 생각했다. 외모가 아니라 분위기가 무척 흡사했다.

아직 이기용과 관련된 기억의 일부만 생각났을 뿐이지만 김현은 4년 전 그때 옥상에서 불어왔던 봄바람이 이기용의 마음이 아니었을까 생각했다.

근거도 없고, 누군가 듣는다면 코웃음을 칠 만큼 황당한 이야기라는 점은 김현이 더 잘 알았다. 그래도 그런 생각을 떨칠 수가 없었다. 그리고 떨치고 싶지도 않았다.

고형덕은 껌을 씹으며 공원으로 들어섰다.

온종일 페플에 접속하느라 커넥터 안에만 있다가 밖으로 나와 몸을 움직이니 기분이 이상했다. 좁은 곳에 있다가 나오면 자유로울 줄 알았는데 그 반대였다.

현실에 발을 붙이고 살아온 사람으로서 인정하기 싫지만 페플에서의 시간이 더 재미있었다. 왜 아이들이 페플에 반쯤 미쳐서 시간을 보내는지, 왜 비평가나 학자 같은 먹물들이 페플을 비난하는지 알 것 같았다. 선생 같은 것들은 아이들이 즐거워하는 꼴을 질색하는 법이다.

어둠이 내리자 가로등에 불이 들어와 공원 곳곳을 밝혔다. 그러나 매설된 수도관의 파열로 인해 가로등 일부에는 불이 들어오지 않았다. 마치 어둠이 덩어리진 느낌이었다.

고형덕은 양손의 엄지와 검지를 'ㄱ' 모양으로 벌리고 위아래로 맞닿게 해 만든 직사각형으로 공원을 살폈다. 어제 오후에 핸드폰으로 날아온 사진과 유사한 구도를 만들기 위해서였다.

후배 경찰이 보낸 사진을 처음 봤을 때, 고형덕은 정교하게 합성된 사진이라고 생각했다. 평소 그런 장난을 칠 녀석이 아니라서 좀 의외였지만 누구나 성향을 벗어나 마음대로 행동하는 순간이 있는 법이다.

바로 이곳을 배경으로 한 그 사진 중앙에 거인이라고 할 수밖에 없는 괴물이 거대한 도끼를 들고 서 있었다.

처음 그 사진을 봤을 때, 고형덕은 현실을 배경으로 페플의 몬스터를 붙였다고 생각했다.

고형덕은 후배에게 전화를 걸었다. 금세 전화를 받은 녀석에게 왜 이런 걸 보냈냐고 말하려는데, 비명을 배경으로 덜덜 떨리는 후배의 목소리가 들렸다.

장난이 아니라는 직감과 함께 뒷골이 서늘해졌다. 진짜 해

결사, 즉 뒷골목에서 활약하는 암살자를 직접 만난 순간, 이제 죽었구나 생각했을 때처럼 소름이 돋았다.

어디냐고 소리쳤지만 정신이 없는 후배의 전화는 곧 끊겼다. 고형덕은 다시 전화를 걸었지만 이번엔 신호음만 들리더니 음성 사서함으로 넘어갔다. 여기저기 연락해서 후배가 어디 있는지 알아내려 했지만 시간만 흘러갈 뿐이었다.

오래지 않아 그 후배에게서 연락이 왔다. 대략 두어 시간이 지난 후였다.

－선배님, 연락하셨어요?

아무렇지도 않은, 약간 귀찮은 듯한 목소리였다.

"아까 보낸 사진, 뭐냐?"

－사진을 보내요? 제가요? 그런 적 없는데요.

"말도 안 되는 소리를 하고 있어. 그 거인이 공원에 서 있는 사진을 보냈잖아."

－네? 그게 무슨 말이에요? 제가 왜 그런 사진을 선배님께 보내요? 전 아직 제정신이에요.

후배의 목소리에 숨어 있는 비아냥을 고형덕은 놓치지 않았다. 고형덕이 일선 수사 업무에서 배제되고 페플에 접속하며 하루하루 시간을 보낸다는 사실을 알 만한 사람들은 다 알고 있었다. 저 녀석마저 선배를 무시한다는 생각에 고형덕은 그냥 전화를 끊었다.

하지만 잊으려 해도, 무시하려 해도 공포에 질린 목소리,

사람들의 비명은 머릿속에서 맴돌았다. 모골이 송연해질 만큼 두려움이 가득한 소음이 고형덕을 놓아주지 않았다.

생각할수록 무언가 잘못됐다는 확신이 커졌다. 후배 녀석이 뭐라고 하든 상관없이 직접 그 사진이 찍힌 곳으로 가서 확인해야 직성이 풀릴 것 같았다.

문제는 그 위치였다. 사진만으로는 알 수가 없었다. 게다가 어찌 된 일인지 핸드폰에 저장해 둔 사진이 사라졌다. 후배가 보낸 문자 역시 마찬가지였다. 일이 그렇게 되니, 고형덕은 어쩌면 자기가 착각했을지도 모른다는 생각을 했다.

잠입을 위한 최소 레벨에 도달하기 위해서 열심히 사냥을 하던 고형덕은 하루가 지났음에도 시간이 흐를수록 계속 쌓이고 커져만 가는 불안과 찝찝한 감정을 해소하기 위해 그 장소를 찾기로 마음먹었다.

다행히 뉴스 덕분에 고형덕은 공원의 위치를 알아냈다. 수도관 파열로 인한 복구공사 뉴스를 본 것이다.

"여기다."

고형덕은 연못이 펼쳐져 있고 한쪽에 비석이 세워진 곳을 바라보았다. 바로 여기에 그 거인이 도끼를 든 채 서 있었다. 연못에는 노인의 시체가 둥둥 떠 있었다.

직접 눈으로 확인한 결과, 수도관 공사가 분명했다. 물이 솟구친 흔적도 있었다. 그리 길지 않은 공사가 끝나면 이곳은 예전으로 돌아갈 것이다. 이런 곳에 그런 거인이 나타날

리는 없다.

홀가분해야 할 마음은 여전히 무거웠다. 무엇보다, 공원에 들어선 이후 피부가 따끔거렸다. 몇 번이나 죽을 위기를 넘긴 고형덕은 공원에 가득한 이 기괴한 분위기를 무시할 수가 없었다. 어떻게 된 일인지 몰라도 이곳은…… 평범한 공원이 아니었다.

'그게 아니면, 내가 미쳐 가는 거지.'

고형덕은 벤치에 앉았다. 껌을 뱉고 담배를 물었다. 불을 붙이자 허연 연기가 위로 올라가며 퍼졌다. 산책 나온 사람들이 힐끔 쳐다봤지만 고형덕은 개의치 않았다. 담배 연기 조금 마신다고 당장 암에 걸리진 않는다.

그때, 인기척이 느껴졌다.

고형덕은 깜짝 놀라며 벌떡 일어섰다. 김현이 바로 옆에 앉아 있었던 것이다.

"……너."

"오랜만이네요, 형사님."

김현은 힘없이 웃었다. 쓰러질 만큼 피곤했지만 쓰러질 수는 없다는 생각만으로 버티고 있었다.

"어, 어떻게 된 거냐?"

다음 권으로 이어집니다

총상금 3억7천만원

대한민국
웹 소 설
공모대전

문피아에서 주최하는
제1회 대한민국 웹소설 공모대전

당신의 상상력
문피아에서 하나의 세계가 됩니다

접수기간 · 2015년 3월 16일 ~ 2015년 5월 15일
참가방법 · 문피아 홈페이지 (www.munpia.com) 참조